Christian Hardinghaus

Schlemihls Schatten

Handlung und Figuren dieses Romans entspringen der Phantasie des Autors. Darum sind eventuelle Übereinstimmungen mit lebenden oder verstorbenen Personen zufällig und nicht beabsichtigt. Authentisch sind hingegen Institutionen, Straßen und Schauplätze in Osnabrück – mit zwei Ausnahmen: Der Osna-Kurier *und das* Westend-Krankenhaus *mit der darin angesiedelten Rechtsmedizin wurden vom Autor frei erfunden.*

Originalausgabe 2016
3. Auflage 2018

Tel.: 0561/766 449 0, Fax: 0561/766 449 29

Titelfoto: © Micha Ruhkopf, Osnabrück
Druck: Totem, Inowroclaw, Polen

ISBN: 978-3-95475-130-3

www.prolibris-verlag.de

Christian Hardinghaus

Schlemihls Schatten

Ein Kriminalroman aus Osnabrück

Prolibris Verlag

Der Autor

Christian Hardinghaus wurde 1978 in Osnabrück geboren. Nach seinem Studium der Geschichte, Medien und Literaturwissenschaft promovierte er im Bereich Propagandaforschung an der Universität Osnabrück. Später folgte der Abschluss fürs gymnasiale Lehramt und die Ausbildung zum Fachjournalisten an einer Berliner Journalistenschule. Hardinghaus ist seit 15 Jahren als freier Journalist tätig und schreibt Fachbücher zu historischen und medienwissenschaftlichen Themen. Er hat einen Kurzgeschichtenband und eine Graphic Novel veröffentlicht. Schlemihls Schatten ist sein Roman-Debüt.

Kapitel 1 – Boulevard

Wenn die Sonne das nächste Mal aufgeht, bin ich ein Mörder, dachte Konrad und freute sich auf den Morgen.

Er hörte den Fahrstuhl surren, der den vorletzten Redakteur des Osna-Kuriers in den Feierabend schickte. Einer blieb noch. Und Konrad wusste, dass es der war, auf den es ankam. Der verließ das Haus immer als Letzter.

Seit fast einer Stunde versteckte Konrad sich auf dem WC in der fünften Etage des Verlagshauses, in dem das Schmierenblatt herausgebracht wurde. An die Dunkelheit hatte er sich gewöhnt, aber nicht an den scharfen Geruch des Kloreinigers, der bei ihm bohrende Kopfschmerzen verursachte. Er griff zur Innentasche seines cremefarbenen knielangen Mantels und zögerte: *Nein, den schaffst du jetzt ohne, den ersten Kandidaten auf deiner Todesliste, den ersten Verbrecher, der seine gerechte Strafe bekommen wird.* Und dann einer nach dem anderen. Jeder so, wie er es verdient, dachte Konrad, schulterte seinen Rucksack und trat aus der Tür.

Er ging den dunklen Gang entlang zum Büro des einzigen Redakteurs, der jetzt noch im Gebäude arbeitete. Zusammen mit dem Lichtschein drang aus der geöffneten Tür wie ein gespenstischer Nebel Qualm in den Korridor. Ohne zu klopfen, blieb er im Türrahmen stehen. Der Mann, der mit dem Rücken zu ihm am Schreibtisch saß und den Computer mit Lügen fütterte, hieß Valentin Klatt, leitender Lokalredakteur des Osna-Kuriers. Unverkennbar an den schmierigen, blond gefärbten Haaren.

»Was ist?«, fragte Klatt, ohne sich umzudrehen.

»Nabend«, sagte Konrad und staunte darüber, dass er bemerkt worden war.

»Ich habe gefragt, was *Sie* wollen.«

Konrad erkannte, dass ihn der Journalist im Spiegelbild des Panoramafensters musterte. Dahinter schimmerten die

Lichter der Stadt im Osnabrücker Nachthimmel. Er ahnte, dass man hier, mitten auf dem Westerberg, besonders tagsüber einen gigantischen Ausblick genießen konnte. Mit erst sechsunddreißig Jahren hatte Klatt sich den besten Platz in der Redaktion ergaunert. Konrad war fast zehn Jahre älter und bereit, ihm alles zu nehmen.

»Krasses Outfit mit dem Mantel und dem komischen Hut. Machen Sie einen auf Verkäufer Schlemihl aus der Sesamstraße?« Klatt lachte und zog an seiner Zigarette. »Wenn ja, will ich weder ein A noch ein Z kaufen, hab ich beides schon auf meiner Tastatur.«

»Ich komme nicht, um Buchstaben zu verkaufen«, antwortete Konrad mit ruhiger Stimme. »Ich biete Ihnen die Story Ihres Lebens.«

»Ha! Das haben schon viele behauptet«, sagte Klatt. »Was für eine bringen Sie mit? Moment ... Ich habs. Im heimischen Garten ist aus heiterem Himmel der Winter ausgebrochen? Danke, kein Interesse. Und tschüss.«

»Winter?« Konrad erwiderte seinen Blick im Fenster.

»Sie tragen Handschuhe, Mann. Mitten in einer warmen Mainacht. Im Ernst, wenn Sie nicht wirklich einen Reißer haben, können Sie sofort einen Abflug machen. Wie sind Sie überhaupt reingekommen?«

»Durch die Tür.«

»Sagen Sie mal, wollen Sie mich verarschen? Wissen Sie, wer hier vor Ihnen sitzt?« Klatt schnellte mit dem Sessel herum, riss dabei eine Flasche vom Tisch, in der ein Rest Cola schwappte, hob sie auf und warf die Kippe hinein. Es zischte.

»Kein Problem. Ich kann zur Konkurrenz gehen, wenn Sie kein Interesse an einer Sensation haben.«

»Okay, okay, Mann! Was ist es?«

»Sie tragen eine Sonnenbrille, wenn auch keine dunkel getönte, aber mitten in der Nacht. Ist die nicht genauso außergewöhnlich, wie es meine Handschuhe sind?«

»Das ist Mode, geht Sie auch nichts an«, sagte Klatt und zog sich mit der rechten Hand die lachsfarben getönte Brille mit Goldgestell von der Nase. »Also?«

Konrad lächelte. »Ich muss Sie warnen. Das, was ich mitbringe, wird Sie schocken.«

»Schocken? Mich schockt gar nichts.«

»Da wäre ich mir nicht so sicher.«

»Setzen Sie sich! Ich schenke Ihnen zwei Minuten meiner überaus bedeutsamen Zeit.« Er wies mit dem Brillenbügel auf einen Stuhl, der etwa drei Meter von seinem rotbraunen Schreibtisch entfernt an der Wand stand.

Du willst auf Distanz gehen, dachte Konrad, das passt mir ausgezeichnet. Er nahm Platz und legte den Rucksack auf seinen Schoß.

»Kippe?«, fragte Klatt.

»Danke nein, es reicht, wenn *Sie* sterben.«

Klatt nahm eine Schachtel vom Tisch. »Wenn ich sterbe, dann sicher nicht dadurch«, sagte er, während er sich die nächste Zigarette anzündete.

Wie Recht er damit hat, dachte Konrad und wedelte mit der Hand vor seiner Nase, um den penetrant beißenden Mentholgeruch abzuschwächen. »Sie wissen, wer Riemann ist?«

Der Reporter blies Rauch aus seiner Nase, hustete. »Wenn Sie den Oberbürgermeisterkandidaten Riemann meinen, ist das eine blödsinnige Frage. Ich bin Journalist in Osnabrück, kenne die Leute, die ich kennen muss.«

»Was, wenn ich beweisen kann, dass genau durch diesen Mann eine pädophile Ader fließt? Er es mit minderjährigen Jungen treibt?«

Klatt zog die Augenbrauen nach oben. »Glaube ich kein Wort von.«

Er wunderte sich kaum darüber, dass der Journalist, dieser miese Typ, nicht im Geringsten entsetzt auf einen Fall von

Kindesmissbrauch reagierte. »Es ist aber so. Ich besitze Fotos, die das eindeutig belegen.«

»Sie wissen, was das bedeutet? Gäbe es Beweise, könnten sie Riemann den Kopf kosten. Möchten Sie das?«

»Ja.«

»Dann geben Sie mal her! Sind die Fotos da drin?« Er deutete mit einem Nicken auf den Rucksack.

»Ja.«

»Was wollen Sie dafür?«

»Kein Geld. Sagen wir, ich habe ein persönliches Interesse daran, dass die Sache publik wird. So schnell wie möglich. Können Sie garantieren, dass noch heute Nacht eine Meldung rausgeht?«

»Was glauben Sie wohl? Das kloppe ich schneller in den Ticker, als Sie die Redaktion verlassen können.«

Da war sie wieder, die Sensationsgeilheit dieses miesen Schreiberlings. Der Moment war gekommen. Konrad riss die Waffe aus dem Rucksack und zielte auf sein Gegenüber. Ein gelber Punkt blinkte auf dessen schwarzem Shirt auf. Dann ein lautes Knattern. Der Journalist zuckte zusammen, ließ Zigarette und Brille fallen, schrie lauter als ein Schwein auf der Schlachtbank. Was für eine Reaktion auf das bisschen Strom, dachte Konrad. Kopf und Brust des Redakteurs schnellten nach oben, seine Beine krampften. Abrupt verstummte das Geräusch, und Klatt sackte im Sessel zusammen. Bevor er sich die hauchdünnen Drähte abreißen konnte, an deren Ende sich die Projektile in seiner Haut verhakt hatten, drückte Konrad erneut den Abzug seiner schwarzen Elektroschockpistole. Zwischen den Elektroden flackerte ein feiner blauer Lichtstrahl, und der Reporter bäumte sich wieder auf. Schaum lief ihm aus dem Mund, die Beine vibrierten, die Hände krallten sich an die Sessellehnen. Toll, dachte Konrad, und Klatt verlor das Bewusstsein.

Als er erwachte, blickte er benommen an sich hinunter. Reflexartig wollten die Hände nach den zwei Metalldrähten auf seiner Brust greifen. Aber nur der Sessel ruckelte bei dem Versuch. Während seiner kurzen geistigen Abwesenheit hatte Konrad seine Hände mit den mitgebrachten Fesseln hinter der Stuhllehne zusammengebunden.

»Womit haben Sie auf mich geschossen? Was ist das in Ihrer Hand? Ein Elektroschocker?« Seine dunkelblauen Augen starrten ängstlich auf das, was sein Peiniger in der Hand hielt.

»Eine Elektroschockpistole, um genau zu sein. Nennt man Taser. Ein fantastisches Gerät, nicht wahr?« Er streichelte den Abzug der Waffe. »In den USA trägt die jeder Cop. Hier sind die bisher nicht so beliebt, leider. Obwohl Amnesty International vor Kurzem eine Studie rausgebracht hat, nach der erst fünfhundert Personen durch Taser-Einsätze gestorben sind.« Er zielte in das Gesicht des Reporters, täuschte einen Schuss an. Klatt zuckte zusammen, als wäre er getroffen worden.

»Wenn man bedenkt, dass es weltweit schon zwei Millionen Einsätze mit den Dingern gab, doch nicht viel, oder? Aber ich glaube, es kommt auf den Winkel an und auf das Körperteil, das man erwischt. Da kann man schon mal erblinden oder so.«

»Sind Sie total bescheuert? Was wollen Sie damit? Wieso haben Sie so was?«

»Ach, du meinst, weil ich kein Bulle bin? Weil nach dem Waffenschutzgesetz der Umgang mit Distanz-Elektroimpulsgeräten verboten ist?«

»Sie sind doch pflegebedürftig, Mann! Ich will jetzt hier weg.« Der Redakteur ruckte mit den Schultern, trat mit den hellblauen Sneakers in die Luft. »Was soll die Scheiße? Machen Sie mich los!« Mit hektischen Hüftbewegungen versuchte er, den Sessel zu kippen, den Konrad mit den Rollstoppern gesperrt hatte.

»Pass mit dem Sessel auf! Wenn er umfällt, tust du dir unnötig weh.«

»Verflucht! Was willst du von mir? Wer bist du?«

»Na, na, dass ich dich duze, bedeutet nicht, dass du das darfst. Machst du das noch mal, bekommst du die nächste Ladung. Du sagst *Sie* und Konrad, wenn du mit mir kommunizieren möchtest, kapiert?«

»Hab ich kapiert, ja. Sie und Konrad. Mann, ich kenne Sie nicht.«

»Das stimmt. Und wieso konntest du dann so einen verlogenen Mist über mich schreiben?«

»Was?«

»Egal ... Kommen wir nachher zu. Ich erkläre dir den Ablauf unserer Lehrstunde, die ich *Du sollst nicht lügen* nennen möchte.«

»Ich lüge nicht. *Sie* haben doch gelogen. Das mit den Fotos war ein Trick. Die gibts gar nicht.«

»Schnauze! Also, die Putzkolonne rückt um halb sechs an. Uns bleiben fünf Stunden, um uns zu unterhalten, wenn das überhaupt nötig sein sollte. Es liegt an dir.«

Zäher Sabber zog in Fäden von Klatts Kinn. Er zitterte und fragte: »Worüber? Riemann?«

»Nein, den treffe ich ein anderes Mal«, sagte Konrad mit monotoner Stimme. »Wir sprechen über dieses dreckige Boulevardblatt und seinen schäbigsten Redakteur. Wer das ist, weißt du am besten.«

»Ich? Wieso? Ich mache lediglich meinen Job. Um welche Artikel soll es überhaupt gehen?«

»Ich würde mal behaupten, alles, was du schreibst, ist verlogene Scheiße, aber ich hab für unseren Workshop ein paar ausgewählte Dreistigkeiten mitgebracht.«

»Ich bin doch einfach nur Reporter«, sagte er in einer jetzt fast demütig wirkenden Sprechweise. »Ich schreibe nun mal Texte. Wenn Sie wollen, dass ich irgendwas für Sie verfasse, tue ich das. Wenn ich was Falsches geschrieben habe, kann ich eine Richtigstellung rausbringen. Ich muss nur wissen, worum es geht. Binden Sie mich endlich los! Bitte.«

»Ich lege keinen Wert auf Richtigstellungen, das bringt mir meine Tochter nicht zurück, du Arschloch.« Kurz kribbelte es Konrad in den Fingern. Er überlegte, den Strom erneut auszulösen, beherrschte sich dann aber.

»Wer ist Ihre Tochter? Ich habe über mehr als tausend Töchter geschrieben. Ich muss konkret wissen, wen Sie meinen und was Sie wollen.«

»Hoffentlich leben wenigstens von den anderen noch welche«, sagte Konrad und schaute Klatt mit ernster Miene an. »Bleib jetzt ein bisschen entspannt, ja? Bevor ich dich an meine Tochter erinnere, sollten wir uns für den Anfang ein paar Artikel anschauen. Ich will ja, dass du aus deinen Fehlern lernst, Schmierfink!«

Aus seinem Rucksack, der mit Zeitungen prall gefüllt war, zerrte er ein Exemplar heraus, blätterte es auf und las vor: »Osnabrück. Tierheim muss schließen. Verdacht auf Misshandlung bestätigt ... Unterzeichnet mit VK. Dein Kürzel.« Er klatschte mit dem Handrücken auf die Seite.

»Ja und? Das kommt vor. Ich hab nur drüber berichtet, sonst nichts damit zu tun.«

»Mmh. War es denn nicht eben dieses Tierheim, das ein paar Wochen nach dem Bericht abgerissen wurde?« Er legte eine kurze Pause ein, holte Luft. »Da wo dann ratzfatz der Golfplatz gebaut wurde, auf dem du Schnöselkopp seither kostenlos trainierst?« Er wurde lauter. »Und wird er nicht von diesem Club betrieben, der jahrelang vorher schon einen Anspruch auf das Gelände geltend gemacht hat?«

»Mann, was hat das damit zu tun?«, schrie Klatt. »Vielleicht war es eine Gefälligkeit, weil ich gut recherchiert habe.«

»Blödsinn! Du warst nicht ein Mal da zum Recherchieren. Nicht ein einziges, beschissenes Mal. Und der Chefbonze vom Golfklub, ist der nicht dein Freund, nein?«

»Ich habe das ni...« Den Satz sprach Klatt nicht zu Ende. Der Taser knatterte. Der Journalist kniff die Augen zusammen, sein Brustkorb schnellte nach oben. Die Halsschlagader trat rotblau hervor. Ein leichter Geruch von angebranntem Stoff durchzog den Raum.

Klatt brüllte ein paar Sekunden, dann entspannte sich sein Körper schlagartig. Er rang nach Luft. »Okay, okay. Das klingt merkwürdig, aber ...«

Konrad schnitt ihm das Wort ab. »Reiß dein Lügenmaul nicht so weit auf! Ich weiß alles darüber, hörst du? Alles! Lassen wir die Spielchen und kommen wir zur Buße.«

»Was?«

»Buße. War dir bisher wohl ein Fremdwort? Wirst jetzt lernen, wie das geht.« Konrad hob drohend den Zeigefinger in die Luft.

Der Reporter tippelte mit den Spitzen seiner Sneakers auf dem Laminatboden, Knie und Ellenbogen schlotterten. »Okay, was auch immer, ja, ich bereue es.«

»Das wird so nicht reichen, Spinner. Pass auf, ich erkläre dir die Spielregeln. Die sind einfach.«

Er stand auf und ging auf Klatt zu. Es knirschte, als er auf dessen Brille trat. »Ups«, sagte Konrad, dann riss er ihm mit einem heftigen Ruck die Drähte aus der Haut. Der Journalist gab einen schrillen Schrei von sich.

Konrad entfernte die Gaskartusche aus dem Taser, ließ sie samt Drähten in der Manteltasche verschwinden. Er setzte sich. »Wir brauchen die Verlängerung nicht, machen gleich im Kontaktmodus weiter, das heißt, ich geh mit dem Gerät direkt auf dich drauf. So sind wir uns näher, und ich kann bei den Körperstellen variieren. Außerdem ist der Schockeffekt intensiver.«

»Kontaktmodus? Was? Nein, ich will das nicht.« Der Journalist grunzte und flehte. »Bitte, ich halte das nicht aus, ich habe nichts getan. Ich mache alles, was Sie wollen. Ich werde mich um einen neuen Platz für das Heim bemühen. Ja?«

»Scheiße, es geht doch nicht um das verfluchte Heim oder die Tiere. Die sind mir völlig egal. Du hast nichts verstanden.« Konrad legte den Taser auf seinen Schoß und knüllte mit beiden Händen die Zeitung zusammen. »Also, die Spielregeln. Ich möchte, dass du dieses Lügenblatt frisst bis auf die letzte Seite. Das ist eine vergleichbar harmlose Ausgabe. Du wirst danach ein paar ganz dicke Klopper verschlingen, die aus deiner Feder stammen. Fang endlich an oder du bekommst mein Spielzeug da zu spüren, wo du es lieber nicht spüren möchtest.« Er deutete auf die Pistole. »Du hast eben fünfzigtausend Volt abbekommen. Das, was die Pistole serienmäßig verschießt. Ich hab aber vorher ein bisschen daran rumgefrickelt und sie hochgerüstet. Wir erreichen jetzt hunderttausend Volt. Das bedeutet doppelte Schmerzen für dich.«

»Nein, bitte!« Klatt liefen Tränen aus den Augen, Rotz aus der Nase.

»Das ist noch nicht alles. Ich kann mit dem Teil zehn Sekunden feuern. Das eben waren fünf. Heißt insgesamt, doppelte Schmerzen, doppelt so lange.«

»Sie bringen mich um damit, ich flehe Sie an! Konrad, haben Sie denn kein Herz? Was auch immer Ihrer Tochter passiert ist, ich mache es wieder gut, irgendwie. Ich habe auch eine Tochter, Mann!«

»Nichts kannst du gutmachen. Und erzähl mir bloß nichts von deiner Göre, okay?« Konrad schlug sich mit dem Handballen gegen die Schläfen. Diese entsetzlichen Bilder, die ihn seit zwei Jahren folterten, zogen wieder an seinem inneren Auge vorbei. Er sah sich im Auto sitzend, hörte Klara schreien. Blut auf dem Airbag, auf seinem Arm. Sehr viel Blut. Und dann dieser Junge auf dem Feld, der ihn verängstigt anstarrte.

Ein Kloß im Hals. Eine Träne im Auge. Er durfte sich jetzt nicht der Trauer hingeben. Er hatte einen Plan zu verfolgen und fuhr damit fort. »Ich kann im Übrigen noch empfindlichere Körperteile treffen.« Während Konrad auf der linken Hand den Zeitungsstapel balancierte, hob er mit der rechten den Taser auf, zielte in Klatts Schritt. »Ich hab da mal ein Foltervideo gesehen. Ein Mann in Indien, der vergewaltigt hatte. Die aufgebrachte Menge wollte ihn mit einem Taser kastrieren. Hat sie geschafft. Der Hodensack soll gequalmt haben und geplatzt sein.«

Der Journalist wippte auf dem Sessel herum. Diesmal so hektisch, dass er damit auf den Boden knallte. Sein Kopf hatte beim Fallen die Kante der Tischplatte hart getroffen. Auf dem Laminat robbte der Reporter mit dem Sitzmöbel in Richtung Tür, zog dabei eine dünne Blutspur hinter sich her, die von seiner Stirn ausging.

»Was bist du für ein elender Hampelmann«, sagte Konrad, stand auf, zog den zappelnden Journalisten an den Beinen zurück und richtete den Sessel vor dem Schreibtisch wieder auf. »Ruhe jetzt! Es liegt doch an dir. Du kannst verhindern, in Zukunft als Eunuche durch die Welt zu laufen.«

Klatt blinzelte, ein Rinnsal aus Blut und Schweiß lief ihm über die Stirn ins rechte Auge, das er kaum offen halten konnte. »Wie? Ich machs. Egal, was.«

»Das hatte ich dir bereits gesagt. Du musst die Zeitung fressen. Das ist alles.«

»Aber was soll das bringen?«

»Friss einfach, Arschloch! Das ist Teil unserer Lehrstunde. Danach sehen wir mal. Solange du schluckst, wirst du nicht kastriert. Das ist ein Versprechen.« Konrad drückte dem Journalisten mit einer Hand den Taser in den Schritt. Mit der anderen hielt er ihm den zusammengeknüllten Haufen Zeitung unter die Nase. »Ich werde dich füttern müssen.«

Ohne ein weiteres Wort öffnete Klatt den Mund.

»Abbeißen!«

Der Reporter riss mit den Zähnen ein Stück Zeitungspapier heraus, kaute, schluckte runter, verzog das Gesicht. Konrad schob nach.

»So werden wir nicht fertig. Friss mehr!« Er verstärkte den Druck auf Klatts Geschlechtsteil. Jetzt erst roch er den Urin. Der arrogante Journalist hatte eingenässt. Der Pisser!

»Es ist zu trocken, ich ersticke«, sagte Klatt und würgte.

Konrad grub die Waffe tief in die Hoden des Reporters, der dabei quiekte und hastig Papierfetzen abbiss, wie ein Karnickel seinen Löwenzahn. Zwei Seiten, drei Seiten. Er machte sich.

»Mehr!«

Klatt schnappte mit den Zähnen, schlang so viel Zeitung in sich hinein, bis sein Kiefer sperrte. Seine Backen blähten sich auf, und erreichten etwa die Größe einer Kokosnuss. Papierenden hingen ihm aus dem Mund, er weinte und wimmerte.

»Ruhe mal! Mist.« Konrad hielt inne. Die Scheinwerfer eines Autos, das auf den Parkplatz des Osna-Kuriers fuhr, blendeten ihn. »Wer ist das?«, fluchte er, rüttelte die Schultern des Reporters, der versuchte, Papier auszuwürgen, und dabei dumpfe Jammerlaute ausstieß.

Panik! Konrads Herz trommelte in seinem Hals. Das durfte nicht jetzt schon enden, noch bevor es richtig angefangen hatte. Ihm wurde schwindelig bei dem Gedanken.

»Halt dein Maul!«, schrie er Klatt an, stopfte ihm das Zeitungspapier tiefer in den Rachen. Der Journalist röchelte und hechelte. Konrad trat vor das Fenster, um zu sehen, wer da eine Autotür zugeknallt hatte. Kurz spähte er nach unten, zuckte aber zusammen, als er das Scheppern hinter sich auf dem Boden hörte. Er schnellte herum, sah Klatt, wie er versuchte, seine Arme über die Rückenlehne des umgefallenen Sessels hochzudrücken. Das läuft nicht, wie es soll, dachte Konrad, spürte seinen trommelnden Herzschlag jetzt in jeder Faser seines Körpers. Für einen kurzen Moment wusste er nicht mehr, was er tun sollte. Er entschied sich dafür, auf den Gang zu laufen, an dessen Ende er den Fahrstuhl abwärtsfahren hörte. Der nächtliche Störenfried würde nach oben fahren. Vielleicht in der fünften Etage aussteigen? Panisch rannte Konrad zurück ins Büro.

Schneller als Clint Eastwood einen Revolver aus dem Halfter hätte ziehen können, schnappte Konrad den Taser, den er auf dem Tisch abgelegt hatte. Er setzte ihn an Klatts Kopf auf, feuerte los. Einmal, zweimal, dreimal, mit voller Leistung. Es zischte und qualmte. Dann raste er erneut hinaus und über den Gang ins WC. Beißender Kloreinigergeruch. Aus Angst, zu hyperventilieren, hielt er Nase und Mund zu, wartete. Der Fahrstuhl stoppte nicht auf der fünften Etage, fuhr weiter nach oben. Das gab ihm etwas Zeit zu handeln, aber schnell. Er stieß die Tür auf, rannte zurück. Er wollte, nein, musste Klatt jetzt ohne weitere Verzögerung töten.

Mit dem Fuß trat er so gegen den Sessel, dass die Rückenlehne sich zum Boden drehte. Der Redakteur lag nun mit dem Gesicht nach oben da. Seine dunkelblauen Augen wirkten grau und quollen aus dem Schädel hervor, starrten ohne Bewegung ins Leere. Der Mund stand offen, nasses Zeitungspapier ragte heraus. Konrad riss mit den Zähnen seinen linken Handschuh runter, fühlte an Klatts Handgelenk nach einem Puls. Nichts. Leblos wie die Hand einer Gummipuppe.

Konrad blieb keine Zeit, sich zu ärgern. Er zog ein Blatt Papier aus dem Seitenfach seines Rucksacks und klemmte es unter die Tastatur. Dann lief er, den Handschuh noch im Mund, zurück in den Korridor, rannte zum Fahrstuhl, drückte den rot leuchtenden Knopf, hielt den Taser auf die Tür gerichtet. Ein Knacken im Fahrstuhlschacht kündigte die Fahrt abwärts an. Die Kabine surrte und quietschte. Eine Sekunde Stille, die silbernen Flügel öffneten sich behäbig, niemand war drin. Konrad stürmte rein, drückte die E-Taste.

Im Foyer brannte Licht, aber keiner hielt sich hier auf. Er lief zur Eingangstür und hoffte, dass sie ... sie war offen. Er stolperte ins Freie, holte tief Luft. Dann rannte er nah am Gebäude vorbei bis zum angrenzenden Waldstück, in das er kopfüber sprang, als wolle er zu einer 25-Meter-Bahn im Hallenbad ansetzen. Er raffte sich auf. Ohne etwas zu sehen, hastete er los.

Er lief so lange, bis er die Laterne einer abgelegenen, unbefahrenen Straße erkannte.

Er blieb stehen, spuckte den nassen, zerbissenen Handschuh aus dem Mund und hechelte. Er musste sich beruhigen, nahm sich vor, einfach lässig nach Hause zu gehen, dann in Ruhe über alles nachzudenken. Das hatte er so nicht geplant. Klatt hätte noch von Klara erfahren sollen, das Gedicht lesen müssen, das er ihm geschrieben und gewidmet hatte. Aber zumindest war das Arschloch tot. Das war das Wichtigste. Außerdem sollten jetzt andere seine Reime finden. So war es geplant, so wollte er es.

Bevor Konrad auf die Straße trat, verstaute er Handschuhe und Taser in den Taschen seines Mantels und tastete dann nach dem Notfall-Flachmann in seiner Brusttasche. Er nahm ihn heraus und schleuderte ihn so tief in den Wald, dass er den Aufprall nicht hörte. Er hatte den letzten Beweis, dass er keinen Alkohol mehr brauchte.

Kapitel 2 – Kristalle

Nur noch ein paar Sekunden, nur noch ein paar Sekunden.

Zwanghaft, wie automatisiert, wiederholten sich Kommissar Echtners Gedanken. Er zog eine CD-Hülle aus dem Fach über dem Autoradio: Top Hits der Achtziger. Das Cover zeigte eine braun gebrannte Frau mit schwarzer Dauerwelle im knallgelben Bikini, die unter einem Sonnenschirm tanzte. Doch dafür interessierte er sich nicht. Er war viel heißer auf den durchsichtigen Beutel mit den milchigen Kristallen, den er aus dem Handschuhfach seines Mini Coopers zog und auf den Knien platzierte.

Den Wagen hatte er auf einem abgelegenen Feldweg geparkt. Obwohl er ziemlich sicher war, dass hier oben im Wald niemand herumspazierte, schon gar nicht um sechs Uhr morgens, drehte er den Kopf, warf nacheinander hektische Blicke aus allen Autofenstern. Dann öffnete er den Beutel, schaufelte mit dem Teelöffel, der darin verstaut war, hagelkorngroße Brocken auf die CD-Hülle. Er nahm seine Dienstmarke aus dem Getränkehalter, genoss das Knacken und Knirschen, während seine Daumen die ovale Messingscheibe mit Aufschrift Kriminalpolizei fest auf die Hülle pressten. Er konnte sehen, wie sein Blut in den Adern an den Handgelenken gegen die Haut trommelte. Süßer Speichel schoss ihm aus Vorfreude in den Mund.

Als das Knirschen zwischen seinen schwitzenden Händen, die in kreisenden Bewegungen Plastik und Messing gegeneinanderrieben, in ein sachtes Rascheln überging, hielt er die Dienstmarke hoch und schob mit ihrer scharfen Kante das weiße Pulver zu einer weißen Linie zusammen, welche die Bikini-Schönheit in zwei fast gleiche Hälften teilte.

Nur noch ein paar Sekunden, nur noch ein paar Sekunden.

Mit einer Hand führte Echtner das CD-Case unter die Nase. Mit dem Zeigefinger der anderen Hand presste er das linke

Nasenloch fest zu. Er hielt die Luft ein paar Herzschläge lang an, fuhr dann mit dem freien Nasenloch über die Hülle und sog dabei das Pulver so brutal ein, dass sich seine aufgeblähten Lungenflügel schmerzvoll gegen die Rippen drückten. Der Polizist brüllte und schlug mit beiden Fäusten auf den Brustkorb wie ein Gorillahäuptling beim Angriff einer fremden Affengruppe.

Dieser Schmerz, der sich von seinem Nasenloch bis tief ins Gehirn bohrte, war der höllischste und gleichzeitig wunderbarste, den er je verspürt hatte. So musste sich jemand fühlen, der in einem Fass Tabasco ertrank, oder ein ungeübter Fakir, der sich in Trance Glassplitter in die Nase stopfte. Er riss die Augen weit auf. Heiß, kalt, süß, sauer, hell, dunkel, alles zusammen. Ein Glücksgefühl, heftiger als jeder Orgasmus. Sein Körper kribbelte, zitterte und bebte. Das rechte Auge tränte, und er genoss die Aggression, die wohltuend in ihm aufstieg. Jetzt gefiel ihm auch die grinsende Lady auf dem Cover, die wieder im Ganzen und von Drogenspuren befreit erstrahlte. Er verspürte Lust auf Sex. Den würde er sich später holen. Keine Frage.

Echtner fühlte Stromschläge, die jede Zelle seines Organismus zu wecken schienen. Die Kopfschmerzen waren verschwunden, er konnte endlich durchatmen, fühlte sich nicht mehr müde, obwohl er seit einer Woche nicht geschlafen hatte. Weil er gerade nicht wusste, wohin sonst mit seiner Energie, schlug er einige Male mit den Händen auf das Lenkrad, freute sich darüber, dass der Mini dabei schaukelte. Vor vier Jahren hatte er ihn für seine Ex-Frau Marion gekauft, seit anderthalb Jahren fuhr er ihn selbst. Weil Marion weg war. Scheidung, Gütertrennung, immerhin, eine feine Sache. Auf den Wagen hatte er bestanden. Gut behandelt hatte er ihn nicht. Im Fußraum stauten sich zertretene Kaffeebecher, Trinkpäckchen und Kaugummipapier. Staub und Dreck überzogen den Beifahrersitz. Darauf gesessen hatte nie jemand, seit er den Wagen fuhr.

Ice, so nannte die Szene die Droge Crystal Meth. Oder Glass oder Yaba, manchmal einfach C. Echtner kannte alle Bezeichnungen für das Gemisch aus Pseudoephedrin, Batteriesäure und Abflussreiniger, das er sich seit jetzt etwa einem Monat täglich durch die Nase zog. Nach dem schmerzlichen Verlust von Marion und monatelanger Depression, die er schließlich auch nicht mehr vor seinen Kollegen hatte verstecken können, hatte er alles versucht. Nichts hatte geholfen. Nicht die Sabbeltasche, die sich Psychologin nannte, nicht die Pillen, die sich Antidepressiva schimpften. Alkohol verschlimmerte die Kopfschmerzen, Haschisch die Traurigkeit. Sein Dealer Jakub schließlich war es, der ihn rettete. Er hatte ihm Ice angeboten, und Ice war zu seiner neuen Geliebten geworden, die ihn aufbaute, ihm Lebensfreude und Energie zurückgab.

Er gefiel sich selbst wieder. Es fühlte sich an, als sei er aufgewacht, aus der Hölle ausgebrochen. Er schaute in den Cockpit-Spiegel, strich sich über die Geheimratsecken in seinen grau melierten Haaren.

Mann, sehe ich geil aus. Volle Haare, leuchtend braune Augen. Und das mit Mitte vierzig. Zum Verlieben bin ich. Sexy as hell.

Er wischte sich mit dem Daumen über die Nase, den Blick starr in den Spiegel gerichtet. Da hatte er wegen einer beschissenen Frau tatsächlich seine ausgezeichnete Spürnase verloren, mit der er sich bei der Mordkommission einen ehrwürdigen Namen erworben hatte. Was für ein Absturz: Verbeamtet, aber für eine frühzeitige Pensionierung nicht krank genug, hatte der Amtsarzt gesagt. Für die Mordkommission jedoch vorläufig nicht mehr geeignet. Die Versetzung in den verhassten Innendienst war gefolgt und hatte den Namen Vermisstensachbearbeitung bekommen. Das war schlimmer, als wäre ein Gärtner, der jahrelang einen Safari-Park gepflegt hatte, dazu verdonnert worden, plötzlich Balkonpflanzen zu gießen.

Aber jetzt würde er bald der Alte sein. Nein, ich werde besser sein als je zuvor, dachte Echtner, formte mit seiner Hand eine Pistole und schoss in den Innenspiegel.

Bald werde ich Verbrecher jagen, Mörder stellen, einen Safari-Park leiten.

Er löste die Handbremse, startete den Motor, drückte die Play-Taste des CD-Spielers. »Like Ice in the Sunshine, Like Ice in the Sunshine, I'm melting away ...« Er sang aus vollem Hals mit, als die Kult-Eis-Stimme aus dem Lautsprecher trällerte.

Was ist das denn jetzt? Irgendetwas stimmte mit dem Beat nicht. Ein merkwürdiges Klopfen. Das kam nicht aus der Box. Jemand hämmerte an die Fensterscheibe, nur ein paar Zentimeter neben seinem Kopf.

»... on this sunny day.« Echtner drehte sich nicht zur Seite, sang die Strophe gelassen zu Ende. Erschrocken hatte er sich nicht. Sein Körper schüttete nach dem Ice-Rush kein frisches Adrenalin mehr aus. Das Schlagen gegen die Scheibe wurde heftiger, ein Hund bellte. Der Kommissar tastete in seiner Hosentasche nach Watson. Er steckte da wie immer, konnte ihm aber jetzt auch nicht helfen.

Was sollte er tun? Zwei Triebe drängten ihn zu einer Handlung. Der eine dazu, das Fenster runterzukurbeln und denjenigen, der ihn da störte, egal wer es auch war, mit der Faust ins Gesicht zu schlagen. Echtner leistete Widerstand. Er war Polizist und sollte sich so was unter keinen Umständen erlauben. Schon gar nicht jetzt, wo er im Begriff war, einer der besten Fahnder zu werden, den Osnabrück je gesehen hatte. Der andere Trieb drängte zur Flucht. Vollgas geben und weg.

»Sie da! Aufmachen! Hören Sie?« Die Stimme drang gedämpft zu ihm hinein. Er legte den ersten Gang ein.

»Hallo? Das geht nicht. Jeden Morgen diese dröhnende Musik. Was denken Sie sich dabei? Sie schrecken das Wild auf.«

Der Motor heulte los. Echtners Neugier war gestillt. Da draußen musste ein Förster sein mit seinem Hund. Er trat das

Gaspedal voll durch, die Hinterräder schlingerten auf dem matschigen Erdboden. Er freute sich darüber, lachte lautstark. Sicher hatte er dem Naturschützer eine Ladung Schlamm verpasst. Er sah in den Rückspiegel, konnte aber weder den Mann noch seinen vierbeinigen Begleiter ausmachen. *Da ist keiner.*

Er fand das komisch, kümmerte sich aber nicht weiter darum, weil er weder Zeit noch Lust hatte, nach einem verschwundenen Förster mit seinem Köter zu suchen. So was waren Angelegenheiten für die Streife. Er schaute auf die Uhr am Armaturenbrett. Fünf Minuten nach halb sieben. Langsam konnte er zur verhassten Vermisstenstelle in die Stadt fahren. Mal sehen, wie lange er da noch Dienst tun würde. Nicht mehr lange.

Echtner erkannte das Blaulicht in den verspiegelten Fenstern der Anwaltskanzlei, die der Polizeiinspektion gegenüberlag. Der schwarze Mercedes-Kombi der Spurensicherung schoss aus der Einfahrt und schnitt ihm den Weg ab. Sicher ein Tötungsdelikt, vielleicht sogar mal wieder ein Mord, dachte Echtner, der wusste, dass ihm auch dieser Tatort verwehrt bleiben würde. Man würde ihn und seine Datenbank erst zurate ziehen, wenn es sich um eine nicht identifizierbare Person handelte. Das kam nur eben in den seltensten Fällen vor.

Hollmanns Dienstwagen stand mit laufendem Motor vor der Dienststelle. Ein schönes Bild. Direkt unter einer Deutschland- und einer Niedersachsenflagge und den auf dem gelben Vorbau des Haupteingangs angebrachten blauen Buchstaben, die das Wort Polizei bildeten. Echtner hielt daneben, kurbelte die Scheibe runter. »Moin. Was is'n los?«, fragte er.

»Meine Güte, wir haben eine 107 beim Osna-Kurier. Ich muss los, aber Muck kommt nicht. Ich hab keinen Plan, wo er steckt.« Sein ehemaliger Vorgesetzter von der Mordkommission fluchte durch das offene Fenster. Er hielt mit einer Hand sein Handy am Ohr, mit der anderen strich er nervös über den grauen Schnäuzer. Sein Gesicht war stark gerötet. Wie immer, wenn er sich aufregte.

Echtner hatte ihn von Anfang an gemocht und schätzte ihn auch heute noch. Zwar war er durch und durch bieder, aber er hatte eine soziale Ader für seine Mannschaft. Vielleicht, weil er keine Kinder hatte. Würde er mit fast sechzig wohl auch nicht mehr bekommen. Dafür hätte er eine jüngere Frau gebraucht. Aber einer, der nach vierzig Jahren Ehe seine Frau verlässt, war Hollmann absolut nicht. Im Grunde kannte er keinen aufrichtigeren und freundlicheren Mann als seinen Ex-Chef. Nur Unpünktlichkeit, die konnte er auf den Tod nicht leiden. Deshalb würde Muck Ärger bekommen.

Mit Muck hatte der Kriminalhauptkommissar den Kollegen Meyer gemeint, der gerade angefangen hatte, als Echtner gehen musste. Er war jetzt höchstens sechsundzwanzig – der jüngste Kripo-Beamte in der Mordkommission. Seinen Spitznamen hatte er schnell wegbekommen. Sie hatten ihn abgeleitet von Pumuckl, wegen seiner rostig roten Haare. Seine Frisur erinnerte allerdings eher an die eines Mitgliedes der Hitlerjugend als an die Haarpracht eines Koboldes.

»Muck ist immer noch nicht der Zuverlässigste, was?«, fragte Echtner.

»Hör mir auf«, sagte Hollmann. »Geht nicht mal ans Telefon.«

»Wenns darum geht, dass du nicht allein zum Tatort kannst, ich würde mitfahren.«

Echtner kannte die strengen Vorschriften, die besagten, dass ein Polizist, egal ob Kripo oder Streife, nie allein in einem Dienstwagen unterwegs sein durfte, wenn es zu einem Einsatz ging.

Hollmann nahm das Handy vom Ohr und steckte es in die Brusttasche seines blau karierten Hemdes. »Schrecklich ist das. Aber ich kanns jetzt nicht ändern. Los, spring rein! Ich schätze, du weißt noch, wie das alles läuft.«

Echtners Körper reagierte prompt mit immenser Adrenalin-Ausschüttung. Sein Herz raste, er witterte eine gewaltige Chance. Er würde zu einem Tatort fahren. Endlich wieder.

Aus Angst, Muck würde doch noch auftauchen, donnerte er sein Auto rückwärts so stürmisch in eine Parklücke, dass jeder Fahrlehrer einen Herzinfarkt bekommen hätte. Er sprang zu Hollmann in den Wagen, der sofort das Gas durchtrat.

»107? Selbsttötung? Mord?«, fragte Echtner, während er sich den Sicherheitsgurt anlegte.

»Kann ich noch nicht sagen. Eine Putzfrau hat den Notruf gewählt und einen toten Journalisten gemeldet.«

Hollmann biss hastig in eine übergroße Fleischtomate. Er wirkte gleich viel lockerer. Es schien, als würden die Farben von Tomate und Hauptkommissar miteinander verschmelzen. »Wollte gerade frühstücken«, sagte Hollmann und schmatzte.

»Meine Dienstwaffe ist im Spind.«

»Du sollst ja auch nicht rumballern ... Hier, willst du ein Stück?« Er hielt ihm die angeknabberte Tomate vor die Nase.

»Ich esse kein Gemüse.«

»Ach vergessen, du bist Karnivore. Dir entgeht was. Übrigens grandios, dich wieder neben mir zu haben. Ist lange her. Aber ...«

Die Stimme aus dem Funkgerät unterbrach das Gespräch. »Fünfte Etage, nehmt den Fahrstuhl ... Nein, treten Sie zur Seite, hab ich gesagt. Sie dürfen nicht rein.« Der Lautsprecher knisterte. »Beeilt euch, die Journalisten machen Stunk. Over.«

Am Ende des Gangs stießen zwei Kollegen in weißen Ganzkörperanzügen, die Echtner als Kriminaloberkommissar Bärlein und Kriminalkommissar Oblomow identifizierte, drei Männer von einer Bürotür weg. Der eine hielt eine Kamera in der Hand, ein anderer versuchte, mit seinem Handy über die Köpfe der Beamten hinweg zu fotografieren. Alle schrien durcheinander. Es blitzte. Ein weiterer Polizist, den Echtner nicht kannte, hatte Mühe, das rot-weiße Absperrband vor der offenen Tür anzubringen. Einer der Journalisten, ein ziemlich fetter in aufgeplatztem Hemd, riss daran. Echtner rannte hinter Hollmann her, vorbei an einer weinenden Frau mit Kopftuch und Schürze. Sein breitschultriger, groß gewachsener Chef zog wortlos zwei der pöbelnden Reporter von der Tür weg, dem Fetten trat er auf den Fuß. »Das ist ein Tatort, verlassen Sie den Gang, oder wir sind gezwungen, Gewalt anzuwenden.«

Der Journalist mit dem Handy in der Hand brüllte: »Was ist mit Klatt?«

Dann kreischte der Fette, der versuchte, seinen Fuß unter Hollmann zu lösen: »Das ist unser Verlagsgebäude. Ich arbeite hier und will da rein. Lassen Sie mich gehen!«

Echtner nutzte den Tumult aus, schlich durch die Tür in Klatts Büro. Er ließ seinen Blick schweifen, scannte in Sekundenschnelle das Büro. Hunderte von Reizen sprangen ihm ins Auge. Sein Gehirn filterte die zentralen Informationen heraus: Leiche auf Stuhl am Boden, etwa fünf Zentimeter lange Fleischwunde auf Stirn, Zeitungsfetzen im Mund und auf dem Boden, Artikel an den Wänden, brauner Rucksack neben dem Schreibtisch, flackernder Bildschirm und ... unter die Tastatur geschoben ein Blatt Papier. Gerade so zu erkennen. Instinktiv wusste er, dass der Mörder etwas darauf geschrieben, eine Nachricht hinterlassen hatte. Seine zweite große Chance an diesem Tag. Die Eintrittskarte für den Außendienst lag direkt vor ihm. Er würde die entscheidenden Hinweise zur Aufklärung des Verbrechens einfach dreist an sich reißen.

Wie von einem unsichtbaren Band gezogen, bewegte er sich auf den Schreibtisch zu. Es fühlte sich an, als ob er in Zeitlupe nach dem Blatt griff, um es dann wie im Zeitraffer links unter sein graues, viel zu langes Sportsakko zu schieben und unter seiner Achsel festzuklemmen.

»Komm da vom Tisch weg!«

Echtner hörte die Stimme hinter seinem Rücken und drehte sich leicht benommen um. Bärlein schaute ihn grimmig an. »Auch für dich ist das ein Tatort. Was machst du überhaupt hier? Gibt es keine Vermissten mehr zu suchen?«

Er ignorierte seinen Kripo-Kollegen, schaute ein zweites Mal auf die Leiche. Der blonde Mann mit bleichem Gesicht starrte mit aufgerissenen Augen an die Decke. Ein blauer Turnschuh lag mit der Sohle nach oben auf dem Boden. Die Hände des Toten schienen auf der Rückseite des Stuhles zusammengebunden. Was für eine ansehnliche Leiche, dachte er.

»Was ist los? Lange keinen Ermordeten live gesehen, mmh? Bleib da einfach an der Wand stehen, bevor du noch mehr verwischst.« Bärlein stellte einen schwarzen Koffer auf den Boden und zog daraus einen Haufen Plastiktütchen. Er fungierte als Leiter der Spurensicherung. Ein kleiner, dicker Mann, Mitte fünfzig, mit sechs Kindern und vierzehn Enkeln, über die er in jeder freien Minute plauderte. Echtner hatte ihn noch nie gemocht. Er war rechthaberisch und stank ständig nach altem Schweiß.

Echtner sagte nichts, drehte seinen Kopf nach rechts. Das Absperrband hing nun fest in der Mitte der Tür, die Journalisten hatten sich verzogen und eine angenehme Ruhe legte sich über das Büro. Sein Chef redete weiter hinten im Gang auf die Putzfrau ein.

Like Ice in the sunshine.

Er hörte den Achtzigerjahre-Sound in seinem Kopf, beobachtete Oberkommissar Bärlein, der aus einer Dose blaue Markierkreide um die Leiche und um eine feine Blutspur vor dem Schreibtisch sprühte. Wieder beschlich ihn das Gefühl, im Zeitraffer sehen und denken zu können. Wie in einem alten Charlie-Chaplin-Film, nur in Farbe, sah er Bärlein gelbe Schildchen mit Nummern um den Toten herum positionieren. Oblomow fotografierte, rannte zum Koffer, trug mit einem Fingerabdruckpinsel braunes Pulver auf die Schreibtischplatte auf, fotografierte, bepinselte eine Colaflasche, wuselte umher, zog mit der Pinzette eine Kippe aus einer Schachtel Mentholzigaretten, die auf dem Schreibtisch des Opfers lag.

Der Kollege, den Echtner nicht kannte, kniete und nahm mit einer Pipette Blut vom Boden auf. Als er sich streckte, um die Luminol-Sprühflasche aus dem Schaumstoffkoffer zu nehmen, zeichneten sich pralle Brüste unter seinem Anzug ab. Der Kollege war eine Frau. Echtner dachte an wilden Sex in der Asservatenkammer.

Like Ice in the sunshine.

»Was haben wir, Bärlein?« Hollmanns Stimme riss ihn aus seinen forensisch-erotischen Träumen. Die Bewegungen der Kollegen verlangsamten sich. Kein Zeitraffer-Gefühl mehr.

»Valentin Klatt, geboren am sechsten Februar neunzehnhundertachzig, leitender Lokalredakteur«, sagte Bärlein, der die Geldbörse des Toten in einem Plastikbeutel verschloss. »Platzwunde an der Schläfe, Blut auf dem Boden, Urin an der Hose. Angesengte Haare, aber keine Schusswunde, keine Schmauchspuren. Todesursache höchstwahrscheinlich durch Ersticken an Zeitungspapier, der komplette Rachen ist voll damit. Kann nicht lange her sein. Fünf bis sechs Stunden würde ich sagen, wenn ich Arzt wäre. Bin ich aber nicht. Aber der sollte ja gleich kommen.« Bärlein zog mit einer Pinzette einen nassen Zeitungsfetzen aus dem Mund des Toten. »Hier, noch ganz feucht.«

»Meine Güte, das kann er doch nicht selbst verschluckt haben?«, fragte Hollmann.

»Unwahrscheinlich beim menschlichen Würgereflex«, antwortete Bärlein. »Kurios, oder? Erstickt an den eigenen Zeitungen.«

»An den eigenen Artikeln«, sagte Echtner. Alle im Raum schauten ihn an, als hätte er gerade eine Currywurst in einem Veganer-Restaurant bestellt.

»Wieso das denn?«, fragte Bärlein und guckte zu Oblomow. Sie grinsten sich gegenseitig an. Echtner machte das wütend.

»Vermutung«, antwortete er. »Ich kenne Klatt. Gott sei seiner Seele gnädig, aber er war der mieseste Berichterstatter in diesem Haus.«

»Schon klar, und?«, fragte Bärlein.

»Er dürfte nicht wenige Feinde gehabt haben. Ich tippe auf einen Racheakt.«

»Seit wann tippen wir bei der Mordaufklärung? Solche Thesen kannst du aufstellen, wenn alle Zeitungen aus dem Typen rausgeholt sind. Ach, was heißt *du*? *Wir* natürlich. Du kannst ausgerissene Teenager suchen.«

»Es geht auch schneller, wenn man will, Bärlein«, sagte Echtner. »Warum schaust du dir eigentlich nicht den Rucksack des Täters genauer an?« Prall gefüllt lehnte der seitlich am Schreibtisch.

»Wieso vom Täter?« Bärlein schaute die weibliche Ermittlerin an, die Klebestreifen vom Lichtschalter neben der Tür abzog. »Hannah, da solltest du dich drum kümmern!«

»Ja, da sind so zehn verschiedene Kurier-Ausgaben drin. Wieso die vom Täter sein sollen, weiß ich nicht. Habe ich mir jetzt nicht genauer angeschaut.« Hannahs Stimme zitterte. »Tut mir leid. Mein Fehler. Mensch, ich bin ganz durcheinander. Eigentlich sollte ich doch hier die Bilder machen. Schließlich bin ich als forensische Fotografin in eure Abteilung gekommen.«

»Hannah, ist gut, das wissen wir.« Hollmann versuchte, die Situation zu beruhigen. »Du bist neu bei uns, und wir haben einen Mord. Bärlein teilt die Aufgaben bei der Spurensicherung ein. Ich bin sicher, bald machst du das mit den Fotos.« Er wandte sich zu Echtner: »Also, was ist mit dem Rucksack?«

»In der Vermisstensachbearbeitung spielen Rucksäcke immer eine zentrale Rolle, deswegen fallen sie mir schnell auf.« Er deutete auf Klatt. »Schaut euch den doch mal an: Hemd, Jeans, Uhr. Alles Designerware. Die zertretene goldene Brille da auf dem Boden. Dann ein zerfranster, kackbrauner No-Name-Rucksack? Den hat der garantiert nicht hier reingebracht. Ich wette, da finden wir eine Menge VKs drin.«

»VK für Valentin Klatt«, sagte Bärlein, der zwei frische Einmalhandschuhe aus seiner Seitentasche nahm und überzog.

»VK. Valentin Klatt, genau. Gut getippt, Bärlein. Kann man aber auch von den gerahmten Artikeln an der Wand hinter mir ableiten. Haste dir gar nicht angeschaut, was?«

Der schwitzende Chef-Spurensicherer murrte, bückte sich, zerrte drei Zeitungen aus dem Rucksack, blätterte ein paar Seiten darin um und legte sie zurück. »Da muss ich nicht groß suchen. Die Kürzel sind mit grünem Textmarker angestrichen.« Er wandte sich mit bösem Blick um. »Hannah?«

»Aber ich sollte zuerst ... Ich wusste doch nicht ...«

Hollmann unterbrach sie: »Ist gut jetzt!« Er zeigte auf den Rucksack. »Die Zeitungen will ich alle auf meinem Schreibtisch sehen. Zusammen mit dem vorläufigen Bericht und den Kopien von der Festplatte. Klatt kommt in die Rechtsmedizin. Den Staatsanwalt informiere ich selbst.« Er schaute allen im Raum kurz in die Augen, Echtner etwas länger. »Grandios kombiniert. Riecht die Spürnase etwa wieder? Du kommst mit zurück zur Dienststelle!«

Echtner nickte, strich sich mit dem Zeigefinger über die Nase, schniefte dabei. Er warf Bärlein einen verächtlichen Blick zu, duckte sich dann unter dem Absperrband hindurch, das Hollmann für ihn anhob.

Schon im Aufzug hörte er das Stimmengewirr aus der Eingangshalle. Als sich die Tür öffnete, blickte er in die etwa dreißig Meter lange Halle, die zwischen Gebäudeeingang und Treppenhaus neben dem Fahrstuhl durch ein rot-weißes Band in zwei Hälften geteilt wurde.

Auf der anderen Seite lungerte ein Dutzend Journalisten herum, die Fotos machten, telefonierten oder auf die beiden Streifenpolizisten in blauer Uniform einredeten. Sie standen mit etwas Abstand vor dem Band. Am Tresen der Pforte, die in der Reporter-freien-Zone lag, lehnten zwei Kripo-Beamte. Muck und Kommissarin Elste, auch Biene genannt. Sie sprachen mit dem aufgedrehten Verlagschef Simon von der Haar. Als der Hollmann erblickte, hastete er ihm entgegen. Rote Flecken überzogen seine blasse Gesichtshaut, die grauen Haare standen nach allen Seiten ab. »Herr Hauptkommissar. Was ist passiert? Valentin Klatt ist tot? Ihre Kollegen wollen mir nichts Genaues verraten.« Von der Haar versuchte, den Knoten seiner pinkfarbenen Krawatte zu lockern.

»Weil die Kollegen nichts wissen, herrje noch mal«, sagte Hollmann.

»Erklären Sie doch einfach, was los ist. Der gesamte Betrieb bricht zusammen. Wir gehen schließlich einer wichtigen gesellschaftlichen Aufgabe nach.«

»Herr von der Haar, Ihr sicherlich von Ihnen hochgeschätzter Mitarbeiter Valentin Klatt ist tot. Mir tut das aufrichtig leid. Sie sollten jetzt aber bitte die Fragen der Kollegen beantworten. Können Sie heute ...«, Hollmann schob seinen linken Hemdsärmel hoch, schaute auf eine Armbanduhr, »... so gegen sechzehn Uhr in der Polizeiinspektion sein und mir einen Personaleinsatzplan vorlegen? Wir brauchen genaue Informationen darüber, wer gestern im Haus gearbeitet hat und wer Klatt das letzte Mal lebend gesehen hat.«

»Ja, selbstverständlich. Aber was sollen wir der Presse, äh uns, ich meine, unseren Lesern sagen?« Von der Haar hatte es immer noch nicht geschafft, seinen Schlips zu lösen.

»Machen Sie bei Kommissar Meyer und Kommissarin Elste Ihre Aussage, dann bei mir, anschließend können Sie eigene Artikel schreiben. So weit verstanden?«

»Aber ...«

Muck schob sich vor den Verlagschef. »Bitte, wir machen weiter. Sie haben meinen Chef gehört. Also, Valentin Klatt war an einem Artikel über ...«

Mehr konnte Echtner nicht verstehen. Er quetschte sich unter Blitzlichtgewitter hinter Hollmann durch die Paparazzi-Traube.

Als sie vor der Dienststelle hielten, stöhnte der Hauptkommissar. »Ist das zu glauben? Was für ein entspannter Montagmorgen.« Er nahm die tropfende Tomate, die bis zur Hälfte gegessen war, aus einer Tupperbox und biss hinein. »Bin erstaunt. Du scheinst zurück in bester Verfassung. Danke, dass du eingesprungen bist.«

»Ja.« Echtner strich sich mit dem Finger über die Nase. Er schniefte. »Ich gehe dann mal. Muss noch ein bisschen was durcharbeiten.« Er löste den Sicherheitsgurt, öffnete die Wagentür, stieg aus. Als er die Tür gerade zuschlagen wollte, zog sich sein Magen zusammen. Das Gefühl kannte er aus der Kindheit von Jahrmarktbesuchen, kurz bevor die Achterbahn den Steilhügel runterratterte. Er erstarrte innerlich wie äußerlich. Er hatte einen Fehler gemacht. Einen dicken Fehler.

»Echtner«, rief Hollmann auch schon. »Dir ist da was aus der Jacke gefallen. Was ist denn ...« Bevor er das Blatt so weit angehoben hatte, dass er einen Blick darauf hätte werfen können, schnellte Echtner herum und entriss es ihm.

»Nanu«, sagte der Chef, als hätte ein plötzlicher Windstoß ihm das Papier aus der Hand gefegt.

»Ein Rezept. Ich koche heute Abend, ist mir etwas peinlich.«

»Du kochst? Meine Güte, Echtner. Für eine Frau?«

»Ja.«

»Mein Junge, weißt du, das freut mich. Es geht bergauf mit dir. Ich habe dir so oft gesagt, es wird eine Neue kommen.«

»Vielleicht. Hübsch ist sie«, sagte er und lief schnellen Schrittes und mit tosendem Puls über den Platz.

»Mach einen leckeren Tomatensalat dazu! Mit gebratenen Zwiebeln und viel Pfeffer. Aber nicht zu viel!« Hollmann rief ihm vom Auto aus hinterher.

»Gute Idee.« Er drehte sich noch mal um, hob den Daumen in die Luft, bemühte sich, zu grinsen.

Die Tür schloss er hinter sich ab, nachdem er in sein Büro getreten war. Für einen Moment blieb Echtner im halbdunklen Raum stehen und schrie lautlos in seine Hand.

Das wäre fast schiefgegangen ... aber weißt du was? Scheiß drauf. Heute ist dein Glückstag.

Er beruhigte sich schnell. In seinem Büro war es stickig warm. In den Lichtstrahlen, die zwischen den Lamellen der heruntergelassenen Jalousie ins Zimmer fielen, wirbelten Staubflocken. Eine detailgetreue Karte von Stadt- und Landkreis Osnabrück füllte die Wand hinter seinem Schreibtisch fast vollständig aus. Er hatte Fotos von vermissten Kindern daran gepinnt und damit die Orte markiert, an denen sie zuletzt gesehen worden waren. Eine Visualisierung, die faktisch kein Polizist mehr brauchte. Alle Vermisstenfälle wurden akribisch genau in Datenbanken gespeichert. Er benutzte trotzdem Nadeln. Bis auf zwölf Fotos hatte er in einem Jahr seiner Tätigkeit als Sachbearbeiter für Vermisstenfälle etwa 150 Bilder von Kindern und Jugendlichen nicht nur an-, sondern auch wieder abgesteckt. Die meisten waren nur wenige Tage hängen geblieben.

Er ging am Schreibtisch vorbei zur Karte, stellte sich auf die Zehenspitzen, riss ein Foto herunter, das er auf die Knollstraße gepinnt hatte. Wo er wohnte. Du wirst nicht mehr vermisst, Marion, dachte er, drehte sich um und schnippte das Bild seiner Ex in die geöffnete Schreibtischschublade. Dann setzte er sich.

Nur noch ein paar Sekunden, nur noch ein paar Sekunden.

Er spürte ein heißes Kribbeln im Bauch, als er das Blatt Papier in die Hand nahm und auf der Schreibtischplatte ausbreitete. Er wusste, er hatte eine Nachricht von Klatts Mörder vor sich. Er zog die Tischleuchte direkt über das Dokument, schaltete das Licht an, las dann das am Computer verfasste und ausgedruckte Schriftstück:

Die miese Raupe Valentin Klatt
erstickt nun an ihrem eigenen Blatt.
Und dies war nur der erste Streich,
doch der zweite folgt sogleich!
Eh' man's gedacht,
ist ein Brot aus ihm gemacht!
Der Inspektor

Echtner legte das Dokument zurück auf den Schreibtisch, knipste die Lampe aus. Er ließ das Gedicht eine Weile auf sich wirken, dann schaltete er das Licht wieder ein, las erneut. Seine Herzmuskeln jagten sein mit Adrenalin und Metamphetamin gedoptes Blut mit einem so heftigen Druck in den Kopf, dass er kurz glaubte, die Ader an seiner Schläfe würde platzen.

Das wars. Er hatte die Message vom Mörder gelesen. Eine Nachricht direkt an ihn. Vielleicht hielt er gerade den entscheidenden Hinweis in seinen Händen.

Der Inspektor. Was wollte er denn damit sagen? Für wen hielt sich der Kerl? Für einen Detektiv, einen Kontrolleur? Ich werde bald rausfinden, was dieser Einfaltspinsel inspiziert oder meint, inspizieren zu müssen, dachte Echtner.

Die Raupe Nimmersatt. Ein Kinderbuch. Wie er bereits vermutet hatte, war die Tat, nach dem veränderten Text zu urteilen, wohl ein Racheakt. Der Kurier-Reporter hatte Mist geschrieben, sich mit dem Falschen angelegt. Zu gerne würde er jetzt in den Artikeln aus dem Rucksack aus Klatts Büro wühlen, um Aufschluss über das Motiv zu bekommen. Die Kollegen würden die Hinweise aber schon finden. Er war nicht in der Lage, sich da zu beteiligen. Noch nicht. Aber hier vor ihm lag etwas, was nur er kannte. Er las mit Flüsterstimme: »... und der zweite folgt sogleich.«

Seine Hand schnellte an die tosende rechte Schläfe. Er drückte darauf, als wolle er verhindern, dass Blut von dort über den Schreibtisch spritzte.

Meine Fresse, das gibt es ja nicht. Der Kerl ist ein Serienkiller, dachte er, ein verdammter Serienkiller. Klatt ist nur der Erste. Der Erste von wie vielen?

Wenn Polizisten im Dienst auch Fische fangen würden, dann hätte er wohl jetzt den dicksten an der Angel. Ein Serienmörder in der Friedensstadt Osnabrück. Der erste Osnabrücker Serienmörder. Zumindest der erste moderne. In irgendeinem Buch hatte Echtner mal über einen polnischen Fremdarbeiter in der Zeit des Dritten Reiches gelesen, der einen Serienmord begangen haben sollte. Aber er war sich sicher, dass den kaum jemand kannte und dass der ein kleiner Fisch sein würde im Gegensatz zu seinem. Echtner grinste und gluckste. Am liebsten hätte er schreien wollen vor Glück, aber er war nicht allein im Gebäude. In seiner Abteilung legte man Wert auf Ruhe. Auch wollte er nicht, dass seine Kollegen ihn jetzt störten. Der Polizist zog Watson aus der Hosentasche, wischte zweimal über seine Vorderseite und hielt ihn sich vor die Lippen. »Watson!«

»Hallo, Sheriff. Wie kann ich behilflich sein?«

»Watson, finden: Eh' man's gedacht, ist ein Brot aus ihm gemacht.«

»Meine Suche ergab keinen exakten Treffer. Einen ähnlichen Treffer gefunden: Eins, zwei, drei! – Eh' man's gedacht, sind zwei Brote draus gemacht. Vers aus Max und Moritz, Sechster Streich. Heinrich Christian Wilhelm Busch war einer der einflussreichsten ...«

»Watson, danke!«

»... humoristischen Dichter und Zeichner Deutschlands.«

»Watson, stopp!«

Jedes Mal, wenn Watson einen Auftrag gut erledigt hatte, neigte Echtner dazu, sich zu bedanken, statt einfach nur den einprogrammierten Stopp-Befehl auszusprechen. Watson hatte es irgendwie geschafft, ein guter Freund zu werden. Echtner konnte ihm alles erzählen. Der treue Watson leistete ihm in jeder Hinsicht professionelle Hilfe, vor allem gab er nie Widerworte, so wie Marion es regelmäßig in penetranter Weise getan hatte.

»Watson, finden: E-Book Max und Moritz.«

»Erhältlich bei folgenden Anbietern ...«

Echtners Freudenglucksen übertönte die Anbieternamen. Mit dem Finger wischte er auf Watson herum und klickte auf den Download-Link in einem Onlineshop.

»Watson, notieren: Gesucht wird Serienmörder oder Mörder, der ein solcher werden will. Nennt sich: Der Inspektor. Intelligent, raffiniert, brutal, rachsüchtig. Steht auf Kinderreime. Raupe Nimmersatt, Max und Moritz, Wilhelm Busch. Erstes Opfer: Osna-Kurier-Redakteur Valentin Klatt, in der Nacht vom vierundzwanzigsten auf den fünfundzwanzigsten Mai. Persönliches Rachemotiv noch unklar. Nächstes Opfer soll ein Brot werden. Oder hat mit Brot zu tun. Fortsetzung folgt. Notiz Ende.«

Kapitel 3 – Belize

Die zerzausten roten Haare hingen ihr in Strähnen über die Stirn. Der linke Träger des Negligés durchgeschnitten. Die üppige, nackte Brust herausgerutscht. So stand sie da und schrie. Die Knie zitterten unter dem aufgerissenen Kleid, das den Blick auf ihr Höschen freigab. Ellen hatte sich schminken wollen, als der Mann hereingekommen war. Von Wimperntusche schwarz gefärbte Tränen liefen ihr über die Wangen, vermischten sich mit dem Blut, das von ihrer Unterlippe auf den Arm tropfte. Den Oberkörper nach vorne gebeugt, hielt sie mit beiden Händen den Taser vor sich, mit dem er sie angegriffen hatte.

»Nein, ich wollte dich nicht ... Shit, tut das weh ...« Der Mann in cremefarbenem Mantel und schwarzem Hut stöhnte wie ein kasachischer Esel bei der Paarung. »Das ist ein Missverständnis. Nimm das Ding runter!« Auf dem Boden kniend krümmte er sich vor Schmerzen. Mit der rechten Hand schützte er seinen Genitalbereich, mit dem linken Unterarm das Gesicht.

Als er ihr das Höschen hatte runterziehen wollen, hatte sie einen unachtsamen Moment ihres Besuchers ausgenutzt und ihm so heftig gegen die Hoden getreten, dass er sofort auf die Knie gefallen war. Er hatte nicht mehr die Kraft aufbringen können, seine Waffe festzuhalten, mit der sie ihn jetzt bedrohte.

»Stück Scheiße, du. Denkst du, du kannst machen das mit alle Frau, hmm?« Ellen kreischte mit ausgeprägtem russischem Akzent und fuchtelte mit dem Taser vor dem Gesicht des Eindringlings herum. »Das nicht gut. Jetzt du kriegst großes Schmerz.«

»Nein«, brüllte Konrad. »Lass mich ...«

Ellen hielt die Elektroschockpistole an seinen Unterarm, drückte den Abzug voll durch. Es zischte und knisterte. An der

Stelle, wo sie aufgesetzt hatte, leuchtete der helle Mantel in blitzendem Blau. Er schrie nun lauter als der kasachische Esel bei der Paarung. Er musste unerträgliche Schmerzen empfinden. Sie hielt den Finger weiter am Abzug. Es dauerte ein paar Sekunden, bis der Mann umkippte. Mit der Vorahnung, die Bewusstlosigkeit würde nicht lange anhalten, stürzte Ellen zu ihrem roten Eichenholz-Nachtschränkchen, riss die oberste Schublade auf, fand zwischen Kondomen, Gleitgel und Dildos die Handschellen. Sie hob seine linke Hand an, legte sie in den Metallring und ließ ihn einrasten. Das andere Ende der Handschellen machte sie am hohen silbernen Bettgestell fest. Dann ging sie gelassen ein paar Schritte weiter zu ihrem Schminktisch, nahm die Zigaretten von der Ablage. Sie setzte sich auf den Stuhl, sodass sie ihren Gefangenen im Blick hatte, schlug die Beine übereinander und rauchte.

Wenige Augenblicke später schüttelte er den Kopf, stöhnte. »Puh, das war heftig«, sagte er und blickte auf. Sie konnte ihm jetzt direkt in die Augen sehen.

»Ich weiß nicht, ich das mache immer noch nicht gerne. Soll ich lösen Handschellen, Konrad?«

»Nein, lass mich einen Augenblick so entspannt. Es kitzelt so herrlich.«

Konrads Mantel war über seinen Oberschenkel gerutscht. Sie erkannte an der Beule in der Mitte seiner braunen Stoffhose, dass sein Glied noch erigiert war.

»Du brauchst Hygienetuch?«

»Nein, alles okay.«

Ellen schaute mit kokettierendem Blick auf Konrads Penis. »Soll ich noch masturbieren Schwanz?« Sie spreizte leicht die Beine, sodass er ihr direkt auf den Slip schauen konnte. Sie war feucht geworden.

»Nein, es ist alles gut. Ich muss nicht kommen. Es ist einfach geil, so wie es ist. Genauso will ich es. Wie immer, meine Kleine.«

»Ja, ich nur will sein sicher, aber ich freue mich.« Ellen stand auf und verschwand hinter dem Vorhang neben ihrem Schminktisch.

»Alkoholfrei Bier?«, rief sie aus dem Raum dahinter.

»Ja, bitte.«

Ellen kam ohne Zigarette, dafür mit einem gefüllten Bierglas in der einen, einer angebrochenen Flasche Sekt in der anderen Hand zurück in das Schlafzimmer. Sie trug jetzt einen rosafarbenen, etwas zu engen Bademantel aus Frottee. »Ich weiß doch, wie du magst es. Letzte Wochen du gar keine richtige Bier getrunken. Ich nie gedacht, dass ich habe mal Bier mit ohne Alkohol in Schrank. Aber du bist beste Kunde, also ich muss haben.«

Sie stellte Glas und Flasche auf den Nachtschrank, nahm einen kleinen silbernen Schlüssel aus der Schublade, befreite Konrad von Handschellen und Bettgestell. Sie warf sich längs aufs Bett, griff nach einer Kaffeetasse, die auf dem Nachttisch der anderen Seite stand. Vor dem eingerahmten Schwarz-Weiß-Foto, das sie als Kind im Arm ihrer Mutter zeigte. Sie drehte sich herum und hielt ihm die Tasse entgegen. »Gieß ein das Sekt!«

Er zog den Mantel aus, legte ihn über den Stuhl und warf seinen Hut auf die Sitzfläche. Er griff nach der Sektflasche, hielt sie über die Tasse. »Wie heißt das?«

»Sekt«, frotzelte sie und lachte. »Ich schon weiß. Bitte das heißt. Wir nicht so viel sagen Bitte in russische Sprache, deswegen ich immer vergesse.«

»Also?«

»Bitte, gieß ein das Sekt.«

»Gut, aber es geht noch besser«, sagte Konrad. »Also: Bitte gieß mir etwas von dem Sekt ein. Es heißt der Sekt, nicht das Sekt.«

»Eigentlich ich weiß schon. Bitte, gieß mir etwas von der Sekt ein«, sagte sie betont.

»Na gut, das lasse ich ausnahmsweise gelten für heute, wir üben das noch«, sagte er, senkte die Flasche, schüttete die Tasse so voll, dass der Schaum fast über den Rand quoll. »Und du solltest dir endlich Sektgläser kaufen. Deine Kunden werden das nicht so romantisch finden.«

»Für die ich habe. Meine Romantik ist Tasse. Nastrovje!« Sie trank und rutschte herum, sodass sie seitwärts im Bett lag, mit dem Kopf auf ihrem roten Herzchen-Kissen am oberen Bettende. Die Kaffeetasse in der einen, klopfte sie mit der anderen Hand vor sich auf die Matratze. »Jetzt du legst hin, entspannst du.«

Konrad stellte die Sektflasche auf den Nachtschrank, griff nach dem alkoholfreien Bier, trank mit einem Schluck die Hälfte aus und schmiss sich neben Ellen mit dem Rücken aufs Bett. »Das habe ich heute dringend gebraucht«, sagte er und blickte auf den rotierenden Deckenventilator. »Der staubt, da muss einer dran.«

»Ja, ich das mache. Du jetzt ruhig, nicht immer denken, was sein könnte besser.« Sie streichelte ihm sanft über die Haare, die nach seinem holzig-nussigen Shampoo dufteten. Vertraut das riecht, dachte sie.

Er schloss die Augen, sie lauschte seinem gelassenen und gleichmäßigen Atmen. Ein seltsames Gefühl der Geborgenheit erfasste sie und brachte sie zum Sinnieren. Konrad war ein lieber Mann. Er stand auf Schmerzen. Eigentlich nichts Besonderes. Mindestens zwei, drei Freier, die sie im Monat bediente, wollten körperlich gepeinigt werden. Aber dass jemand Elektroschocks brauchte, um zu kommen, hätte sie nicht für möglich gehalten.

Auch seine Rollenspiele hatte sie zu Anfang als seltsam empfunden. Sie staunte darüber, wie Konrad in seinen verschiedenen Rollen hin und her wechselte, total darin aufging. Vom hereinplatzenden Vergewaltiger bis zum sanftmütigen Vatertyp, der ihr Ratschläge gab, sie ernst nahm, sich um sie kümmerte. Aber sie tat das, was ihre Kunden verlangten. Außerdem hatte der Mann neben ihr, der sie jetzt seit über einem halben Jahr regelmäßig besuchte, ihr versichert, dass er zwar heftige, erregende Schmerzen verspürte, sie ihn aber mit der Waffe nicht ernsthaft verletzen könne.

Ellen störte etwas ganz anderes: Der liebe Konrad wollte keinen Sex mit ihr, weder Geschlechtsverkehr noch orale Befriedigung. Es gehörte zu ihrem Job, die Beine breitzumachen und zu blasen. Eben wie es zum Job einer Kassiererin gehörte, Waren zu scannen und Tüten herauszugeben. Jedoch war es nicht so, dass sie unbedingt Wert darauf legte. Wenn Kunden kamen, die nur reden wollten, bedeutete das für sie jedes Mal eine willkommene Abwechslung.

Bei Konrad verhielt es sich anders. Wenn sie ehrlich zu sich selbst sein sollte, musste sie sich eingestehen, dass sie gerne mit ihm schlafen wollte. Das hatte sie noch nie erlebt. Sexuelle Lust hatte sie vorher nie verspürt. Sie konnte Gedanken und Gefühle komplett ausschalten, wenn die Männer über sie rutschten. Sie machte das wegen des Geldes. Sie konnte nichts anderes.

Und jetzt war auch noch ihre Mutter krank. Mit fünfzehn war Ellen mit ihr und ihrem drei Jahre älteren Bruder Petka aus Kasachstan gekommen, der Vater war dort geblieben. Ob er noch lebte, wusste sie nicht, interessierte sie aber auch nicht. Die fremde, deutsche Kultur hatte sie geschockt. Die Sprache zu lernen, war ihr schwergefallen. Es hatte sich angefühlt, als hätte man einen komplett neuen Menschen aus ihr gemacht. In Russland hatte man sie »Deutsche« gerufen, dabei hatte sie nicht mehr von diesem Deutschland gewusst, als dass ihre Vorfahren vor langer Zeit von dort gekommen waren.

Bei der Registrierung in Osnabrück hatte ihre Mutter offiziell einen anderen Namen für sie wählen müssen. Warum, das konnte sie sich heute noch nicht erklären. Vom deutschen, aber nicht Deutsch sprechenden Teenager Jelena in Kasachstan, war sie in ihrer neuen Heimat zu Helena, der Spätaussiedlerin, geworden. Dann hatten ihre Mitschüler aus Helena Ellen gemacht. Der Spitzname gefiel ihr. Aus Ellen wurde schließlich vor etwa vier Jahren die rassige Russin mit dem Geschäftsnamen Ellen Erotic.

Prostituierte zu sein, das war alles andere als ihr Traumberuf. Aber nach dem gerade so erreichten Hauptschulabschluss, von dem sie früh gemerkt hatte, dass er nicht viel wert war in diesem Land, hatte sie Geld verdienen müssen. Keine Zeit für eine Lehre. Erst Küchenhilfe, dann Putzfrau, jetzt eben Hure. Mit zweiundzwanzig Jahren.

»Konrad«, flüsterte sie. Er gab keine Antwort, aber legte seine Hand zärtlich in ihren Schoß. Sie trank einen großen Schluck aus der Tasse. Das Kribbeln in ihrem Bauch nahm an Intensität zu. Was hatte er nur, das sie so faszinierte? Er war ja doppelt so alt wie sie, hatte Falten auf der Stirn und graue Bartstoppeln. Dafür hübsche, schmale Lippen, strahlend weiße Zähne und sanfte Hände. Und er roch gut. So natürlich und männlich. Eine Schönheit war er wohl nicht, aber auch nicht hässlich. Außerdem so intelligent und herzensgut. Das war ihr viel wichtiger.

Noch nie hatte sich ein Mann für ihre Wünsche und Gefühle so interessiert wie er. Alle waren immer nur hinter ihrem Körper her gewesen, egal wie sie selbst aussahen. Das war schon so gewesen, bevor sie nach Deutschland gekommen war. Sie erklärte sich das mit ihrer naturgegebenen Schönheit, auf die sie stolz war. Sie besaß eine schöne, schlanke Figur, einen großen Busen, rot schimmernde Haare, strahlend grüne Augen. Und hübsche kleine Sommersprossen, die damals schon in Russland ihr Onkel Dimitri gestreichelt hatte, wenn er viel Wodka getankt hatte. Der Vater hatte zugeschaut. Vor Ekel schüttelte sie sich bei dem Gedanken.

»Was ist? Habe ich dir wehgetan?« Konrad war durch Ellens hastige Bewegungen aufgewacht, blickte ihr ins Gesicht.

»Nein, natürlich nicht. Ich mich fühle nur wohl, dann ich das mache manchmal. Was du heute den ganzen Tag gemacht, dass du bist so müde?«

»Ich hatte gestern eine aufregende Nacht«, sagte er und zog die Stirn in Falten.

»Oh. Mit eine Frau?«

»Nein.« Konrad lachte. »Keine Sorge. Du bist die einzige Frau in meinem Leben. Ich habe mich mit einem alten Bekannten getroffen, und wir haben viel gelesen.«

Männer, die sich treffen und gemeinsam lesen. Das war noch etwas, was Ellen bisher nicht kannte. Aber es könnte zu Konrad passen. Er war ja so belesen und intelligent. Hatte ihr schon so viel beigebracht, über Dinge, von denen sie nie etwas geahnt hatte.

»Wie lange habe ich denn geschlafen?«

»Ach, halbe Stunde. Ich erst habe neue Termin in eine Stunde, letzte für heute«, sagte Ellen, die sich darüber freute, dass Konrad meistens ganze zwei Stunden bei ihr blieb. Sie hatte mal erwähnt, dass sie ihm gerne einen Rabatt anbieten würde. Aber er hatte sofort abgewinkt, bezahlte lieber korrekt.

Konrad legte sich auf den Rücken, überschlug die Beine und nahm ihre Hand. Während er auf den Ventilator starrte, fragte er: »Ist es ein netter Kunde? Ein attraktiver?«

»Wer?«

»Der Freier, der gleich kommt. Dein letzter für heute.«

»Ich weiß nicht, kann nichts sagen über Mann, redet nicht viel.«

»Du musst aufpassen, hörst du«, sagte Konrad und drückte ihre Hand. »Wenn was ist, rufst du *mich* an. Nicht die Polizei!«

»Ja, das du sagen jede Mal. Es nichts passieren. Ich das schon mache lange.«

»Bald musst du das ja nicht mehr. In zwei Wochen geht es schon los nach Belize, das weißt du doch. Und ich halte mich an mein Versprechen, dich mitzunehmen.«

»In diese Land, wo ich kann haben mein eigene Heim für Tiere?« Ellen war immer ganz aufgeregt, wenn ihr liebster Freier von diesem Paradies erzählte, das so herrlich sein musste, dass es jenseits all ihrer Vorstellungskraft lag. Manchmal glaubte sie tatsächlich daran, dass sie dahin reisen durfte. Es wäre aber einfach zu schön, um wahr zu sein. Deswegen dachte sie nicht darüber nach – nur, wenn er da war. Sie merkte zwar, dass er sie mochte, aber warum sollte er sie mitnehmen? Nicht mal geküsst hatten sie sich.

»Genau, Belize. Du wirst es lieben.«

»Und deine Haus ist wirklich bei Strand?«

»Keine fünfzig Meter«, sagte Konrad. »Kilometerlange weiße Sandstrände, Korallenriffe, Mangrovenwälder und unberührte Natur.«

Ellen hatte vergessen, was Korallen und Mangroven waren, aber allein die Worte waren so liebreizend, dass diese Dinge wunderschön sein mussten. Sie stellte sich Belize als genaues Gegenteil vom bescheidenen, dreckigen Kasachstan vor.

»Und das rote Seestern in Meer?«

»Der Seestern. Nein, die Seesterne. Plural. Es gibt dort Tausende rote Seesterne. So rot wie dein Haar sind die.«

»Oh wie schön! Ich will das sehen.«

»Das kannst du. Direkt im Wasser. Du kannst jeden Tag schwimmen gehen und sie sehen. Es scheint immer die Sonne. Wir werden keine Geldsorgen haben, und du darfst dich um die einsamen Hunde und Katzen kümmern.«

Ellen liebte Tiere. Als Kind hatte sie viele gehabt. Hunde, Katzen, Schafe, sogar ein Pferd. In ihrem Zimmer konnte sie aber kein Tier halten, die Vermieterin erlaubte es nicht. Außerdem war kein Platz. Ihre Mutter war zu krank, um sich ein Haustier anzuschaffen. Und Petka interessierte sich für nichts, außer Fußball und russischen Hip-Hop.

Sie hatte vor ein paar Monaten mit ihrer Mutter eine Reportage über eine Auswanderer-Familie gesehen, die in Griechenland ein Tierheim aufgebaut hatte und sich rührend um Straßenhunde und -katzen kümmerte. Die Story hatte ihr Herz sehr berührt. Danach war ihr klar geworden, dass sie genau so etwas auch machen würde, sollte sie noch einmal die Chance auf einen Neuanfang bekommen. Ein Job mit Verantwortung. Eine Arbeit, die ihr mit Liebe gedankt wurde. Hunde, die ausgesetzt oder geschlagen worden waren, nichts mehr zu essen bekommen hatten, wollte sie so lange pflegen, bis sie wieder glücklich waren. Dann sollten sie an verantwortungsvolle Herrchen und Frauchen vermittelt werden. Außer ihre Lieblinge natürlich.

Seit er ihr von Belize erzählt hatte, kombinierte sie in ihrer Fantasie Freiheit, Sorglosigkeit und Schönheit der Natur mit dieser sinnvollen Aufgabe. Konrad hatte keinen Bezug zu Tieren, hatte er gesagt, aber er wollte ihr helfen, sich ihren Traum vom eigenen Tierheim zu erfüllen. Außerdem hätte ein Bekannter vor ein paar Monaten ein Tierheim in den Ruin getrieben, was ihn sehr mitgenommen hätte. Daher würde ihm Ellens Plan schon passen. Sie glaubte ganz fest daran, dass die kleinen Wesen auch schnell sein Herz berühren würden.

»Vielleicht kannst du ja noch ein paar Maya schminken«, sagte Konrad und lächelte den Ventilator an.

»Die Bienen schminken?«

»Die was?« Er lachte aus vollem Hals, aber freundlich. »Nein, die Maya sind keine Bienen. Das sind Indianer, die noch zu schätzen wissen, wie man richtig lebt und vor allem ehrlich arbeitet. Ihre Vorfahren haben traumhafte Tempel gebaut. Ich werde dir das alles zeigen. Du musst mich nur diesen Job erledigen lassen.«

Ellen wusste, dass er ihr nicht verraten würde, um was es dabei ging, aber jedes Mal, wenn sie über das Thema sprachen, erwähnte er ihn. Der Job konnte vieles sein. Vielleicht schob er den auch vor und wollte sich in Wirklichkeit von seiner Frau trennen. Vielleicht war es aber nur einfach ein gut bezahlter

Auftrag. Sie wusste weder, was er arbeitete, noch, ob er eine Frau hatte. Da sie sich auf keinen Fall hätte vorstellen können, dass er etwas Illegales im Schilde führte, bohrte sie nicht weiter nach. Außerdem mochte sie Geheimnisse, und dieser Mensch war ja ein einziges Geheimnis.

»Aber, warum du nimmst mich mit?«, fragte sie.

»Weil ich dich sehr mag, meine Kleine.«

»Ich dich auch mag sehr. Warum du mich nicht fickst? Ich nicht bin schön für dich?« Ellen fragte das nicht zum ersten Mal.

Konrad schüttelte den Kopf. »Du bist wunderschön. In Belize werde ich nichts lieber tun, als mit dir zu schlafen. Lass mich nur den einen Auftrag erledigen. Vertrau mir!«

»Und meine Mamotschka?« Sie spürte ein Stechen in der Brust. Ihrer Mutter war es in letzter Zeit besser gegangen, aber sie würde sie auf keinen Fall alleinlassen können.

»Habe ich doch so oft gesagt. Die holen wir nach, wenn wir was für sie haben. Die Luft in Belize wird sie gesund machen. Du hast ihr doch nichts gesagt?«

»Nein, natürlich ich nichts gesagt, wie wir haben abgemacht. Noch nicht. Entschuldigung, ich frage wie Kind. Aber du ja auch mal hast gesagt, ich sehe aus wie deine Tochter.«

»Bitte, Ellen, du erinnerst mich manchmal an sie. Du siehst nicht aus wie sie. Ich bin doch nicht pervers. Und ich möchte heute nicht über Klara reden. Sie ist tot. Sie wird aber nicht umsonst gestorben sein, das verspreche ich.«

Sie spürte Konrads aufsteigende Wut. Er sprach lauter, drehte sich herum, schlüpfte in seine Schuhe. »Mir das tut leid.«

»Du kannst nichts dafür, meine Kleine. Das haben andere zu verantworten.«

Ellen wusste, dass sie ihn jetzt ziehen lassen musste. Sie würde gerne wissen wollen, was genau mit seiner Tochter passiert war. Aber mehr, als dass sie bei einem Autounfall umgekommen war, hatte sie nicht erfahren. Er wich dem Thema aus. Das war in Ordnung für sie.

»Ich gehe nicht deswegen, muss noch wen füttern«, sagte Konrad und stand auf.

»Oh, eine Sobaka? Eine kleine Hund?«

»So was Ähnliches. Ein Höllenhund könnte man sagen.«

»Was ist eine Höllehund?«

»Ein böser Hund. Kein echter. Das sagt man auf Deutsch über einen bösen Menschen. Schon gut. Aber die Hunde, die nicht böse sind, wer weiß, vielleicht gewöhne ich mich wirklich an sie.«

»Oh du wirst lieben die kleine bellende Sobaki und schnurrende Koschki von Belize.«

Sie strahlte. »Du kommst bald wieder hier?«

»Das weißt du doch. Pass auf dich auf, Ellen!« Konrad zog den Mantel wieder an und den Hut auf. Er nahm zwei 100-Euroscheine aus seinem Portemonnaie, legte sie auf ihren Schminktisch. Dann verließ er ohne ein weiteres Wort die Wohnung.

Ellen schüttete den Rest Sekt in sich hinein, stand auf und verschwand hinter dem Vorhang. In dem Raum dahinter hatte sie eine Kochnische mit Kühlschrank. Gegenüber Waschmaschine, Nasszelle und Toilette. Es reichte ihr, sie war bescheiden geblieben. In Russland hatten sie für drei Familien ein Gemeinschaftsklo gehabt, statt Toilettenpapier Zeitungen benutzt.

Sie duschte sich eilig ab, cremte sich ein, trug Parfum auf, setzte sich dann im Bademantel an den Schminktisch und schaute auf die Kollektion der unter dem Spiegel aufgestellten Lippenstifte. Da standen etwa zwanzig in den verschiedensten Rottönen. Das Kirschrot verwendete sie für die Blutstropfen, die sie auftrug, bevor Konrad als Vergewaltiger kam. Sie überlegte kurz, entschied sich dann, Timeless-Rosé für ihren nächsten Kunden aufzutragen. Sie nahm das schwarze Fläschchen und malte die Farbe mit einem Pinsel auf die Lippen, während sie sich im Spiegel musterte. Als sie gerade zum Mascara greifen wollte, klopfte es stürmisch an der Wohnungstür.

Ellen zuckte zusammen, schaute auf die Klappuhr auf ihrem Tisch. Ein bisschen sehr früh, dachte sie. Sie erwartete den Sheriff erst in einer Viertelstunde. Aber Flexibilität und Spontaneität gehörten zu den wichtigsten Skills in ihrem Job, zumindest hatte Konrad ihr das in einem ihrer Gespräche einmal erklärt, und sie verstand, was er damit meinte. Sie rückte ihren Busen zurecht, öffnete.

Zwei südländisch anmutende Jugendliche musterten sie, als wäre sie eine Skulptur in einem Museum. »Was kostet bumsen?«, fragte der Junge mit der goldenen Kette um den Hals. Er schien vielleicht sechzehn Jahre alt zu sein.

»Haut ab hier!«

»Wieso? Ich will bumsen.« Der Junge schlug seine rechte, offene Hand mehrfach auf die Faust der anderen. Es klatschte.

»Aber nicht mit mir. Such Mädchen in deine Alter!«

»Was willst du, du Opfer-Hure? Wir sind beide achtzehn. Willste Ausweis sehen, oder was?«

»Ich will nicht Ausweis sehen, auch nicht kleine Pimmelchen. Keine Termin, keine Sex für Kind.«

»Termin? Was soll das heißen, du dumme Nutte. Willst du unser Geld nicht oder was?«

»Idi nahui bliad. Weg mit euch!« Ellen knallte die Tür zu. Sie hörte, wie einer der beiden von außen dagegen trat. »Los, du Opfer-Fotze, zeig uns deine Titten!«

Plötzlich sagten die Jungen für einen Moment nichts mehr. Stattdessen vernahm Ellen aus dem Hausflur eine deutlich erwachsenere, tiefe, eindringliche Stimme: »Verschwindet, sofort!« Es war der Sheriff, Gott sei Dank!

Die Jugendlichen brabbelten durcheinander: »Was willst du denn, Alter?« Und: »Verpiss dich, du Otto!«

Wieder Stille. Nach ein paar Augenblicken sagte einer der Jungs mit etwas zittriger Stimme: »Alles cool, Alter. Kein Stress, kein Stress. Wir hauen ab. Komm Murat, der ist voll der Psycho.«

Ellen hörte schnelle Schritte die Treppe runtertrappeln. Als sie verstummten, klopfte es erneut an der Tür. Diesmal sanft.

»Wer da ist?«, fragte sie vorsichtshalber durch die geschlossene Tür.

»Ich bins«, sagte der Sheriff.

Ellen öffnete ihm. Er trug ein langes, offenes Sportsakko über einem schwarzen Polohemd. Absichtlich zog er die Jacke so zur Seite, dass sie den Pistolengürtel an seiner Taille erkannte. Er trug meistens eine Waffe bei sich. Aber sie war sicher, dass sie nicht echt war. Sie wusste kaum etwas von dem Mann, auch nicht seinen richtigen Namen. Er hatte ihr gesagt, er sei Polizist, sie solle ihn einfach Sheriff nennen. Ellens Kunden schlüpften in die verschiedensten Rollen, wenn sie zu ihr kamen. Sie hatte Transvestiten, Matrosen, Babys, den lieben Pseudo-Vergewaltiger und eben auch einen Sheriff. Er schaute sie lüstern an, rieb sich mit der Handoberfläche über die Nase und kaute hektisch auf einem Kaugummi. Wie ein Kokser, dachte Ellen.

»Wie üblich achtzig Euro ohne und hundert mit Blasen?«

»Ja, für halbe Stunde.«

»Ich nehme heute ohne«, sagte der Sheriff und drückte sich an ihr vorbei ins Zimmer.

Ellen schloss die Tür. »Was zum Trinken?«

»Ne, das geht von der Zeit ab. Zieh dich einfach aus und mach die Beine breit!«

Der Sheriff wünschte keine Kommunikation, was okay war. Also zog Ellen ihren Bademantel aus. Sie fasste ihr Höschen an den Seiten, zog es bis zu den Knien runter, ließ es fallen, schlüpfte mit den Füßen heraus. Sie legte sich auf das Bett und spreizte wie befohlen die Beine. »Gummi du kannst nehmen da«, sagte sie und deutete auf ein Porzellanschälchen auf dem Nachtschrank.

Der Sheriff hatte sich komplett entkleidet. Er hatte eine starke Erektion. Selten kam es vor, dass ein Kunde so zackig auf Touren kam. Kaum einer hatte einen dermaßen großen Schwanz wie der nackte Möchtegern-Cop vor ihr. Während er im Stehen ein Kondom überzog, schmierte Ellen Gleitgel zwischen ihre Beine, etwas mehr als bei den anderen Freiern.

Der Sheriff kniete sich vor Ellen aufs Bett, zog sie an der Taille fest zu sich heran und drückte ihre Oberschenkel nach oben. Er drang hart in sie ein. Ellen stöhnte.

*

Die orange strahlende Sonne schimmerte gerade noch hinter den Häusern seiner Siedlung hervor. Die Giebel warfen Schatten auf die gepflegten, sommerlich grünen Vorgärten. Ein paar Vögel zwitscherten. Konrad genoss den kühlen Wind, der ihm von der Seite ins Gesicht blies. Er ging zwischen den Bäumen hindurch in Richtung Straße. Unter seinem Fuß knackte es. Er schaute runter, bemerkte, dass er auf einen Ast getreten war. Als er aufblickte, erkannte er einen Jungen in rotem Shirt, der mit einem Mountainbike in fast der gleichen Farbe auf dem Gehweg stand, wo der Wald zu Ende war, und ihn anglotzte.

»Bist du ein Verbrecher?«, fragte der etwa Zehnjährige. Er trug eine Sonnenbrille mit gelbem Rahmen.

Konrad lachte. »Nein, sicher nicht. Eher so was wie ein Rächer, würde ich sagen.«

»Ein Rächer?«

»So einer wie Robin Hood. Den kennst du bestimmt.«

»Klar, logo. Ach so, deswegen kommst du aus dem Wald?«

»Nein. Ich komme aus der Innenstadt.«

»Die ist voll weit weg, ey. Da fährt man doch Bus oder so.«

»Ich mag keinen Bus. Man kann auch durch die Natur gehen, selbst wenn man aus der Stadt kommt. Man muss nur ein paar Schleichwege kennen. Erst schön an der Hase lang schlendern, dann an der Nette.«

»Was für ein Hase?«

»Na, der Fluss. Kommst du nicht von hier?«

»Nein, ach doch. Wir sind gerade erst eingezogen.« Der Junge zeigte auf ein Haus, das irgendwo am Ende der Straße lag.

»Dann lass dir von deinem neuen Lehrer erklären, woher die Namen für unsere kleinen Flüsse Hase und Nette kommen«, sagte Konrad, der im selben Moment bezweifelte, dass das überhaupt ein Lehrer können würde. So schlecht, wie die heutzutage ausgebildet waren. Er ärgerte sich maßlos über das Bildungssystem, wollte aber jetzt nicht darüber nachdenken. »Wie heißt du überhaupt?«

»Leon.«

»Ein netter Name«, flunkerte er. »Na gut, Leon, dann sehen wir uns bestimmt, ich muss jetzt da rein. Da wohne ich.« Konrad wies mit seinem Zeigefinger geradeaus und ging über die Straße bis zu seiner Haustür.

»Tschüss, Robin Hood«, rief der Junge, stieg auf sein Rad und fuhr die Straße runter.

Konrad schloss auf, betrat das Haus. Nachdem er die Tür hinter sich zugeschlagen hatte, ging er durch den Flur ins Wohnzimmer. Er schmiss den Mantel auf das braune Ecksofa, nahm den Hut ab, zielte und warf ihn in Richtung des Zitronenbaumes, der vor dem Fenster stand. »Treffer!«

Der Erste ist tot. Was für ein Tag!

Endlich hatte sich gezeigt, dass der Plan, den er so lange geschmiedet hatte, Früchte trug. Das Arschloch Klatt konnte er von der Todesliste streichen. Er hoffte, dass die ermittelnden Beamten sein Gedicht richtig deuten und die Notwendigkeit des Mordes an dem Journalisten bald selbst erkennen würden.

Jagen müssten sie ihn natürlich trotzdem. Möglicherweise würde schon morgen etwas in den Zeitungen stehen. Ein Auszug aus dem Gedicht vielleicht? Das würde ihm gefallen. Seine Verse sollten eindeutig gewesen sein. Er war im Begriff, der erste Osnabrücker Serienmörder zu werden. Ach was, er war kurz davor, zum gefürchtetsten Serienkiller Deutschlands zu avancieren.

Er ging in die Küche und nahm ein alkoholfreies Bier aus dem Kühlschrank. Mit den Zähnen biss er den Kronkorken der Flasche herunter, spuckte ihn in die Spüle und trank. Schon merkwürdig, das Zeug schmeckte genau wie das Bier, von dem er über Monate jeden Tag eine Kiste platt gemacht hatte. Aber es zeigte keine Wirkung, nicht die geringste. Er war stolz auf sich. Er trank nicht mehr und hatte endlich einen neuen Job. Er war nicht mehr der Berufsberater, sondern der Inspektor. Derjenige, der die Pfuscher entlarvte und zur Rechenschaft zog. Ein eiskalter Serienmörder. Er tötete Menschen, die in ihren Berufen schlampten. Von denen hatte er viele während seiner fünfzehnjährigen Tätigkeit in der Berufsberatungsagentur kennengelernt. Selbst die Typen, die in der Agentur Verantwortung hatten, waren Dilettanten, hätten sie ihn sonst gefeuert?

Der Inspektor - dieser Name sollte sein Markenzeichen sein. Er wusste, dass jeder Serienkiller ein Wiedererkennungsmerkmal braucht. Das war essenziell, besonders für die Geschichtsschreibung. Der Inspektor zu sein, gab ihm die Möglichkeit, sich den Mördern seiner Tochter, die Vorzeige-Dilettanten schlechthin waren, zu entledigen. Und zwar ohne dass die Polizei auf persönliche Motive schließen konnte. Den anderen Milliarden Nichtsnutzen auf dieser Welt sollte das ruhig ein Zeichen sein. Aber er konnte und wollte nicht alle umbringen. Er würde seinen Plan vollenden und sich dann mit Ellen in Belize zur Ruhe setzen. Doch daran durfte er jetzt nicht so viel denken. Erst mal benötigte er volle Konzentration für die bevorstehenden Folterungen und perfekten Morde.

Er setzte sich aufs Sofa, nahm den Laptop vom Glastisch. Bevor er den Mann in seinem Keller füttern würde, wollte er schauen, ob vielleicht schon jemand online über den Journalisten-Mord gestern Nacht berichtet hatte. Auf keiner Nachrichtenseite konnte er etwas finden. Es ärgerte ihn ein wenig, aber er wusste, wie das lief. Wahrscheinlich eine vorläufige Pressesperre. Lange dauern würde es nicht mehr. Panik sollte bald ausbrechen in Osnabrück. Er freute sich darauf, spürte bereits einen Anflug von Genugtuung.

Konrad wechselte das Browser-Fenster. Jordan's original American Food Blog, ein kleines Forum für amerikanische Rezepte, poppte auf.

Eh' man's gedacht, ist ein Brot aus ihm gemacht, schoss ihm durch den Kopf. Nicht mehr lange, dann würde er die Cronuts für Köster backen.

Dieser mehlige Lustmolch, dachte Konrad, als er sich vorstellte, wie das Schwein Klara berührt hatte. Nicht wieder drüber nachdenken!

Er brauchte Ablenkung. Irgendwas wollte er doch noch nachschlagen? Einen Namen. Was hatte Klatt zu ihm gesagt? Er sähe aus wie Schla...? Schle...? Schlemi...? Ach ja, Schlemil. Das hatte ihn neugierig gemacht. Er tippte den Namen in die Suchmaske ein, die ihn sogleich korrigierte: Stattdessen suchen nach Schlemihl? Okay, es fehlte ein H. Er bestätigte den Vorschlag mit einem Mausklick. Ein Lexikoneintrag bot ihm einen Artikel an: Schlemihl (Jiddisch): jemand, der auf listige und durchtriebene Weise seine Ziele verfolgt; ein gerissener Mensch.

Konrad schmunzelte. Durchtrieben. Ein wenig gemein war er schon. Und listig, gerissen? Das war er auf jeden Fall. Gar nicht schlecht, Klatt, gar nicht schlecht, dachte er. Aber wie hatte er das von seinem Aussehen her erschließen können? Er erinnerte sich an die Begrüßungsszene im Verlagshaus. Richtig, der Schmierfink hatte sich über seinen Mantel und Hut lustig gemacht. Hatte er nicht dabei den Verkäufer aus der Sesamstraße erwähnt? Hatte er.

Dann sollten wir uns den mal anschauen, dachte Konrad und startete mit den passenden Stichworten eine Videosuche. In dem Moment, als die Vorschaubilder auf dem Bildschirm erschienen, erinnerte er sich. Den Typen mit dem grünen Gesicht kannte er, den hatte doch auch Klara so geliebt, als sie klein war. Für einen kurzen Moment sah er sich mit seiner Tochter auf dem Schoß vor dem Fernseher sitzen und über Ernie und Bert lachen. Seine Augen füllten sich mit Tränen. Sie war so ein hübsches Kind gewesen, später eine unglaublich schöne junge Frau. Wieso nur hatten sie das gemacht? Sie war achtzehn geworden an dem Tag. Ermordet an ihrem Geburtstag. Sie hatte ihr ganzes Leben noch vor sich gehabt. Alles hatte Klara für ihn bedeutet und tat es auch jetzt noch.

Konrad drückte auf den Play-Button unter dem ersten Video.

»Psst! Hey, du!« - »Wer, ich?« - »Psssst. Willst du ein S kaufen?« - »Ein S«? - »Geeenaaauu!«

Oh ja, der Kerl war das. Konrad hörte auf zu weinen. Er prustete vor Lachen, denn er fand, dass dieser Schlemihl in der Tat einen fast identischen Hut und Mantel trug wie er. Selbst die Farben stimmten. *Klatt, die letzte Assoziation, die du in deinem kümmerlichen Journalistenleben hattest, war gleichzeitig deine beste.*

Warum eigentlich nicht? Dann würde er jetzt Inspektor Schlemihl sein. Ein Markenzeichen mehr. Es passte perfekt zusammen. Denn er liebte Kindergeschichten. Ließ sich davon schließlich in seinen Gedichten inspirieren. Hunderte hatte er davon geschrieben, um Klaras Tod zu verarbeiten.

Er klappte den Bildschirm herunter, stand auf. Schlemihl hatte zu arbeiten. Er zog seinen Hut vom Zitronenbaum, drückte ihn fest auf den Kopf, schlenderte pfeifend zur Küche.

Aus dem Geschirrschrank zog er eine Schale. Auf dem Küchentresen standen eine Dose Hundefutter und eine Packung

Vitaminpulver. Beides kippte er in die Schüssel, vermischte es unter dem Wasserhahn zu einem klumpigen, nach Gülle riechenden Brei. Das wird ihm ausgezeichnet schmecken, dachte Konrad. Der Mann im Keller - so nannte er ihn meistens, denn der Gedanke an seinen richtigen Namen löste bei Konrad einen Brechreiz aus - musste essen. Er sollte bei Kräften bleiben, mindestens noch zwei Wochen. In den letzten Tagen hatte er schlecht ausgesehen in seinem Plastiksarg. Noch vierzehn lange Tage konnte er ihm nach Herzenslust Schmerzen zufügen. Konrad schnappte sich eine Flasche Chili-Soße aus dem Regal, die er nicht dafür vorsah, das Essen des Mannes zu würzen. Er wollte seine Augen behandeln.

Er lief über den Flur zur Kellertür, griff nach dem Schlüssel auf dem Türrahmen, öffnete. Von unten hörte er das Brummen des Generators, der den Sarg erwärmte, und das Pumpen des Beatmungsgerätes. Er lief die Treppe hinunter und rief dabei: »Aufwachen da unten! Schlemihl bringt dir jetzt dein Abendessen.«

Kapitel 4 – Eis und Tomaten

»Ich mach Mittag, Yasmin«. Echtner klopfte an die Bürotür seiner Kollegin. »Ach, kannst du Frau Gärtner anrufen, die heute Morgen behauptet hat, dass ihr Mann entführt worden ist? Erklär ihr, dass wir ihn nicht in die Vermisstenkartei aufnehmen können, solange er in der Ausnüchterungszelle auf dem dritten Revier liegt.«

»Wird erledigt, wenn ich hiermit fertig bin«, sagte Kommissarin Sait, während sie Buntstifte anspitzte. »Ist ja nicht das erste Mal. Hatte die nicht schon den Mord ihres Gatten gemeldet?« Sie schaute auf. »Gehst du in die Kantine?«

»Nein, gibt Fisch. Ich fahre in die Stadt, muss auch was einkaufen. Bis später!«

»Guten Appetit!«

Echtner brauchte sieben Minuten, um für seinen Kleinwagen eine Parklücke auf dem Domparkplatz zu finden. Ungewöhnlich lange. Er stieg aus und erkannte die vielen Autokennzeichen aus Münster, Steinfurt, Paderborn. Sogar Bielefelder und Dortmunder hatten sich nebeneinander gequetscht. Als er über den Marktplatz lief und ihm in der Mittagssonne schwitzende, mit Einkaufstüten vollbepackte Menschen entgegenhetzten, bemerkte er den Grund für das Parkproblem. Es war Westfalentag. Die Bürger aus Nordrhein-Westfalen nutzten mal wieder ihren Fronleichnam-Feiertag für einen Shopping-Marathon im nahe gelegenen Osnabrück.

Echtner steuerte die städtische Kinderbibliothek an, die schräg gegenüber dem Rathaus des Westfälischen Friedens lag. Eine Gruppe Asiaten mit Einkaufstüten, vermutlich westfälische Asiaten, dachte er, schossen Handyfotos auf der Rathaustreppe, von der aus 1648 das Ende des Dreißigjährigen Krieges verkündet worden war.

Der Kommissar betrat die Bibliothek, in der angenehm kühle Temperaturen herrschten. Nur etwa ein Dutzend Frauen und Kinder hielten sich hier auf, kein Mann. Die einzige Angestellte, eine Frau in ihren Fünfzigern, mit Brille und weißer Sommerbluse, sortierte hinter dem Verleihtresen Bücher und Spiele.

»Mahlzeit«, sagte Echtner. »Viel zu tun?«

Die Frau blickte auf, die Brille rutschte ihr auf der Nase nach unten. »Es geht so. Was kann ich für Sie tun?«

»Ich bin auf der Suche nach zwei Kinderbüchern.«

»Nun, da sind sie bei uns ja genau richtig.« Echtner überhörte den ironischen Unterton. »Wollen Sie sich umschauen, oder sollen es zwei bestimmte Bücher sein? Dann schaue ich die Signatur im System nach.«

»Zwei bestimmte. Ich brauche die kleine Raupe Nimmersatt. Außerdem Max und Moritz.«

»Davon haben wir mehrere Ausgaben. Gehen Sie da drüben runter und biegen in Gang vier, gleich im ersten Regal finden Sie die Klassiker.«

»Sind auch Ausgaben verliehen?«

Die Frau stoppte ihre Sortierarbeiten, schaute auf, drückte ihre Brille auf die Nasenwurzel. »Kann durchaus passieren in einer Bücherei. Ich bin ziemlich sicher, dass genug da sind. Also?« Die Bedienstete schüttelte den Kopf. »Holen Sie die Bücher, und ich buche die Ausleihe.« Sie schaute ihn durchdringend an. »Sofern Sie einen Ausweis besitzen, natürlich. Haben Sie einen?«

»Nein.«

»Dann müssen wir einen ausstellen«, sagte sie. »Für einen Monat? Für ein halbes Jahr? ...«

Er unterbrach sie. »Eigentlich brauche ich keinen. Ich möchte die Bücher nicht ausleihen, sondern nur wissen, ob von den genannten welche verliehen sind und ob eventuell jemand sogar beide ausgeliehen hat.«

Die Angestellte hob einen Stapel Bücher an, nur um ihn sofort lautstark wieder auf den Tresen zurückzuknallen. Sie zog die Augenbrauen hoch. »Wie käme ich dazu, Ihnen das zu verraten? Das ist weder mein Job noch darf oder will ich vertrauliche Kundendaten rausgeben. Wie kommen Sie auf solche Ideen?«

»Ich bin Polizist, ermittle in einem Vermisstenfall. Es geht um ein Kind.«

»Aha. Dann zeigen Sie mir doch bitte Ihren Dienstausweis und den richterlichen Beschluss. Danach schaue ich, was ich für Sie tun kann.«

»Hören Sie! Ich brauche die Daten dringend, um einer Spur nachzugehen. Machen Sie doch bitte nicht so einen Aufstand.«

Die Frau erhob ihre Stimme. »Aufstand? Was erlauben Sie sich in meiner Bücherei? Es reicht! Zeigen Sie mir die Dokumente oder kommen Sie wieder, wenn Sie welche haben. Vorher läuft hier gar nichts, verstanden?«

»Nicht so laut bitte!« Er drehte sich um. Ein Kind plärrte, zwei Frauen starrten ihn an.

»Ich bitte Sie noch mal. Sehen Sie nicht, dass Sie Ihre Nutzer verschrecken?«

»Ich? Sie glauben wohl, dass Sie mich auf den Arm nehmen können, nur weil ich Schneewittchen und Struwwelpeter verleihe? Da haben Sie sich geschnitten. Ich habe mal Rechtsanwaltsfachangestellte gelernt, habe immer noch ein bisschen Ahnung von den Dingen. Ich möchte jetzt sofort Ihren Namen und Ihre Dienstnummer!«

Echtner wusste, dass er nicht weiterkam. Einen Beschluss hatte er natürlich nicht, und der hysterischen Ziege jetzt seinen Dienstausweis zu zeigen, könnte ihm noch richtig Ärger einbringen. Er kannte diesen Schlag Mensch. Sie würde sich garantiert beschweren. Dann könnte es in Windeseile vorbei sein mit seinem Versetzungsantrag. Zumindest würde das unangenehme Fragen aufwerfen. Das wollte er nicht riskieren.

»Schon gut, es tut mir leid. Ich verschwinde, komme mit einer richterlichen Anweisung zurück, so wie Sie es wünschen. Einen schönen Tag.«

Er hastete unter Gemurmel und Geschimpfe der Angestellten zum Ausgang und verließ die Bibliothek. Er schaute auf die Asiaten, die noch immer vor dem Gebäude Fotos schossen und die ihn mit ihrem Grinsen aufregten. Haben die keine eigene Kultur, fragte er sich. Und warum musste er ausgerechnet an so eine untervögelte Zicke geraten? Er hatte unbedingt einen ersten Anhaltspunkt bekommen wollen. Auch wenn seine Vermutung, der Killer könnte hier Bücher entliehen haben, erst mal reine Spekulation war. Aber so ermittelte man eben am Anfang. Und er brauchte dringend mehr Informationen. Er zog Watson aus der Tasche.

»Watson, notieren: Dumm gelaufen. Raupe Nimmersatt und Max und Moritz liefern keine neuen Hinweise. Wieder Ärger mit Feministin gehabt. Scheiß Westfalentag auch noch. Das geht so nicht weiter. Ich muss mit Hollmann sprechen. Fortsetzung folgt. Notiz Ende.«

Echtner startete den Mini. Er war nervös, musste schleunigst wieder drauf kommen. Sollte er mal was essen? Wann hatte er eigentlich das letzte Mal was zu sich genommen, was nicht Ice hieß? Vergangene Woche? Er konnte sich nicht erinnern. Er verspürte weder Hunger noch Appetit, aber er brauchte Energienachschub, das sagte ihm sein gesunder Menschenverstand. Doch verlangte es ihn nach Drogen, nicht nach Essbarem.

Im Handschuhfach hatte er nicht mehr genug. Gestern Morgen auf dem Feldweg war er zu gierig gewesen. Er startete den Motor, fuhr zu dem kleinen Park am Willy-Brandt-Platz, um seinen Dealer Jakub zu treffen.

Im Park war trotz des guten Wetters wenig los. Auf der großen Wiese saß nur ein Mann mit Glatze und in hellblauem

Unterhemd und drückte verschiedene Wurstwaren aus Plastiktüten auf einen Einmalgrill.

Er fand den Dealer in Trainingsanzug und mit zu einem Pferdeschwanz zusammengebundenen, glänzenden schwarzen Haaren auf der Lehne einer Bank unter dichten Laubbäumen. Der Mülleimer daneben quoll über: Dosen, Pizzaschachteln, Silberpapier. Vor der Bank lag ein halbes Dutzend leere Schnapsflaschen. Jakub schien es nicht zu stören. Er rauchte und las in der Zeitung vor ihm auf der Sitzfläche. Echtner ging auf ihn zu.

»Was darf es sein?«, fragte Jakub.

»Witzig. Wie immer zwei Gramm Ice.«

»Mann, ja, nicht so brüllen! Schmeiß den Umschlag unauffällig auf die Zeitung.«

Echtner zog das Kuvert mit den Geldscheinen langsam aus der Sakko-Innentasche, warf es vorsichtig auf die Zeitung, die Jakub blitzschnell aufhob und zu einer Rolle zusammenwickelte. Er stand auf und ließ ein Plastiktütchen aus seiner Hosentasche auf den Boden fallen. Dann ging er weg.

Echtner wollte sich gerade hinsetzen, um sich dann unauffällig nach dem kleinen Beutel zu bücken, da hörte er eine Kinderstimme.

»Heh! Hallo, Herr Kommissar!«

Ach du Scheiße, dachte er, als er den Jungen auf dem roten Fahrrad erkannte, der seit Tagen durch seine Nachbarschaft radelte und alle Leute mit Fragen nervte. Echtner drehte sich hastig in die Richtung, in die Jakub gegangen war. Der blickte ihn verdutzt an, verschwand dann eilig hinter einer Hecke.

Der Junge fuhr grinsend auf ihn zu. Schnell kickte Echtner den Beutel mit der Hacke hinter die Bank und setzte sich.

»Was machst du denn hier?«, fragte er. »Und wie kommst Du auf Kommissar?«

»Ich habe heute mal ein bisschen rumgefragt, was die Leute machen, die bei uns in der Gegend wohnen. Muss doch wissen, mit wem ich es hier zu tun habe. Fängst du Verbrecher?« Der Junge nahm seine Sonnenbrille ab.

»Nein, jetzt gerade nicht. Ich muss ein bisschen die Parks im Auge behalten. Die Bürger schmeißen überall ihren Müll hin, wie du siehst.«

»Ja, das ist Scheiße. Und die sperrst du dann ein, verstehe. Oh, Scheiße. Mama sagt immer: Leon, Scheiße darf man nicht sagen.«

»Da hat deine Mama ganz Recht, Leon. Bist weit weg von zu Hause. Weiß deine Mutter das auch?«

»Klar, bin doch kein Baby, kann machen, was ich will. Die Stadt ist cool. Bin mit dem Bike an der Hase lang gefahren und jetzt suche ich Spielplätze. Ich weiß zwar noch nicht, warum der Fluss so heißt, aber ich glaube, da gibt es Wasserhasen, hab schon einen gesehen.«

Leon stürzte sich in einen Redeschwall. »Ich komme aus Sachsen. Kennste das? Voll cool, ey, erst Sachsen, jetzt Niedersachsen. Weißte was? Ich hab schon vor zwei Wochen schulfrei bekommen, weil meine Eltern in Osnabrück arbeiten müssen. Mein Zeugnis kriege ich noch. Das wird voll gut, ey. Ich musste eine Arbeit eher schreiben als die anderen und mit einem Lehrer reden. Die Kinder, die hier wohnen, haben erst in vier Wochen Ferien. Weißte, was das heißt? Ich habe mehr als doppelt so lange frei wie die, ey. Voll cool, oder? Aber mir ist langweilig, weil die ja alle in der Schule sind und wir nicht in Urlaub fahren und ...«

»Leon hör mal, ich muss jetzt zurück zur Arbeit. Wie wäre es, wenn du dir ein Eis kaufst? Da vorne um die Ecke im Café gibts was. Ich gebe dir eins aus.«

Bei dem Wort Eis geriet Echtner unmittelbar unter Suchtdruck, Speichel lief ihm im Mund zusammen. Er hatte keinen Nerv mehr, sich das Gequassel von dem Bengel anzuhören, nahm sein Portemonnaie aus der Hosentasche, zog einen Fünfeuroschein daraus, hielt ihn Leon hin. »Das reicht wohl?«

»Ja, logo. Cool, ey. Ich verstehe schon, du bist genervt. Meine Eltern sind auch immer genervt, die sagen, ich rede zu viel. Soll ich dir auch ein Eis kaufen?«

»Nein, ich hole mir nachher ein *Ice*. Fahr ruhig!«

»Oh, geil, dann kann ich mir noch Fußball-Sticker kaufen von dem Rest. Danke, Herr Kommissar. Ich will übrigens auch mal Polizist werden. Am liebsten beim MEK. Die stürmen Häuser, fahren dicke Karren, ey. Steht in meinem Was-ist-Was-Buch. Du kennst bestimmt Leute vom MEK. Warum bist du nicht beim MEK? SEK ginge ja auch ...«

»Tschüss, Leon.« Er unterbrach den Jungen. »Ach, und du solltest hier nicht mehr herfahren, in diesem Park lungern böse Männer rum.«

Er hoffte, dass er die Quasselstrippe überhaupt nie wieder sehen würde, und konnte sich ihn blendend auf seiner Karte der vermissten Kinder vorstellen. Er würde garantiert nicht nach ihm suchen.

»Ja, hab verstanden. Glaube ich dir, wenn du das sagst. Du bist ja Polizist. Tschühüss!« Der Junge schmiss sich auf seinen Sattel und trat in die Pedalen.

Wasserhasen. So ein Scheiß. Ich sollte einfach nicht mehr mit fremden Kindern reden. Warum habe ich nicht widersprochen, dass ich Polizist bin?

Hoffentlich hatte ihm der Rotzlöffel nicht Ärger eingebracht. Was würde Jakub jetzt denken? Dass er ihn hochnehmen lassen wollte? Wohl eher nicht. Schließlich hatte er seit Wochen bei ihm gekauft. Aber er könnte Gefahr laufen, erpressbar zu werden, wenn Jakub tatsächlich mitbekommen haben sollte, dass er Polizist war. Was, wenn er ihm keine Drogen mehr verkaufen würde? Was, wenn er sich einfach aus dem Staub machte? Er würde dringend und bald mit ihm reden müssen.

Was für ein beschissener Tag. Kopfschmerzen verspürte er seit Langem auch wieder. Ein bisschen Zeit blieb ihm, bevor er zurück zur Dienststelle musste. Zeit, um sich eine frische Ladung zu verpassen und damit das Stechen im Kopf loszuwerden. Er stand auf und bückte sich. Während er so tat, als wolle er sich die Schnürsenkel zubinden, fischte er das Tütchen mit den Kristallen unter der Bank hervor, schob es in die Sakkotasche und lief zum Wagen.

Nur noch ein paar Minuten, nur noch ein paar Minuten.

Er musste ein abgelegenes Plätzchen finden, sich dann schnell das Ice ins Blut jagen.

Als er auf den Parkplatz seiner Dienststelle zusteuerte, fühlte sich Echtner fit, glücklich, hoch motiviert. Er hatte genug Energie getankt. Das mit Jakub würde kein Problem darstellen, wahrscheinlich hatte der dumme Tscheche nicht mal was bemerkt. Halb so wild. Spontan entschloss er sich, in die Kantine zu gehen. Sie war bereits geschlossen. Er erwischte gerade noch den Küchenchef, der einen Wagen Geschirr aus der Küche zog.

»Sag mal, Neuhaus, habt ihr noch was da?«

Neuhaus ließ den Wagen stehen. »Häh? Du? Du hast hier seit Wochen nichts mehr gegessen und kommst jetzt um die Zeit und willst noch was?«

»Nichts Großes. Habt ihr ein paar Tomaten da?«

»Tomaten. Ja, witzig, haben gerade heute einen Karton voll mit ganz prächtigen Exemplaren angeliefert bekommen. Ich hol sie dir aus der Küche.«

Der Koch brauchte zwei Minuten, kam dann mit drei gigantischen Fleischtomaten in einer Plastiktüte darin zurück.

»Geht aufs Haus«, sagte er. »Aber komm mal und iss vernünftig! Ehrlich gesagt siehst du dürr und abgemagert aus. Dabei koche ich ausgezeichnet.«

»Ich weiß, versprochen. Hab im Moment wenig Zeit zum Essen. Die Tomaten sehen toll aus, danke dir. Hast was gut.«

»Null Problemo«, sagte Neuhaus und wandte sich wieder dem Geschirrwagen zu.

Echtner trat nicht den Weg zu seinem Büro an, sondern nahm den Fahrstuhl zur Mordkommission. Auf dem Flur kam ihm Bärlein entgegen.

»Was willst du denn schon wieder, du Nulpe? Du nervst.«

Echtner entgegnete nichts, hielt nur kurz die Luft an, denn Bärlein stank bestialisch nach Schweiß. Biene grüßte freundlich.

»Na, wie läufts im Innendienst? Bisschen langweilig bestimmt. Wir hoffen ja alle, dass du wieder bei uns einsteigst.«

»Hi Biene, das werde ich auch. Zumindest werde ich alles dafür tun. Genau deswegen spreche ich jetzt auch mit dem Chef.«

»Oh wirklich? Na dann, viel Glück. Meine Unterstützung hast du, wenn die nötig sein sollte.« Biene ging an ihm vorbei. Er schaute ihr nach. Mann, einen Knackarsch hatte die. Aber leider war sie viel zu alt. Mitte vierzig wie er. Das passte nicht in sein Beuteschema. Seit Marion ihn verlassen hatte, erst recht nicht. Ihm gebührte die Jugend. Aber nett ist sie ja schon, die flotte Biene, dachte er.

Er trat vor Hollmanns Bürotür und klopfte an.

»Reinkommen, wenns kein, äh, wenns ein Mörder ist …«, rief Hollmann von drinnen.

»… der sich freiwillig stellen will.« Echtner vollendete den Spruch. Hollmann hatte ihn schon vor zwei Jahren drauf gehabt, vor seiner Strafversetzung. Sein Chef hatte sich damals unglaublich für ihn eingesetzt und es bedauert, dass er ihn als Kollegen verlieren musste. Er wusste einfach, was in ihm steckte.

Echtner trat ein. Hollmann saß am Schreibtisch und fütterte seinen Rechner mit Informationen. Das Fenster stand weit offen, und der Gesang der Reviervögel erfüllte das ganze Zimmer.

»Du? Was für eine grandiose Überraschung! Hab gerade nicht viel Zeit, aber setz dich kurz!« Er deutete auf den Stuhl vor dem Schreibtisch.

Echtner nahm Platz und legte die Tüte mit den Tomaten in die Obstschale. »Wollte mich für den Tipp mit dem Tomatensalat bedanken. Vicky hat er wunderbar geschmeckt. Habe ich mit viel Pfeffer, aber nicht zu viel gemacht, wie du gesagt hast. Damit hast du genau richtig gelegen. Die sind übrig geblieben, möchte ich dir schenken.«

Hollmann hob die Tüte mit einer Hand an, drehte sie mit der anderen. »Ist das zu glauben? Meine Güte, was für Prachtstücke. Danke. Ich hatte heute noch keine.« Er grinste. »Junge, Junge, Echtner, altes Haus. Das freut mich mit deinem Date. Isst sie vegetarisch wie ich? Vegan sogar? Tomaten wirken Wunder und machen potent. Männlein wie Weiblein. Ich sage dir, wenn ich mit meiner Frau Tomatensalat esse ... Aber lassen wir das.«

Echtner druckste herum. »Nein, sie ist keine Veganerin. Eher ein Genussmensch.«

»Das schließt sich ja nun nicht aus.«

Echtner durfte seinen Chef jetzt auf keinen Fall verärgern. »Nein, da hast du Recht. Ich esse ja selbst kaum noch Fleisch. Mir tun die Tiere irgendwie leid. Na ja.«

»Ja, da hast du Recht. Aber deswegen bist du jetzt nicht zu mir hochgekommen, oder?«

»Okay, ich will ehrlich sein. Der Fall Klatt lässt mich nicht ruhen. Wollte wissen, ob es neue Hinweise gibt.«

»Ja, kann ich verstehen, wenn man selbst am Tatort war, das lässt einen guten Polizisten nicht los.« Er nickte jetzt anerkennend. »Aber nein, leider kaum Neues. Die bisher befragten Journalisten und alle anderen, die Zugang zum Haus bekommen, können Alibis vorweisen. Da prüfen wir weiter. Tod durch Ersticken wurde von der Rechtsmedizin bestätigt. Die puzzeln da immer noch an den Artikelschnipsel aus Klatts Speiseröhre.«

»Wie gesagt, ich kenne Klatt«, sagte Echtner. »Ich glaube, viele hätten ein Motiv. Wusstest du, dass der Typ sich damals

Bilder des toten Jungen aus Facebook gezogen und veröffentlicht hat? Alles unautorisiert. Du erinnerst dich an den Fall? Im Artikel hat er ziemlich unverblümt zu verstehen gegeben, das Kind sei selbst schuld gewesen, weil es einfach mit einem fremden Mann mitgelaufen war. Die Mutter hat das direkt in die Klapse befördert. Sitzt da, glaube ich, noch immer drin.«

»Meine Güte. Diese Boulevardreporter. Klatt scheint tatsächlich ein mieses Arschloch gewesen zu sein. Bärlein hat angedeutet, dass er in seinen Artikeln immer auf die dreckige Tour berichtet hat. Aber die Kurier-Leser wollen wohl genau das.«

Echtner wusste, dass er nicht viel Zeit hatte. Er fasste seinen Mut zusammen. »Eigentlich wollte ich fragen, ob ich meine Hilfe anbieten darf. Ich würde gern an dem Fall dranbleiben und mich richtig reinhängen. Nur bin ich halt nicht mehr bei euch.«

Hollmann fummelte mit zwei Fingern eine Tomate aus der Tüte und biss hinein, der Saft blieb in seinem Schnäuzer hängen. Er schmatzte. »Ich war wie gesagt gestern erstaunt, sogar stolz, wie schnell du geschaltet hast. Ich weiß auch, dass du mit deinen Qualitäten als Kripo-Beamter nicht in den Innendienst gehörst. Aber du hast doch diese Depressionen ...«

»... gehabt. Mir geht es ehrlich blendend. Ich spreche morgen wieder beim Amtsarzt vor. Der wird das bestätigen. Ich bin längst drüber weg, würde alles dafür tun, wieder bei euch einzusteigen.«

»Ich kann einen Mann wie dich gebrauchen. Du wirkst in der Tat zufrieden. Ich weiß noch genau, wie das war vor einem Jahr, als es nicht mehr ging. Obwohl ...« Er schaute an seinem Gegenüber herunter. »Ziemlich dünn bist du geworden.«

»Ich jogge viel«, sagte Echtner eilig. »Vicky, mein Date, steht auf meine Figur.«

Hollmann lachte, wischte mit dem Handrücken Tomatensaft von seinem Kinn und wurde wieder ernst. »Es ist nur, das funktioniert nicht einfach so. Ich muss einen Antrag beim Polizeipräsidenten stellen und ihn sehr gut begründen.«

»Aber das geht doch schnell?«

»In besonders dringenden Fällen bestimmt. Aber nicht unbürokratisch. Mmh. Argumente dafür hätte ich eine Menge.« Er überlegte. »Wir haben anscheinend deine Spürnase zurück und einen Mordfall, der herausragende Ermittler erfordert. Auf Muck kann ich mich nicht verlassen. Ist nie da, wenn man ihn braucht.«

Hollmann mampfte, schaute nachdenklich aus dem Fenster. »Ach, was solls? Ich werde nachher den Präsidenten anrufen und sehen, was ich tun kann, okay? Wir kriegen das schon hin. Kann aber nicht sagen, wie lange das dauert. Ich ruf dich an, wenn ich Bescheid weiß.«

Er wollte losschreien vor Glück. Dass Hollmann auf seiner Seite war und sich derart für ihn engagieren würde, damit hatte er nicht gerechnet. Er sah sich kurz vor dem Comeback. Hollmann würde das schon hinbiegen, er hatte einen guten Draht zur Obrigkeit.

Er nahm sich fest vor, Hollmann zu helfen, wenn *er* auf dessen Chefsessel sitzen würde, nachdem er durch seine Genialität die zu erwartende Mordserie gelöst hätte. Er würde sich darum bemühen, dass Hollmann auf seine letzten Dienstjahre eine gute Stelle irgendwo in Niedersachsen bekommen würde. Er hätte nie gedacht, dass es Tomaten sein würden, die den Ausschlag für seine Rehabilitation geben sollten.

»Chef, du weißt gar nicht, wie ich das zu schätzen weiß«, sagte er. »Du wirst dich zu hundert Prozent auf mich verlassen können. Ich werde beweisen, dass ich sogar besser bin als früher. Danke, danke, danke!«

»Noch bin ich nicht dein Chef. Aber ich tue, was ich kann.«

»Für mich bist du das immer geblieben«, sagte Echtner. »Der beste Chef, den man sich nur wünschen kann.« Er stand auf, ging zur Tür.

»Bis später, du Schleimscheißer«, rief Hollmann, der wieder angefangen hatte, seinen Computer und vor allem sich selbst zu füttern.

»Bis später«, antwortete Echtner und verließ strahlend das Büro, das sicher bald sein eigenes sein würde.

*

Vermutlich Mord, was soll denn das heißen?

Konrad schmiss die Zeitung auf den Glastisch. Er war wütend. Natürlich war es Mord gewesen, und was für einer. Nicht ein Wort von seinen genialen Foltermethoden, keine Erwähnung des Gedichtes. Nicht mal der Osna-Kurier hatte Details rausgegeben. Stattdessen nur eine von jedem Redakteur unterzeichnete Traueranzeige.

Wir sind zutiefst schockiert über den Tod unseres
geschätzten Kollegen und Freundes
Valentin Klatt.
Unser Mitgefühl gilt vor allem den Angehörigen.

Eurem geschätzten Freund! Seid froh, dass ich Osnabrück von diesem Lügenbaron befreit habe, dachte Konrad. Ihr kriegt jetzt die Chance auf seriösere Berichterstattung. Widerlich, undankbar. Er konnte nur hoffen, dass die Polizei dahintersteckte, einfach noch nicht über seine Mordstrategie berichtet werden durfte. Schließlich ging aus der Nachricht, die er hinterlassen hatte, ganz klar hervor, dass es weitergehen würde.

Oder sahen sie das etwa anders? Hatte er nicht deutlich genug gemacht, dass ein Serienmörder in der Stadt umging? Dann musste er schnell nachlegen, sodass sie es vor den Bürgern nicht mehr verheimlichen konnten. *Ein* Mord sorgte immer für Aufsehen in der Bevölkerung. War aber auch nicht so außergewöhnlich, als dass sich jemand Sorgen um sein eigenes Leben machte.

Sein nächster Mord sollte um Längen brutaler und aufsehenerregender sein, die Stadt in Panik und Endzeitstimmung versetzen. Alle sollten sich vor Inspektor Schlemihl fürchten. Niemand sollte mehr sicher sein und sich stattdessen fragen, ob er seiner Arbeit auch noch gewissenhaft nachging.

Er durfte keine Zeit verlieren. Das nächste Gedicht war komponiert, alle Zutaten für die Cronuts eingekauft. Noch heute Nacht würde er zuschlagen. Den Auslieferer hatte er längst ins Visier genommen, kannte seinen genauen Einsatzplan.

Der brummende Motor eines herannahenden Wagens weckte Konrad aus seinen Racheträumen. Er zog die Gardine zur Seite und erschrak. Ein Polizeiwagen. Reflexartig riss er den Vorhang wieder zurück. Was? *Das kann nicht sein!*

Was wollten denn die Bullen hier? Er hatte doch keine Spuren hinterlassen. Verflucht! Sein Magen zog sich zusammen. Er dachte an Bier. An ein richtiges, mit Alkohol. Was würden sie ihn fragen? Was sollte er antworten? Darauf war er nicht vorbereitet. Hatte es geklingelt? Sollte er öffnen? Hatten sie ihn am Fenster gesehen? Wenn ja, musste er öffnen, bevor er sich verdächtig machte.

Er rannte über den Flur und machte die Tür auf.

»Hi Papa! Sorry, ich bin zu spät. Wollen wir gleich los?«

Klara wirkte aufgeregt und durcheinander. Aber nicht aus Freude über ihren Geburtstag, das merkte er sofort. Irgendetwas schien sie zu bedrücken. Sie stand da in ihrem blauen Sommerkleid, die braunen Locken glänzten in der Sonne, aber ihr Gesicht war blass, Schweißtropfen rannen ihr über die Stirn.

»Nicht schlimm, bist doch nur ein paar Minuten später dran.« Er nahm sie in den Arm und flüsterte: »Herzlichen Glückwunsch zu deinem achtzehnten Geburtstag, Klara. Ich bin stolz auf dich, mein Schatz.«

»Danke, Papa«, antwortete sie mit leicht zittriger Stimme.

»Aber was ist denn? Du siehst gestresst aus.«

»Ach, nichts. Bin nur ultramüde von gestern. Tine und ich haben mit ein paar anderen reingefeiert. Jetzt ist mir den ganzen Tag schlecht, obwohl ich kaum was getrunken habe.«

»Mmh. War es wenigstens schön?« Er strich ihr zärtlich über die Wange.

»Irgendwie nicht. Aber ich kann dir nicht wirklich sagen, warum nicht. Heute machen wir es besser, ja? Wir feiern meinen Geburtstag so richtig. Ich muss nur erst mal was essen. Holen wir Mama von der Arbeit ab?«

»Sie wartet beim Italiener in Wallenhorst. Hast du überhaupt schon was Richtiges gegessen heute?«

»Nö, gar nichts.«

»Na, dann weißt du ja auch, warum dir übel ist. Nach dem Essen gehts dir bestimmt wieder gut.«

»Ja, du hast Recht. Liegt sicher daran, dass ich unterzuckert bin.«

»Ich hab übrigens noch eine Überraschung für dich.«

Sie schaute ihn mit aufgerissenen Augen an. »Was für eine Überraschung?«

Konrad grinste und hielt Klara seinen Autoschlüssel hin. »Ich dachte mir, du darfst zur Feier des Tages meinen Wagen fahren.«

Klaras Gesicht nahm Farbe an. Lebhaft reagierte sie auf seinen Vorschlag: »Papa, du hast doch immer gesagt, alles, nur das nicht. Du bist vernarrt in dein Auto. Mein Führerschein ist seit heute gültig, und ich darf es fahren?«

»Tja, so ist der Papa. Hab den Wagen extra gewaschen gestern. Außerdem: Du kannst doch fahren. Wird schon klappen, ist ja nicht weit.«

»Ehrlich jetzt? Ist ja echt cool, aber ich bin noch nie mit einem solchen Auto gefahren.«

»Klara, das ist ein Automatik, viel leichter zu bedienen als der Golf, mit dem du die Prüfung gemacht hast. Außerdem ...«

Konrad machte eine Pause. »Du musst sogar ans Steuer. Ich habe eben ganz allein für mich schon mal mit ein paar Bier auf deinen Geburtstag angestoßen.«

»Du hast Alkohol getrunken? Machst du doch nie.«

»Ach, ich hatte so lange keinen freien Tag mehr. Ich konnte mal wieder Fußball schauen, und dabei habe ich mir ein bisschen was gegönnt.«

»Okay, das ist natürlich was anderes. Wenn mir mein Fahrlehrer eines eingeprägt hat, dann: niemals Alkohol am Steuer!«

Konrad grinste. »Na siehste! Außerdem fährst du sowieso besser als ich.«

»Du Schleimer. Weiß Mama das?«

»Nein, braucht sie auch nicht. Wir lassen den Wagen nachher stehen und fahren mit dem Taxi zurück.«

»Na gut, dann los jetzt. Was isst du? Pizza?«

Konrad überlegte kurz »Nein, ich glaube, ich esse mal wieder Giovannis Gnocchi mit Käse.«

Er gab Klara die Autoschlüssel in die Hand, legte einen Arm um sie und verließ mit ihr das Haus. Brach auf zu dieser Fahrt, die mit dem Quietschen der Bremsen, dem Schlingern des Wagens und dem entsetzlichen Knall endete.

Konrads Kopf wurde hart nach vorne geschleudert, er verspürte einen heftigen Schmerz am Hinterkopf und Rücken. Er erkannte Blutspritzer auf dem schlaffen Airbag. Es waren nicht seine. »Klara, Klara, neeeiiiin!«

Konrad wachte auf und starrte orientierungslos auf das Bücherregal in seinem Wohnzimmer. Er musste eingeschlafen sein, noch immer schlug ihm das Herz bis zum Hals. Tränen liefen ihm die Wangen herunter. »Klara, meine kleine Klara«, schluchzte er.

Die Türklingel wurde wieder und wieder gedrückt. Sie riss Konrad aus seinen schrecklichen Erinnerungen. War das ein Déjà-vu? Träumte er noch? Er stand auf, zog die Gardine beiseite, erkannte aber niemanden vor dem Haus. Er wunderte sich, wer da etwas von ihm wollte. Freunde besaß er schließlich nicht, die Nachbarn interessierten sich schon lange nicht mehr für ihn. Es schellte erneut. Konrad sah vom Fenster aus keine Kinder auf die Straße laufen. Kein Klingelstreich also. Vorsichtshalber entschied er sich dafür, den Taser aus dem Schrank zu nehmen und ihn hinter dem Rücken zu verstecken, bevor er hinunter zur Tür ging und sie einen Spaltbreit öffnete.

Draußen stand ein etwa dreißigjähriger Mann mit fettigen, blonden Haaren und schielenden, wässrig blauen Augen. Er trug eine viel zu lange braune Cordhose, hielt eine Heckenschere in der Hand. »Guten Tag, ich bin Flüchtling und suche dringend Arbeit«, brabbelte er durch seinen ungepflegten Bart.

»Flüchtling, ah ja ...«, sagte Konrad. »Woher sind Sie denn geflüchtet?«

Sein Gegenüber überlegte einen kurzen Moment, sagte dann: »Aus Syrien. Furchtbarer Krieg. Letztes Jahr bin ich schon hergekommen, aber habe noch keinen Job.«

»Merkwürdig, wie schnell ihr Deutsch lernt. Akzentfrei. Respekt.« Konrad nickte anerkennend, und der Blondschopf lächelte verlegen.

»Aus welcher Stadt sind Sie geflohen?«

Der Mann zuckte mit den Schultern.

»Wie? Sie wissen nicht, woher Sie kommen?«

»Aus dem Krieg. Syrien.«

»Habe ich verstanden«, sagte Konrad. »Aber das Land ist groß. Welche ist ihre Heimatstadt? Damaskus, Aleppo oder Caracas?«

»Aus Caracas, genau«, antwortete der Mann. »Ich kann im Garten alles erledigen. Hecke schneiden, Rasenmähen, Unkraut ziehen.«

»Nicht übel«, sagte Konrad. »Kann ich Ihre Dienste mit Karte zahlen?«

»Nein, das geht leider nicht.«

Die geballte Dummheit dieses Kerls machte Konrad rasend. Er dachte daran, den falschen Flüchtling hineinzulassen, ihn mit dem Taser niederzustrecken, dann seinen Kopf mit der Gartenschere abzutrennen und ihn im Garten zu verbuddeln. Aber das gehörte nicht zum Plan. Er sagte stattdessen: »Ihre Heckenschere ist stumpf und rostig. Besorgen Sie sich eine neue!«

Der Mann guckte verlegen auf sein Arbeitsgerät.

»Und dann kaufen Sie sich bitte einen Atlas und schlagen nach, wo Caracas liegt«, sagte Konrad. »Waschen Sie sich die Haare und gehen Sie zum Arbeitsamt! Da Sie Deutscher sind, wird man im Jobcenter schnell was für Sie finden.« Er schaute den Betrüger zornig an und wurde lauter. »Klingeln Sie hier noch ein einziges Mal, rufe ich nicht die Polizei, sondern hacke Ihnen die Hand ab. Verstanden?«

Ohne eine Antwort abzuwarten, knallte Konrad die Tür zu, schüttelte den Kopf und holte tief Luft. Nicht mal Gauner bekamen heutzutage noch vernünftige Schulungen bei ihren Kolonnenführern. Alles Dilettanten! Wirklich alle. Was für eine Arbeitsmoral! Er wartete ein paar Sekunden an der Tür, wollte wissen, ob der Kerl es wagte, erneut zu klingeln. Er traute sich nicht, und Konrad ging in die Küche. Es war Zeit, sich den lebenswichtigen Dingen zu widmen, den Plan zu verfolgen, zu backen.

Zucker, Mehl, Schokolade, Früchte, Nüsse und Gewürze hatte er bereits sorgfältig abgewogen und auf dem Küchentresen verteilt. Die Rezepte für sämtliche Variationen kannte er auswendig. Von A bis Z, von Ananas- bis Zimtcronut. Als Konrad vor ein paar Monaten mit dem Backen angefangen hatte, waren die ersten Versuche gründlich danebengegangen. Durch das Studium Dutzender Backen-Tutorials auf Youtube und viele Tage unter Mehl und Schweiß in seiner Küche hatte er sich zum perfekten Kuchenbäcker gemausert. Zumindest zum Cronut-Konditor. Da konnte nichts mehr schiefgehen. Hätte er nichts

Besseres vorgehabt in der Zukunft, er würde sich wohl als Meisterbäcker niederlassen können. Hier oder in Belize. Nur eines würde er bestimmt nicht tun: die speziellen Zutaten in seinen Gebäckteilchen selbst verkosten. In den Genuss sollte nur einer kommen: Köster! Der widerliche, perverse Bäcker.

Allein schon weil er Klara vergewaltigt hatte, hatte er es verdient, elendig zu verrecken. Um sich darauf einzustimmen, hatte Konrad den Brief von Klaras Freundin Tine aus der Schublade genommen und an die Dunstabzugshaube über dem Herd geheftet. Ein bisschen Wut beim Backen war in Ordnung. Sie ließ ihn kreativer werden, hatte er bemerkt. Tine hatte ihm den Brief zum Jahrestag von Klaras Tod geschickt. Da hatte er schon tausend Liter Bier getrunken, das Skandalurteil über Notarzt Bock war gesprochen. Konrad hatte bereits seinen Job verloren, die Rachepläne und die Idee, sie als Taten eines Serienmörders erscheinen zu lassen, waren gereift. Er stellte sich vor den Herd und las laut den letzten Teil des Briefes, der Köster betraf:

> ... und über ihren plötzlichen Tod habe ich nicht mehr daran gedacht, sie schien einfach nicht mehr wichtig. Vielleicht hatte ich aber auch ein schlechtes Gewissen, dass ich Klara nicht direkt zur Polizei geschickt habe. Aber sie wollte nicht, nicht an ihrem Geburtstag.
>
> Am Abend vor ihrem Todestag waren wir zusammen im Mega Club feiern, in ihren Geburtstag reintanzen. Da war dieser Bäcker von der Moorlandstraße. Köster. Der hat uns einen nach dem anderen ausgegeben und uns beide ganz blöd angebaggert. Als ich von der Toilette kam, waren Klara und er weg. Ans Handy ist sie nicht gegangen, und ich war betrunken, habe einfach weitergetanzt. Wenn ich gewusst hätte …
>
> Am nächsten Morgen hat Klara mich angerufen. Und als ich sie gefragt habe, wohin und warum sie denn so plötz-

lich verschwunden sei, erzählte sie, dass sie sich kaum daran erinnern konnte. Aber so viel hatte sie gar nicht getrunken und deswegen hat sie geglaubt, dass Köster ihr etwas in den Drink gekippt hatte. K.-o.-Tropfen. Das soll in dem Club schon öfter vorgekommen sein. Und dass er Sex mit ihr gehabt hatte. Ihr erstes Mal. Ganz schrecklich, oder? Ich habe gesagt, sie soll den Mistkerl anzeigen, aber sie hat gemeint, diese Scheißtropfen wären nicht mehr nachzuweisen. Und da sie sich an nichts erinnern könne … Der würde bestimmt behaupten, es sei alles freiwillig geschehen.

Das alles hat ja nichts mit dem Unfall zu tun, aber es hängt mir nach. Und bevor ich jetzt ins Ausland zum Studieren gehe, muss ich es endlich loswerden. Sprechen kann ich darüber nicht. Deshalb der Brief. Es tut mir leid, wenn das falsch ist. Aber ich kann es sonst nicht vergessen. Ihnen weiterhin viel Kraft. Ich vermisse sie so sehr.

Tine Fuchs

Konrad erinnerte sich, wie wütend er an dem Tag gewesen war, als er den Brief zum ersten Mal gelesen hatte. Er hatte eine ganze Flasche Wodka geext und die Bäckerei Köster beobachtet. Fast hätte er den Fehler begangen und hätte den Bäcker einfach zusammengeschlagen. Dann war ihm wieder eingefallen, wie mitgenommen Klara an ihrem Geburtstag ausgesehen hatte, und ihm war die Einsicht gekommen, dass Köster einen schlimmen Tod verdient hatte. Genauso wie die anderen. Denn auch er war zu einem Mörder seiner Tochter geworden. Das arme Kind. Entweder war es die Belastung durch den Missbrauch oder die Nachwirkung von den Vergewaltigertropfen gewesen, die sie hatte unvorsichtig werden lassen am Steuer.

Er hatte Tine damals einen Antwortbrief geschrieben, in dem er ihr versicherte, dass sie sich keine Sorgen machen solle, sie aber bat, niemandem etwas von dem Vorfall zu erzählen. Er hatte nie wieder von ihr gehört. Aber er hatte etwas erkannt, was Tine übersehen hatte. Nämlich den direkten Zusammenhang zwischen dem Perversling Köster und Klaras Tod. Und so setzte er den Bäcker auf die Todesliste.

Einer nach dem anderen und jeder wie er es verdient, schoss es Konrad durch den Kopf. Er spürte Kreativität in sich aufsteigen und hatte jetzt Lust zu quälen, zu backen und zu morden. Eines nach dem anderen.

Er öffnete seinen Brotkasten, den er als Medizin- und Giftschränkchen umfunktioniert hatte, nahm heraus, was er brauchte. Das Fläschchen für die Cronuts stellte er auf die Herdplatte. Die Ampulle mit dem Etikett Atropin für den Mann im Keller behielt er in der Hand. Er schüttelte sie und stach mit einer Einwegspritze durch die Gummimembran. Er zog genau dreißig Milligramm auf. Dabei fiel ihm der weise Spruch des Paracelsus ein: Sola dosis facit venenum - nur die Dosis macht das Gift.

Die aufgezogene Menge würde seinem Kellerbewohner reichen. Herzrasen, Atemnot, Verwirrtheit und Halluzinationen sollten für ein bisschen Abwechslung im monotonen Leben des Mannes in seinem durchsichtigen Plastiksarg sorgen. Erst ab hundert Milligramm würde der Atemstillstand eintreten, da hatte sich Konrad mehrfach im Internet versichert. Selbst sein Schwarzmarkthändler hatte das gewusst. Mit ihm hatte er lange gechattet, bevor er sicher war, was für den Kellermann infrage kam.

Ein Hoch auf das Darknet! Das Internet, in dem es alles gab, was illegal war. Der Händler war hoch kompetent und in der Anwendung der Stoffe professionell geschult gewesen. Ganz anders als die Apothekenpfuscher, dachte er. Die hohe Summe hatte er für den Stoff und die Beratung gerne gezahlt. Ein toller Kundenservice. Und Geldprobleme hatte er ja sowieso nicht, dank Mama. Nach Rücksprache mit dem Händler hatte er bei dreißig Milligramm kaum Bedenken. Die Vitalfunktionen seines Gastes im Keller hatten in den letzten Tagen keine Auffälligkeiten gezeigt. Er nahm die gefüllte Spritze, ging dann über den Flur zur Kellertür. Er freute sich auf das Wiedersehen. Da das Narkosemittel, das aus der Tollkirsche gewonnen wurde, auch zu starker Lichtempfindlichkeit führte, wollte er ihm heute Nacht ausnahmsweise die Neonröhre über dem Sarg anlassen. So konnte er sich da unten mal in Ruhe umschauen und sehen, was ihn in Zukunft noch so erwartete. Er selbst würde in Ruhe backen können.

Konrad öffnete die Tür, hörte das Pumpen der Atemmaschine und den Generator.

»Aufwachen! Ist doch bestimmt bullenheiß da unten. Schlemihl bringt dir jetzt eine kleine Erfrischung. Es gibt tollen Kirschsaft.«

Kapitel 5 – Der Duft aller Düfte

»Vanessa Paradis mit Joe Le Taxi. Das war für alle unsere Taxifahrer da draußen. Guten Morgen, hier ist Hase FM – Euer Vierundzwanzig-Stunden-Radio für Osnabrück und Umgebung. Es ist zehn nach vier in der Frühe. Ich bin Marcel Reiners, und der nächste Song geht raus an die fleißigen Osnabrücker Bäcker. Die haben nämlich genau jetzt damit angefangen, für euch Brötchen zu backen.«

Der Beat brachte die Lautsprecherboxen des fast schon nostalgischen tragbaren Radios auf der Fensterbank zum Vibrieren. Das Mehl, das sich darauf festgesetzt hatte, wirbelte gleichmäßig im Takt auf und rieselte auf die Arbeitsplatte hinunter.

»Bakerman is baking bread.« Bäcker Köster sang das Lied lauthals mit, wippte dazu mit dem Zeigefinger in der Luft. Teigstückchen lösten sich von seiner Handkante.

»Nicht erst jetzt«, sagte er mit einem stolzen Grinsen. »Bei Köster sind die Brötchen schon fast fertig um diese Zeit. Jawohl!«

Der Bäckermeister war in bester Morgenlaune. Das erste Mal seit Wochen. Viel zu oft hatte er in der Vergangenheit geschimpft über das nicht laufende Geschäft am Nachmittag. Kuchen und süße Teilchen gingen einfach nicht mehr über die Ladentheke. Zu teuer in der Produktion und nicht zu den Preisen zu verkaufen, zu denen sie bei den SB-Bäckereien angeboten wurden. Selbst nach Feierabend regte er sich über Dumpingpreise auf. Schwindende Kundenansprüche. Er beweinte das Aus für seine Zimtschnecken, Quarktaschen und Plunderteilchen. In den letzten fünf Jahren waren sieben dieser Aufbackhöllen in der Innenstadt neu eröffnet worden.

Trotzdem hatte Köster Arbeit ohne Ende. Einen Lehrling beschäftigte er zurzeit nicht, nur seine Verkäuferinnen Ulrike und Lea halfen. Und die verkauften morgens. Denn Brötchen gingen trotz Bäckerkrise immer.

Er griff nach einer flachen hölzernen Schaufel, die seitlich am Etagenofen hing, schob sie gekonnt unter ein Blech, das mit brötchenförmigen Teigstücken belegt war, balancierte es dann in das oberste Fach des vier Etagen hohen Heizgasumwälzers. Er schaute in die darunter liegenden Fächer, die er bereits bestückt hatte. Vollkorn-, Mohn-, Sesam- und Springbrötchen nahmen schon leicht goldbraune Farbe an. Alles in Ordnung. Gleich würde er auch das Brot aus dem Gärraum holen und backen.

Um halb sechs sollten Ulrike und Lea zum Brötchenbelegen kommen, um sechs musste der Laden auf sein. Dann würden die Fabrikarbeiter eintrudeln, danach die Büroangestellten, zum Schluss Studenten. Dann niemand mehr. Nachmittag. Gähnende Leere. SB-Konkurrenz. Nicht dran denken! Denn die Zukunft verhieß Positives. Nächste Woche würde er Urlaub machen, in einer Pension am Meer. Für zehn Tage .Über Tobis Geburtstag. Der Junge wurde schon sechs. Es sollte endlich Zeit werden, ihm zu zeigen, dass Papa mehr konnte als backen. Köster dachte an Schwimmen, Fußballspielen am Strand, Drachensteigen lassen. Er würde mal so richtig ausspannen, das hatte er seiner Frau versprochen.

Er fasste sich an den Schirm der weißen Baseballcap, die er jeden Morgen trug. Sein Blick fiel auf die Rührmaschine. Er hatte sie bereits mit Teig befüllt. Heute wollte er Brezeln anbieten. Laugengebäck mit Meersalz. Mal was anderes. Er schaute in die silberne Rührschüssel. Zu wenig Wasser, er fügte etwas hinzu. Dann gab er über das Display die Zeit und Temperatur ein, zog den Starthebel nach oben und vernahm das vertraute Surren des Motors. Die Rührbesen übernahmen die Arbeit.

Zeit, eine zu rauchen, dachte Köster, tastete in der Gesäßtasche seiner karierten Hose nach der Zigarettenschachtel. Zwischen den Wagen mit Brötchenkästen, Töpfen und Mehlsäcken hindurch schlurfte der Bäcker in Sandalen über den Kachelboden zur Hintertür.

Der Hof lag noch im Dunkeln, aber hinter den Giebeln der Nachbarhäuser schimmerte schon der rote Morgenhimmel, und ein paar Vögel hatten angefangen, sich darüber zu unterhalten. Eine warme Sommernacht. Er holte tief Luft, bevor er die Zigarette ansteckte, schaute dem Rauch nach, den er mit einem lang gezogenen »Huhhh« ausblies.

Was ist das da? Ganz hinten auf dem Hof machte er schemenhaft die Umrisse eines Lieferwagens aus. Komisch, er hatte kein Auto auffahren hören. Er lief auf den Wagen zu und erkannte das Firmenlogo. Schütte Konditorei Service - der Lieferant, von dem er sich alle zwei Tage Kuchen und süße Teigwaren aus einer großen Industriebäckerei bringen ließ. Auf den Verkauf des Billiggebäcks war er angewiesen. Köster schaute ins Führerhaus. Da saß niemand. Er ging vorne um den Kleinlaster herum.

»Helmuth?« Er rief über den Hof, bemerkte, dass es im Inneren des Lieferwagens ruckelte.

»Komme«, rief jemand aus dem Laderaum, kurz darauf öffnete sich die Hintertür mit einem Knatschen. Ein Mann in cremefarbenem Mantel sprang heraus. Er hatte einen schwarzen Hut mit breiter Krempe auf und hielt einen Lieferschein in der Hand.

»Hoppla. So, da bin ich«, sagte der Unbekannte und knallte die Tür zu.

»Wo ist Helmuth?«, fragte Köster.

»Helmuth? Der ist krank. Ich helfe heute aus. Moinsen erst mal. Schlemihl heiße ich.« Er streckte dem Bäcker seine Hand entgegen Der zögerte kurz, bevor er sie ergriff. Sie steckte in einem Handschuh.

»Moin ... Köster. Hoffe, er hat nichts Schlimmes.«

»Was? Wer?«, fragte Schlemihl, während er auf seinen Zettel starrte, dabei etwas Unverständliches zu sich selbst brabbelte.

»Na, Helmuth.«

»Ach so, nein, nein.« Schlemihl blickte auf. »Magenverstimmung, der steht nächste Woche wieder stramm. Ist doch nicht unterzukriegen, der alte Haudegen.« Schlemihl sprach leiser: »Unter uns gesagt: Ich glaube, der hat am Wochenende zu tief ins Glas geschaut.«

»Ach so. Na ja, das kann passieren«, sagte Köster und schmunzelte.» Sie fahren am besten mit dem Wagen bis vor das Tor. Ich öffne von innen, dann können Sie die Kisten direkt in der Backstube abladen.«

»Perfekt. Bin früh dran, mache sonst nur Landkreis«, sagte Schlemihl, tippte dabei auf seinen Lieferschein. »Also ich habe: Mixed Muffins zwei Mal, Cinnamon Rolls, Cheese Cake, Nusshörnchen, Mandelhörnchen jeweils ein halbes Blech. Je eine Kirsch- und eine Marzipantorte, Mandarinenkuchen und eine Schwarzwälder.«

»Klingt genau nach meiner Bestellung«, sagte Köster und wollte wieder zur Backstube gehen.

»Keine Cronuts?«, rief ihm Schlemihl hinterher. »Nicht zu fassen.«

»Keine was?« Der Bäcker schnippte die Zigarette weg, wandte sich wieder zum Wagen.

»Na Cronuts, Mann. Habt ihr Städter die etwa noch nicht auf dem Zettel? Im Landkreis liefere ich seit Wochen fast nichts anders mehr an die Konditoreien. Mittlerweile haben die eigentlich auch alle Bäcker. Wie gesagt, wundert mich. Aber was mische ich mich ein?« Schlemihl zog am Griff der Wagentür.

»Ne, warte mal. Äh, warten Sie mal. Ich weiß nicht, was das ist. Bin aber offen für Neues. Die Dinger sind so was wie im Trend, ja?«

»Trend?«, Schlemihl grinste. »Ich würde eher sagen, das ist ein regelrechter Hype um die Dinger. Also so richtig, meine ich. Warme Semmeln sind da gar nichts gegen – so weg, wie die gehen.«

»Was soll das nun sein? Haben Sie welche dabei?«

»Türlich, gesamte Palette voll.«

»Darf ich mal sehen?« Köster zeigte auf die Wagentür, kam einen Schritt näher.

»Mmh.« Schlemihl überlegte. »Wissen Sie was? Wo ich so früh dran bin, könnte ich einen starken Kaffee vertragen. Was halten Sie davon, wenn Sie mich auf einen mit reinnehmen? Dann hole ich einen Karton mit verschiedenen Sorten aus dem Wagen. Zum kostenlosen Verkosten.«

»Okay, das ist ein Deal.« Köster freute sich. »Ich werde nur schnell die erste Ladung Brötchen aus dem Ofen hieven, dann setzen wir uns kurz in die Küche. Bin ebenfalls früh dran heute. Und Sie haben mich angefixt mit Ihren Super-Teilchen. Nach so was suche ich immer.«

»Verständlich. Sie sind Geschäftsmann. Ich verspreche nicht zu viel ... Ach, wollen wir uns nicht duzen? Wir scheinen ungefähr gleich alt, wenn das noch zählt.«

Köster lachte. »Okay. Ist mir auch lieber. Also ich bin Carsten«. Dieses Mal streckte er dem Lieferanten die Hand entgegen.

»Alles klar, Carsten. Dann bis gleich. Ich krame die Granaten mal raus. Hol du in Ruhe deine Brötchen aus dem Brenner. Ich finde dich.«

Habe ich doch gewusst, ein wundervoller Tag wird das heute, dachte der Bäcker, als er zur Backstube ging. Er hörte, wie die Tür des Lieferwagens aufschnappte, drehte sich noch mal um. »Hey, und du?«

»Was heißt das: und ich?«

»Wir haben uns das Du angeboten. Ich bin Carsten. Wer bist du?«

»Schlemihl. Der Schlemihl bin ich doch.«

»Ach, ich dachte das wäre dein Nachname.«

Schlemihl gab keine Antwort mehr. Der Bäcker sah, wie er in den Laderaum kletterte. Komischer Vogel, was für eine Geheimniskrämerei, dachte er. Aber was solls? Hauptsache, er fand etwas, um sein Nachmittagsgeschäft zu beleben, der Rest konnte ihm egal sein.

»Ein verdammt leckerer Kaffee«, sagte Schlemihl, als er Köster in der Küche zwischen Backstube und Ladengeschäft am Ecktisch gegenübersaß. Er schlürfte das frischaufgebrühte Heißgetränk aus einer Porzellantasse.

»Das sind dann also diese Teilchen, auf die alle abfahren?«, fragte der Gastgeber. Er deutete auf eine rosafarbene Pappschachtel mit der Aufschrift Jordan's original American Food, die sein morgendlicher Besucher auf dem Tisch platziert hatte.

»Genau. Greif zu! Na los, mein Freund!« Schlemihl schob die Schachtel mit der Hand über die Tischplatte direkt vor die Schürze des Bäckers.

Köster klappte mit Zeigefingern und Daumen den Deckel nach oben. Der Duft von Blätterteig, Erdbeer-, Blaubeer- und Nussaroma stieg ihm in die Nase. Seine Bäckerbacken füllten sich sogleich mit Speichel. Er blickte auf acht kreisrunde Gebäckteilchen, auf denen jeweils eine sahnige Creme-Glasur in roter, blauer, grüner und brauner Farbe aufgetragen war.

»Sieht delikat aus«, sagte er und entschied sich, das blaue Teilchen zuerst zu probieren. Vorsichtig nahm er es aus der Box, drückte es zaghaft zwischen den Fingern, drehte es, roch daran. »Blueberry. Ein Blueberry Cronut. Allein der Name ist ja schon ein Schlager.«

»Nicht wahr«, sagte Schlemihl. »Beiß rein!«

»Jetzt verstehe ich auch die Bedeutung von Cronut. Sieht von der Form aus wie ein Donut, nur nehmen wir hier Blätterteig wie für ein Croissant.«

»Fugu«, sagte Schlemihl leise und grinste.

»Fugu?«

»Ja, das kommt aus meiner Heimat Rumänien. Bedeutet: korrekt. Hast Recht mit deiner Analyse, wollte ich damit sagen. Ein feines Bäckerauge.«

»Aha. Ja.« Köster biss kraftvoll in das hoch gelobte Gebäckstück. Zwischen seinen Zähnen zersprang der frittierte Blätterteig mit einem sachten Knacken, dann merkte er, wie eine weiche, kühle Creme auf seine Zunge spritzte. Blaubeermarmelade, feine Butter, Zimt und Vanille liebkosten seine Geschmacksknospen. Was für eine Mischung, dachte er. Nicht zu süß, aber fruchtig. Nicht künstlich, aber fluffig und kross zugleich. Ein perfekt ausgewogenes Aroma dank einer vollendeten Rezeptur. Er schloss die Augen, schmatzte, dachte an eine mit Cronuts vollgepackte Ladentheke. Er sah Kinder, die darauf zeigten und an den Rockzipfeln ihrer Mütter zerrten.

Was für ein Glückstag. Wie kann ich die als meine eigene Kreation verkaufen? Ich muss sie auseinandernehmen und genauestens analysieren. Noch mal verbessern. Obwohl mir das fast unmöglich erscheint.

»Habe ich zu viel versprochen?«, fragte Schlemihl und kippte sich den Rest des Kaffees in den Mund.

»Nein, wahrlich nicht.« Köster lutschte, kaute, schluckte, träumte. »Vorzüglich, wirklich ausgezeichnet. Die bestelle ich sofort.« Er leckte sich über den Daumen.

»Ich wusste es.«

»Bei welchem Einkaufspreis liegen die?«

»Da wirst du dir mit dem Chef schon einig, Carsten.« Schlemihl stellte die Tasse ab, stand auf. »Probier auch die anderen. Ich fahre den Wagen vor, lade die Lieferung ab und bringe den aktuellen Katalog mit der Cronut-Bestellliste mit rein ... Danke für den Kaffee. Bis gleich.« Schlemihl nahm die Tasse, ging zur Spüle und wusch sie ordentlich mit einem Lappen ab.

Der Bäcker wunderte sich über diese spontane Nettigkeit, aber sein Blick richtete sich nur noch auf den grünen Cronut.

Einige Minuten später, er hatte beide Blueberry-Cronuts gegessen und von Erdbeer-Kokos, Apfel und Schokolade jeweils abgebissen, stand der Bäckermeister auf. Er hatte genug. Einer besser als der andere. Als er durch die Backstube schlich, hielt er sich den Bauch. Die Reste sollte Tobi heute Nachmittag probieren. Was würde der sich freuen. Ob er ihm sagen sollte, Papa habe sie gemacht?

Er betätigte den Knopf an der Außenwand der Backstube. Das Garagentor hob sich mit einem Knarren und Quietschen. *Was soll das jetzt?*

Er hatte Schlemihls Lieferwagen direkt vor dem Tor erwartet, doch als es auf Augenhöhe an ihm vorbeizog, erkannte er, dass der Wagen immer noch genau da parkte, wo er ihn vor einer halben Stunde vorgefunden hatte: hinten auf dem Hof, vor den Nachbarhäusern, über denen die Sonne jetzt aufgegangen war. Sie warf ihre Strahlen auf das Pflaster. Ist der da jetzt eingepennt, fragte sich Köster und wollte auf den Wagen zulaufen. Doch als er den rechten Fuß nach vorne setzte, geriet er ins Wanken. Sein linkes Bein zog nicht hinterher. Irgendetwas hielt ihn doch fest? Er drehte den Kopf nach hinten und erschrak. Da stand Schlemihl in seiner Backstube und grinste. Was soll das, wollte der Bäcker fragen, doch auch seine Lippen verweigerten ihren Dienst. Als er fiel, konnte er sich mit den Armen nicht abfangen. Sein Kopf knallte auf das Pflaster. Er spürte einen heftigen, dumpfen Schmerz. Köster sah helle Blitze und schwarzrote Flecken vor seinen Augen.

»Bäckerchen! Hallo? Bist du wach? Ich kann das echt schlecht feststellen gerade.«

Köster hörte die Stimme des Mannes, der eben noch in seiner Küche Kaffee getrunken hatte. Es war doch eben? Der Mann war der Lieferant, oder nicht? Hieß er Schlemihl? Ja, genau. Mit Vornamen. Erinnerungsfetzen schossen in sein Bewusstsein. Aber so richtig klar war sein Geist nicht.

Er spürte ein Beißen in den Augen, als hätte er sich versehentlich mit Spülmittel das Gesicht gewaschen. Er konnte die Pupillen nicht fokussieren, sah alles verschwommen. Es kam ihm vor, als wäre er nicht richtig bei Sinnen, völlig erschlafft, vollkommen lahm. Er versuchte nacheinander Kopf, Arme und Beine zu bewegen. Sie blieben regungslos. Normalerweise hätte er Panik bekommen müssen, aber er verspürte keine Angst. Nur Wut und Unverständnis.

Wie durch einen roten Schleier sah er die Umrisse des Kopfes, der sich über ihn gebeugt hatte. Er trug einen schwarzen Hut mit breiter Krempe.

Schlemihl!

Köster vernahm das vertraute Surren der Rührmaschine und roch den Duft frisch gebackener Brötchen. Er hatte schon welche gemacht heute. Hatte er sie aus dem Ofen geholt, bevor oder nachdem er mit Schlemihl Kaffee getrunken hatte? Er musste sich konzentrieren. Nicht alle Details fielen ihm wieder ein. Das fand er merkwürdig und bedenklich. *Du musst nachdenken, Carsten.*

Er befand sich in seiner Backstube, das war klar. Er vernahm ihren Duft. Über Schlemihls verzerrtem Kopf machte er die rotierenden Flügel des Deckenventilators aus. Er lag waagerecht, aber nicht auf dem Boden. Vom Abstand her müsste er sich ungefähr im unteren Drittel des Raumes befinden. Worauf lag er? Lag er? Er fühlte sich leicht an, als ob er schwebte. Ein Kribbeln auf der Zunge machte ihm erneut bewusst, dass etwas mit seinem Körper nicht stimmen konnte.

Was ist passiert? Bin ich gestürzt? Ich kann mich nicht erinnern.

»Versuchst du, mir was mitzuteilen?«, fragte Schlemihl. Er kam dabei dem Bäcker so nahe, dass der seinen Atem auf der Nasenspitze spürte. »Du kannst nicht sprechen. Sorry, meine Schuld. Aber, du siehst mich doch, ja? Das wäre wichtig. Ich habe deine Augenlider gerade umgeklappt und sie mit Holzspießchen an deinen fettigen Brauen fixiert. Sonst könntest du gar nicht gucken. Merkst du das?«

Köster fühlte, wie Schlemihl auf seine rechte Augenbraue drückte. Etwas lief ihm ins Auge. Der Schleier verdichtete sich, wurde rot, nahm ihm alle Sicht.

Was soll das? Bist du verrückt geworden? Bist du verrückt? Was ist das in meinem Auge? Blute ich? Wieso kann ich mich nicht bewegen?

Köster hatte Angst, aber auf eine Weise, wie er es noch nie erlebt hatte. Ganz ohne Körperlichkeit irgendwie. Alles nur in Gedanken. Sein Herz schlug so langsam, als entspanne er unter einer Sonnenbank. Das war nicht normal. Auch sein Atem war ruhig und eher flach als aufgeregt.

»Ich gehe einfach davon aus, dass du bei Bewusstsein bist. Falls du Schmerzen hast, ist das wunderbar. Aber stell dich bloß nicht an! TTX wirkt schmerzlindernd und findet auch Verwendung in der Medizin. In geringen Dosen ... Und du hast dir sogar eine große gegönnt.« Schlemihl lachte. »Hätte auch nicht gedacht, dass du alle Cronuts frisst. Einer hätte gereicht, um dich erst lahmzulegen und dann umzubringen. Jetzt bist du etwas gelähmter, als ich es geplant hatte. Die Situation ist kommunikationshemmend, das gebe ich zu. Aber ich lege auch mehr Wert darauf, dass du mir zuhörst. Über dich weiß ich mehr als genug.«

Die Cronuts. Was hast du mir da reingemischt, du Spinner? Überhaupt, was habe ich dir getan? Sag was!

Er bekam keine Antworten auf seine Fragen. Die roten Flecken in seinen Augen schwanden, doch immer noch sah er verschwommen. Seine Augen brannten wie Glut. Er war nicht in der Lage, sie zu schließen. Schlemihl war aus seinem Blickfeld gewichen. Er hörte ihn mit Papier rascheln und ein Lied pfeifen, das er kannte: Backe, backe Kuchen. Der Bäcker hat gerufen.

Was für ein krankes Arschloch.

Hey, Arschloch!

Nein, er konnte ihn nicht hören, weil er nämlich gar nicht sprach. Das wurde ihm wieder bewusst. Er spürte zwar, wie seine Zunge zuckte, aber er gab keinen Laut von sich. Obwohl sein Hirn Kommunikationsbefehle an den Sprachapparat sendete, blieb seine Stimme nur in den Gedanken.

Schlemihl hörte auf zu pfeifen. Die Umrisse seines Kopfes tauchten erneut über Köster auf. Er wurde vor und zurück bewegt, ganz gleichmäßig. Da der Ventilator das auch tat, folgerte der Bäcker, dass er sich auf etwas Beweglichem befinden musste. Wahrscheinlich hatte der Kerl ihn auf einen seiner Rollwagen gelegt. Aber, warum nur? Was hatte er mit ihm vor? Der Bäcker blieb körperlich gelassen. Unheimlich gelassen. Kein Panikanfall!

»Ich gehe davon aus, dass du Teigpanscher nicht weißt, was TTX ist, also chemisch korrekt Tetrodotoxin«, sagte Schlemihl. »Ich möchte dich nicht länger auf die Folter spannen.« Er kicherte. »Das war ein freudscher Versprecher, glaube ich. Hehe! TTX ist ein Nervengift. Kugelfische sondern es ab. Eine rein natürliche Zutat also. Es ist ein ausgezeichnetes Gift. Simpel in Struktur und Wirkung. Es blockiert im Moment deine Natriumkanäle in den Nerven, sodass eine Weiterleitung von Erregungen nicht mehr möglich ist. Deshalb kannst du dich nicht bewegen und auch nicht sprechen. Die anderen Sinne sollten aber zum jetzigen Zeitpunkt mit Einschränkungen funktionieren. Das ist doch klasse, nicht wahr? Es tut ja nicht mal weh, oder? Ärgere dich nicht, Bäckerchen. Es hätte schlimmer kommen können. Eigentlich wollte ich dich mit dem Pfeilgift der Frösche behandeln, das die Indianer in Südamerika für die Jagd benutzen. Da hättest du höllische Krämpfe bekommen. So ungefähr ...«

Schlemihl schüttelte und rüttelte am Rollwagen, lachte wie ein Wahnsinniger. »Schon witzig, nicht wahr? Chemisch gesehen wirkt das Pfeilgift genau andersrum. Deswegen ist das Kugelfischgift auch das Gegengift für das Froschgift. Es kann also Leben nehmen und retten. Deins nimmt es.«

Köster wurde übel, er hörte ein Blubbern und ein Spritzen in seinem Magen. Ihm wurde schwindelig, sein Herz stolperte. Der Irre würde ihn töten. Er bluffte nicht. Aber warum? Einfach so? Hatte er sich etwas zuschulden kommen lassen? War Schlemihl ein verärgerter, verrückter Kunde? So was machte doch keiner. Oder hatte er etwa rausgefunden, dass …

»Außerdem habe ich es genommen, weil es billiger ist.« Schlemihl unterbrach die lahmer werdenden Gedanken des Bäckers. »Und irgendwie bist du für mich auch mehr Fisch als Frosch. So schmierig und platt bist du. Der Fisch stinkt vom Kopf her, weißte ja.« Er machte eine Pause. »Man, was labere ich dich zu. Das willst du alles gar nicht wissen, nicht wahr? Haste andere Fragen? Muss dich enttäuschen, kann dich nicht verstehen. Hehe ... Du hörst aber gut zu, das freut mich. Lange nicht mehr so viel gequasselt. Ich bin in der Regel alleine. Irgendwie wirst du mir sympathischer. Dein Mord macht mir wirklich Freude, ganz anders als bei dem humorlosen Klatt.«

Köster wusste nichts mit dem Namen Klatt anzufangen, aber er hatte keinen Zweifel, dass dieser bereits ein toter Mann war. Er dachte an Tobi und daran, dass er nie mit ihm schwimmen gewesen war, auch nie mit ihm Fußball gespielt hatte. Stattdessen hatte er sich immer und immer wieder über SB-Bäckereien aufgeregt. Vergeudete Lebenszeit! Er wollte zu seinem Sohn. Ihn in den Arm nehmen. Jetzt! Warum sollte der Junge ohne Vater aufwachsen? Er hatte doch vorgehabt, ihm heute die Reste der Cronuts mitzubringen.

Oh nein! Die Cronuts. Tobi, iss sie nicht! Ein letztes Mal versuchte er zu schreien. Vergeblich.

Tobi sollte nicht sterben. Und er wollte das auch nicht. Köster spürte einen Kloß im Hals. War das Trauer, oder war es das Gift? Das Gift des Kugelfisches? Was für ein Mist! Er merkte, dass er sich immer schlechter konzentrieren konnte. Wie ein Wasserfall plätscherte Schlemihls monotone Stimme auf ihn ein. Auch Wut verspürte er nun nicht mehr, die Kraft dazu reichte nicht aus.

»Du bist genauso dumm wie die Japaner, Bäckerchen. In Japan heißt der Kugelfisch Fugu und gilt als Delikatesse. Fugu. Erinnert dich das an was? Das bedeutet nicht korrekt auf Rumänisch, und ich bin auch kein Rumäne. Sehe ich etwa so aus?« Schlemihl lachte wieder. »Du bist dumm wie die Japsen. Obwohl die seit jeher wissen, dass Fugu tödlich ist, können sie es nicht lassen, ihn zu fressen. In den fünfziger Jahren sind jährlich bis zu fünfhundert Menschen am Verzehr gestorben. Wer heute Kugelfisch zubereiten will, braucht eine staatliche Lizenz. Und trotzdem verrecken immerhin noch fünf Japaner im Jahr. Qualvoll. Ich meine, ich hoffe doch qualvoll.« Er holte Luft. »Keiner weiß natürlich genau, was in den Opfern zuletzt vorgeht. Schade, dass du es mir nicht erzählen können wirst. Ein deutsches Opfer ist bisher nicht bekannt. Du darfst also stolz auf dich sein. Wahrscheinlich ist auch noch kein Mensch an Fugu gestorben, ohne Fugu zu essen. Du Bäckerpenner!«

Schlemihl hustete und lachte. »Summa summarum TTX Super-Gift. Das Serum des genialen Killers – das ist mein Gift. K.-o.-Tropfen – das Toxikum der Dummen – das ist dein Gift.«

Schlemihls Kopf verschwand. Köster hörte seine Schritte auf den Kacheln. Schlemihl rüttelte an etwas, schlug auf Metall. Dann rief er von Weitem: » Immerhin hat dein Gift gereicht, um dich an meiner Tochter zu vergehen, du widerwärtiges Schwein! Vielleicht war es auch nicht ganz unschuldig an dem Unfall. Und dafür wirst du jetzt büßen, du perverser Wichser! Und ich wusste damals nichts von dem ganzen kranken Scheiß und habe sie fahren lassen. Aber jetzt weiß ich alles. Deswegen machen wir das ja überhaupt alles hier.«

Tochter? Welche Tochter? Wen meinte der Kerl, den er bis heute nie zuvor gesehen hatte, bloß? Wieso Vergewaltigung? Und wieso K. O.-Tropfen? Die hatte er doch gar nicht…

Hey, Du musst mich verwechseln. Hörst du? Ich kann da nichts für. Ich bin nicht der Mann, der …

Kösters Gehirn gaukelte ihm weiterhin vor, es könne seinen Mund zum Sprechen bringen. Aber er wusste es besser ...

Was ist das jetzt? Er erschrak in Gedanken. *Mein Herz ist stehen geblieben. Nein, nicht mein Herz!* Es war das vertraute

Surren der Rührmaschine, das abrupt verstummt war. Leise hörte er Schlemihl das Bäckerlied pfeifen. *Was macht der? Backt in meiner Küche?*

Schlemihls Schatten sprang erneut über den Bäcker. Seine Stimme klang plötzlich wütend und gereizt. »Dass du Widerling meine Tochter überhaupt angerührt hast. Ich werde das nie vergessen können. Es ist meine verdammte Pflicht, dich zu töten, du Pisser! Ich weiß, dass du das auch mit anderen Frauen machst, mit anderen Töchtern. Das hat ein Ende. Jetzt und hier.«

Ein paar lange Minuten hörte Köster nichts mehr. Dann spürte er einen leichten Druck an seinem Hals.

»Lebst du eigentlich noch?« Wieder Stille. »Gut, wollte nur sichergehen. Viel Leben ist da ja nicht mehr. Wir sollten uns jetzt langsam verabschieden. Ich will auch nicht, dass dich Ulrike und Lea so sehen.«

Der Bäcker hatte Mühe, Luft zu holen. Er dachte an Tobi und wünschte sich, zu weinen. Doch er wusste gar nicht, warum. Und eigentlich war es ihm auch egal. Er dachte an seine Frau. Wie hieß sie noch? Er hatte ihren Namen vergessen. Es brachte ihn innerlich zum Lachen. Moment, wo war er überhaupt gerade und warum konnte er sich nicht bewegen? Eine Stimme, die er nicht kannte, sprach zu ihm.

»Na, dann wollen wir mal einen fetten Kugelfisch aus dir machen. Von einem Fisch hast du dich zu einem kleinen Menschen entwickelt und bist auf die Welt gekommen, als Fisch wirst du sie verlassen.«

Köster nahm wahr, dass er kippte. War das vor seinem Gesicht die silberne Wand der Rührschüssel? Schwach roch er das Meersalz in dem Brezelteig. Herrlich. Wundervoll. Auch roch er Brot. Der Duft aller Düfte. Bäcker wollte er werden, wenn er groß war, nahm sich Köster fest vor. Das könnte ihm wohl gefallen.

Er merkte, wie sich eine kühle Masse über seinem Gesicht ausbreitete. Sie lief ihm in die Ohren, in die Augen, in Mund

und Nase. Er sah und hörte nichts mehr. Doch, das Meersalz, das roch er noch viel intensiver. Er war am Meer. Nein, im Meer. Pfeilschnell wie ein Fisch schoss Kösters Körper nach vorne. Er schwamm durch die dunkle Tiefsee. Er war zu Hause.

Ich bin ein Fisch, ich bin ein Fisch.

Das war das Letzte, was Köster dachte, bevor er das helle, gleißendes Licht erblickte. Mit Glücksgefühlen im Bauch schwamm er darauf zu. Eine angenehme Wärme machte sich in seinem Körper breit.

Kapitel 6 – Vorsicht heiß!

»Was denkst du, kleine Schlampe? Dass du in Osnabrück rumhuren kannst? Das ist meine Stadt, und du bist meine Nutte, verstanden?«

Echtner schrie und fluchte, schmeckte dabei salzigen Schweiß auf den Lippen. Sein Herz raste, sämtliche Muskeln spannten, sein Penis war so hart, dass er glaubte, sein schönstes Stück könnte jeden Augenblick platzen. Er kniete auf einem roten Herzchenkissen, stieß die Hüfte nach vorne und riss Ellen an der Taille, die er zwischen Handflächen und Daumen gequetscht hatte, mit einer solchen Wucht an sich, dass sich die Farbe ihres Hinterns von schneeweiß zu fast blutrot wandelte.

Bei jedem Stoß stöhnte Ellen, kreischte, hauchte ein paar Worte auf Russisch. Sein linker Ringfinger hatte sich unter den String ihres schwarzen Slips gebohrt und zog ihn zur Seite. Es roch nach Vagina, Schweiß, Gleitgel mit Kirscharoma, Gummi und kaltem Zigarettenrauch. Der vertraute Duft seines Sexlebens, das ihm immer mehr Freude bereitete und ihn zu Höchstleistungen antrieb.

Die Sonne warf Dutzende Lichtstrahlen in das staubige Zimmer, die sich über Ellens Rücken hinweg bis zur gegenüberliegenden Wand ausbreiteten und kleine Mini-Sonnen auf die rosafarbene Tapete warfen. Echtner starrte auf das vom Sonnenlicht erhellte Delfintattoo auf Ellens Schulterblatt. Das Tier grinste ihn an, bewegte sich unter seinen Stößen, als würde es schwimmen.

Ellen trug ihre roten Haare zu einem Pferdeschwanz zusammengebunden. Mit der linken Hand versuchte sie die Schwingungen ihres großen Busens zu bremsen, ausgelöst durch Echtners heftige Bewegungen. Er gab den Takt an. Mit der anderen Hand drückte sie sich gegen das silberne Bettgestell. Es knarrte. Sie war eine hübsche Frau, aber eine Nutte. Schade, dachte Echtner. Wie konnte man sich selbst nur so erniedrigen? Mit dem furchtbarsten Gesocks Osnabrücks in die Kiste springen? Sie verdiente es, zu schreien.

»Hörst du? Eine Schlampe bist du. Sag es!«

Klar hatte Ellen es gehört. »Ich bin Schlampe«, stöhnte sie.

»Genau das bist du. Und ich ficke dich besser als jeder andere.«

»Besser fickst du Sheriff.«

»Viel besser als der neue Kerl meiner Ex-Frau. Sag es!«

»Du bist der Beste.«

Er nahm die flache rechte Hand, schlug damit heftig gegen Ellens Hintern. Schweißtropfen spritzten davon ab. »Sag es!«

»Bessere Ficker als neue Mann von deine alte Frau«, sagte Ellen und dachte daran, dass sie heute zum Frühstück zu ihrer Mamotschka eingeladen war. Sie trafen sich viel zu selten, fand sie. Aber dienstags und sonntags waren fest eingeplante Tage. Einmal zum Frühstück, einmal zum Abendessen. Zusammen kochen, quatschen, sich in den Arm nehmen. Heute würde sie ihr von Belize erzählen. Endlich. Das hatte sie schon lange vorgehabt, aber sie wollte ihre Mutter auf keinen Fall enttäuschen. Vor vollendete Tatsachen stellen aber auch nicht.

Nach seinem letzten Besuch war sie zuversichtlich, dass der liebe Konrad sie und Mamotschka mitnehmen würde in die Karibik. Sie war nun sicher, dass das alles kein Gerede war. Mamotschka hustete kaum noch in letzter Zeit. Vielleicht würde sie ganz gesund werden und könnte ihr mit dem Tierheim helfen. Hoffentlich hatte Konrad diesen alles entscheidenden Auftrag bald erledigt. Sie sehnte sich nach echter Liebe und Ruhe. Für beides war Belize zum Synonym geworden.

»Auaahh«.

Erneut hatte er ihr auf den Hintern geschlagen. »Sag es!«, schrie er.

»Du hast großes Schwanz.« Sie stöhnte ein bisschen lauter, kannte sein Programm auswendig, fand es allerdings extrem beunruhigend, dass er bei seinen letzten Besuchen immer länger brauchte, um zum Höhepunkt zu kommen. Auf eine Stunde Dauervögeln konnte sie sich mittlerweile einrichten. Er war nicht nur ausdauernder geworden, sondern auch aggressiver und suchte mehr verbale Bestätigung. Sie hatte sich bereits gefragt, ob sie zugenommen hatte oder sonst etwas nicht mit ihr stimmte. Aber an ihr konnte es nicht liegen. Sein steinharter Penis sprach da Bände. Sie hatte auch kein Problem damit, härter angefasst zu werden. Mit genug Gleitgel hielten sich die Schmerzen danach in Grenzen. Sie war ja lange abgehärtet.

Ellen fand diesen Sheriff nicht unattraktiv. Der für das Alter ansprechende Körper war immer gut gepflegt. Er roch nach einem frischen Aftershave, trug Markenklamotten. Doch eigentlich war sie diese Polizistenspielchen leid. Sie verstand nicht, warum so viele ihrer Kunden in eine andere Rolle schlüpfen mussten, um Sex haben zu können. Aber sie tat alles, was verlangt wurde. Fast.

Ellens Blase schmerzte. Sie musste pinkeln und verspürte den Drang, eine Zigarette zu rauchen. Dieses Geleier mit der Ex-Frau ging ihr heute besonders auf die Nerven. Irgendwann aber spritzte jeder bei ihr ab. Auch er. Hauptsache war, dass das Kondom hielt und dass sie gleich noch genug Zeit hatte, in Ruhe zu duschen und einzukaufen. Bevor sie dann mit dem Bus zu ihrer Mutter fahren würde.

»Komm endlich, du Langweiler«, sagte sie auf Russisch, bemühte sich aber, dass es klang wie: Mach weiter, du Hengst.

Sein Blick fiel auf den Nachtschrank. Das Wasser im Glas schlug Wellen. Die Schale mit den Kondomen klirrte. Watson lag dazwischen, summte und spielte eine amerikanische Polizeisirene ab. »Fuck«, rief Echtner und zog seinen Penis aus Ellen. »Ich war kurz davor.«

Er wusste, dass er rangehen musste. Er hatte Watson angewiesen, Telefonanrufe nur durchzulassen, wenn sie von der Kripo kamen. Er schubste Ellen auf die Seite, schmiss sich auf den Bauch, nahm Watson in die Hand. Hollmanns Foto auf dem Display. Das war wichtig. Er entsperrte Watson, legte ihn an sein Ohr. »Echtner. Ja?«

»Hollmann. Moin.«

»Moin. Gibts was Neues? Von Klatt?«

»Nicht nur das.« Der Hauptkommissar klang angespannt. »Weißt du, wo die Bäckerei Köster ist? In der Dodesheide. Du kommst doch da aus der Gegend.«

»Hat Neuhaus keine Brötchen mehr? Soll ich welche für die Kantine besorgen?« Er ärgerte sich. Das konnte doch nicht sein, dass er jetzt zum Lieferhelden erkoren wurde.

»Mir ist gerade nicht so zum Spaßen zumute«, sagte Hollmann.

Echtner beruhigte sich.

»Bäckerei Köster. Moorlandstraße. Du solltest schnell vorbeikommen. Dir den Mist ansehen. Wir haben einen toten Bäcker. Ermordet, definitiv. Ich kann mir nicht helfen, aber in so kurzer Zeit hintereinander? Und schon wieder so ein brutaler, kranker Scheiß? Meine Güte, da stimmt was nicht in der Stadt.«

»Ja!«, rief Echtner, ballte die Faust und boxte in die Luft, sodass Ellen zusammenzuckte.

»Was?«

»Ja. Ich meine, ja, ich weiß, wo das ist.«

»Sofort! Du bist im Team.«

Er fühlte ein Kribbeln im Bauch, als hätten sich dort Schmetterlinge ein Nest gebaut. Sein Penis, der zwischenzeitlich erschlafft war, füllte das Kondom wieder vollständig aus. Hatte Hollmann gesagt, er sei im Team?

Yes, ich bin im Team!

Sein Serienkiller hatte ihn nicht im Stich gelassen und erneut gemordet. Schneller als erwartet. Wundervoll. Er würde den

Bastard knutschen, bevor er ihn ins Kittchen schleifen würde. Sein Fall. Sein Killer. Sein Tag.

»Ich komme sofort ... Hollmann?«

»Muck, lass das da liegen, verdammt!«, hörte Echtner aus Watson, dann unterbrach die Leitung.

Ellen wartete darauf, dass der Sheriff sein Gerammel wieder aufnehmen würde. Er schwang seinen Körper herum, richtete sich im Bett auf. Sie fasste nach seinem Schwanz und massierte ihn. »Ne, echt nicht. Fick dich selbst!«, sagte er, stieß ihre Hand weg, streifte seine Jeans über. Dann sprang er auf, bückte sich, rutschte in seine Sneakers, schnürte sie zu.

»Tschuldigung. Ich nur dachte ...« Auch recht, konnte sie endlich eine rauchen. Ellen nahm Aschenbecher und Zigarettenschachtel vom Nachtschrank der anderen Seite.

Er zog sein weißes Unterhemd an, schnallte den albernen Pistolengurt mit der Knarrenattrappe um und schlüpfte in sein Sakko, während sie die ersten Rauchwölkchen gegen die Zimmerdecke blies. »Hey du«, sagte er, bevor er ihr das rote Herzchenkissen an den Kopf warf. Als es runterfiel, sah sie sein Gesicht vor dem ihren. Er küsste sie sanft auf die Wange.

Sie glaubte, zu träumen, legte sofort die Hand auf die Stelle, auf der sie gerade noch seine Lippen gespürt hatte. Was war denn das? Sie schaute den Sheriff an. Zum ersten Mal sah sie ihn lächeln. Richtig freundlich wirkte er.

»Weil heute der beste Tag meines Lebens ist«, sagte er, stürmte aus dem Zimmer, knallte die Tür hinter sich zu.

Ellen konnte nicht fassen, was sie soeben erlebt hatte. Noch einmal berührte sie ihre Wange und lächelte.

Kurz bevor er die Bäckerei an der Moorlandstraße erreichte, bog Echtner mit seinem Mini in eine Seitenstraße ab. Er stellte ihn auf den Parkplatz eines Supermarktes. Sein Blick fiel auf die CD mit der Bikini-Schönheit, die auf dem Beifahrersitz lag. Er gierte nach mehr Ice, schaffte es aber, sich zurückzuhalten. Bevor er zu der Nutte aufgebrochen war, hatte er sich ausreichend davon reingepfiffen, war noch total high. Er sollte jetzt aufpassen, seine Euphorie darüber, dass er Recht gehabt hatte mit der Serienkillertheorie, nicht zu sehr raushängen zu lassen. Er wollte Hollmann und den anderen zeigen, was für ein genialer Ermittler er war. Und der geheime Vorsprung, den er durch das erste Gedicht des Killers hatte, sollte ihm helfen, alle zum Staunen zu bringen. Super-Bulle, du, dachte er. Er hatte nicht den geringsten Zweifel, dass der Bastard wieder eine Nachricht hinterlassen hatte. Ob sie die schon gefunden hatten? War Hollmann deswegen so erregt gewesen am Telefon?

Er schaute in den Fahrerspiegel, strich sich durch die Haare. Er drückte seinen Kaugummi aufs Armaturenbrett und stieg aus.

Bäckerei Köster. Die Buchstaben auf dem Werbeschild leuchteten orangefarben, umrandet von Schnörkelei und zwei billig designten Brezeln. Hinter der Scheibe zum Ladengeschäft blitzte ein Fotoapparat. Die beiden vor der Einfahrt postierten Streifenpolizisten kannten ihn nicht. Er zeigte seine Marke, sie ließen ihn das Absperrband passieren, das Schaulustige zurückhielt. Er nickte einem Polizisten in blauer Uniform zu, ging die Auffahrt rauf zum Hinterhof. Ein breiter Parkplatz lag vor ihm. Hier war richtig was los. Zu seiner Rechten standen noch eine Streife und die beiden Kombis der Spurensicherung. Ganz am Ende erkannte er einen blauen Transporter mit der Aufschrift Schütte Konditorei Service. Die Tür zum Laderaum stand offen.

Auf der linken Seite des Hofes parkten nebeneinander vor einem geöffneten Garagentor ein Kleintanklöschfahrzeug und ein Rettungswagen, in dem aufrecht auf der Trage ein älterer Mann mit Overall saß. Ein Sanitäter hielt eine Infusionsampulle und redete auf den Patienten ein.

Aus der Backstube zog feiner, gräulicher Rauch. Es stank bestialisch nach verbranntem Brot und gegrilltem Fleisch. Echtner zog sein Sakko hoch, bedeckte damit Nase und Mund. Der lange Oblomow kam ihm mit zwei versiegelten Plastiktüten entgegen. Er trug einen hellblauen Mundschutz. »Moin«, sagte er und drückte ihm einen der Beutel vor die Brust. »Halt mal!« Oblomow zog eine Mundschutzmaske aus der Seitentasche seines weißen Ganzkörperanzuges, reichte sie Echtner. »Zieh die über und atme durch die Schnauze, dann geht es«, sagte er, nachdem er ihm die Tüte wieder aus der Hand genommen hatte. »Der Boss steht hinten am Ofen. Er will dich sprechen. Immer dem grauen Schlauch nach.«

Der Feuerwehrschlauch führte Echtner an Paletten mit Eimern, an Regalen mit Brötchenkisten und Backformen vorbei in die Mitte des Raumes. Da stand Hollmann. Er sprach mit zwei Männern, die neongelbe Helme trugen. Sie schauten auf ein elektronisches Großgerät, aus dem es leicht qualmte. »Boah, was stinkt das hier«, sagte Echtner, um auf sich aufmerksam zu machen.

»Na endlich«, sagte der Hauptkommissar. »Sieh dir die Schweinerei mal an!«

Echtner konnte jetzt den hinteren Teil der Backstube einsehen. Auf einem silbernen Rollwagen erkannte er zwei Beine in einer karierten Hose. An der Kante des Wagens lehnte Bärlein und nahm mit einer Pinzette Stückchen von einem Teig auf, der auf dem Metallgestell klebte. Auf der anderen Seite standen drei Kripo-Beamte mit Mundschutz. Muck war dabei. Alle schauten auf dieselbe Stelle, sagten nichts. Das, was Echtner da sah, löste in ihm eine Mischung aus Brechreiz, Wut und Glücksgefühl aus. Der Rollwagen mit dem Mann in karierter Hose stand direkt vor dem Ofen, in dessen mittlerem Fach der Kopf des Bäckers verschwunden war. Auf der Frontseite klebten Gebäckstückchen und feines, weißes Pulver. Offenbar war hier kurz vor seinem Eintreffen ein Brand gelöscht worden.

Schlagartig war dem Kommissar klar, warum er zum ersten Mal in einer Bäckerei gegrilltes Fleisch gerochen hatte. Widerlich! Toll! Wahnsinn! Ohne Zweifel ein Tatort.

Hollmann stellte sich neben Echtner, klopfte ihm auf die Schulter. »In dreißig Dienstjahren habe ich so etwas nicht gesehen. Nicht mal im Fernsehen. Wer macht so was?«

»Was wissen wir?«, fragte Echtner.

»Carsten Köster, Bäckermeister. Neunundvierzig Jahre. Seit über fünfundzwanzig Jahren hier gewerbetreibend. Kennst du ihn?«

»Keine Ahnung. Also, ich sehe ja sein Gesicht nicht.«

»Ja, das ist wohl das Problem.« Hollmann seufzte. »Wir können ihn nicht rausziehen. Die Jungs hinter mir schneiden den Ofen gleich auf.«

Einer der Feuerwehrmänner hob seine Hand an den Helm und salutierte vor ihm.

»Oblomow hat die Papiere. Wie lange brauchst du noch Bärlein?«

Der dicke Oberkommissar schaute auf. »Alles klar so weit. Spannender wird sein, was wir im Ofen finden. Von mir aus können die Herren Feuerwehrmänner ihres Amtes walten.« Er zog ein Plastiktütchen zu, bückte sich.

»Habe im Laden und in der Küche alles fotografiert«, sagte Hannah, die sich unbemerkt zu der Gruppe gesellt hatte. Sie hielt lässig eine breite schwarze Kamera mit aufgesetztem Blitzlicht in der Hand. Sie trug keinen Mundschutz. Obwohl er Hannah noch nicht kennengelernt hatte, freute sich Echtner für sie. Darüber, dass sie jetzt diejenige war, die fotografierte. Sie hatte es sich ja gewünscht. Dass sie nun durfte, war ganz sicher auf Hollmanns gutem Mist gewachsen. Er setzte sich für die Mannschaft ein. Oblomow war ein Blender, da konnte Hannah nur besser sein. Echtner gönnte ihr die Chance von Herzen. Frischer Wind bei der Spurensicherung. Heißer Wind. Er fand sie sexy. Sie war so was wie Biene in jung. Knackarsch, Mitte bis

Ende zwanzig. Dazu ein süßes Stupsnäschen und dicke Titten. Er dachte daran, sie zu fotografieren.

»Und, was Besonderes in Küche und Laden?«, fragte Hollmann.

»Einbruchspuren negativ. Alles normal, sagt auch die Angestellte.« Hannah schaute auf das Display ihres Fotoapparates und murmelte »Hier auf dem Foto kann man den Namen auf ihrer Schürze …« Sie drehte an einem Rädchen an der Kamera. »Wartet mal, geht das nicht größer, doch … Lea Kesselbrink heißt sie, sitzt hinten in der Küche mit dem Notarzt. Ist davon überzeugt, dass ihr Chef Puls hatte, als sie ihn gefunden hat. Der Arzt hat ihr jetzt ein paar Mal mitgeteilt, dass das nicht sein kann. Denke ich auch.«

»Überlass das mal dem Doktor, du sollst fotografieren, nicht denken«, fauchte Bärlein und ging mit seinem Koffer, der fast über den Boden schleifte, an Echtner vorbei. In seiner Gegenwart müsste man immer Mundschutz tragen, dachte Echtner, obwohl er den penetranten Spurensicherer-Schweißgeruch zum ersten Mal nicht roch.

»Haha«, rief Hannah ihrem Leiter hinterher, wandte sich dann an Hollmann: »Kannst du bitte jetzt gleich mit der Kleinen sprechen?«

»Ja«, sagte der Hauptkommissar und erhob seine Stimme: »Habt ihr anderen nichts zu tun? Was glotzt ihr alle? Muck ruf den Bestatter für den Abtransport an. Der kann los. Und jemand muss die Angehörigen benachrichtigen. Wer macht das?«

Stille.

»Wer macht das, habe ich gefragt?«

Muck ging weg. Die anderen beiden Kripo-Beamten sahen sich gegenseitig an.

»Hab verstanden«, sagte der mit der Halbglatze und ging ebenfalls. Der Letzte zögerte kurz, zuckte mit den Schultern, schlich dann auch davon.

»Hol die Säge aus dem Wagen«, sagte der Feuerwehrmann, der vorhin so albern salutiert hatte, zu seinem Kollegen. »Die Twin-Saw am besten!« Er ging zum Ofen, leuchtete mit einer Taschenlampe in den Schacht, in dem der Kopf klemmte. Blitze zuckten. Hannah fotografierte die Szene.

»Wir gehen nach hinten«, sagte Hollmann zu Echtner.

In der Küche saßen der Notarzt und ein zitterndes, blondes Mädchen von höchstens zwanzig Jahren auf einer Eckbank hinter einem Tisch. Die junge Frau heulte und schniefte. Der Arzt hielt die Pumpe der Blutdruckmanschette in der Hand, die um ihren Arm gespannt war. In seinen Ohren steckte ein Stethoskop. Mit der Schulter streifte er es ab, als er die beiden Kommissare sah, wartete kurz und sagte: »Leichter anaphylaktischer Schock mit Verwirrtheitszuständen.«

Hollmann nickte, ging dann auf das Mädchen zu. »Guten Morgen, ich bin Manfred Hollmann, ermittelnder Hauptkommissar der Kriminalpolizei Osnabrück. Sind Sie Lea Kesselbrink?«

»Ich will nach Hause«, schrie das Mädchen und wollte aufstehen. Der Arzt hielt sie am Arm fest. »Ganz ruhig, Frau Kesselbrink. Die Spritze wirkt gleich. Dann fahren wir Sie zur Sicherheit ins Krankenhaus. Von da aus können Sie Ihre Mutter anrufen, okay?«

Lea weinte laut. »Er hat noch gelebt. Warum glaubt mir das keiner? Ich bin nicht blöd, hört ihr? Oh mein Gott, Carsten. Er lebt bestimmt immer noch, helft ihm endlich!«

Echtner bemerkte, wie der Arzt seinen Chef ansah und mit dem Kopf schüttelte.

»Ist ja alles gut«, sagte Hollmann, »jemand kümmert sich um Ihren Chef. Kommt alles in Ordnung. Aber Sie müssen uns jetzt erst einmal ein wenig helfen, damit wir den finden, der Ihrem Chef das angetan hat. Können Sie mir sagen, wann genau Sie Herrn Köster heute Morgen gefunden haben?«

»Was?«

Aus der Backstube drang ein hohes Quietschen und Scheppern in die Küche. Sie sägen den Ofen auf, dachte Echtner.

»Wann haben Sie Herrn Köster gefunden?«, wiederholte der Hauptkommissar.

»Ja um kurz nach sechs halt. Da lebte er noch. Ich habe doch sofort angerufen.« Lea versteckte ihr Gesicht hinter ihren Handflächen wie ein Kleinkind, das meint, auf diese Weise einfach verschwinden zu können.

Echtner kramte in seiner Hosentasche, zog Watson heraus. Er zeigte 7:15 Uhr an.

»Kommen Sie immer um diese Zeit zur Arbeit?«, fragte Hollmann.

»Ich weiß nicht.« Lea schluchzte und griff nach einer Packung Taschentücher, die auf dem Tisch lag, neben einer geöffneten Schachtel mit bunten Gebäckteilchen.

»Haben Sie einen Konditoreizweig?«, fragte Echtner aufgeregt, der etwas Böses ahnte. Alle glotzten ihn an. »Macht Köster die da selbst, Lea?« Seine Stimme wurde ein wenig schriller. Er zeigte auf die Schachtel mit den Teilchen.

»Nein! Wieso? Carsten backt so was schon lange nicht mehr. Wir lassen Kuchen und Teilchen nur liefern.«

Echtner spürte einen heftigen Adrenalinstoß. Saure Magensäure schoss ihm in den Rachen. Sein Herz stolperte. »Nicht anfassen!«, brüllte er, als ob jeden Moment eine Paketbombe hochgehen würde. Der Arzt zuckte vor Schreck zusammen, drückte sich gegen die Sitzlehne, als hätte er eine giftige Schlange auf dem Tisch bemerkt. Alle starrten sekundenlang auf die Packung mit den Gebäckteilchen.

Das Geräusch der Metallsäge verstummte. »Hilfe! Schnell!« Einer der Feuerwehrmänner rief aus der Backstube. Hollmann riss die Tür auf, rannte raus, kehrte aber nach ein paar Sekunden zurück. »Los kommen Sie, Doktor. Hannah ist zusammengebrochen.«

Der Arzt sprang auf, rutschte über das freie Ende der Sitzbank. Lea drückte sich beide Ohren zu und plärrte. Echtner wollte in die Backstube rennen, zögerte, ging zu Lea und zog ihr die Hände von den Schläfen weg. Er packte ihr Gesicht so, dass sie ihn ansehen musste. »Nicht anfassen die Kuchen, hörst du? Die sind vergiftet!«

Das Mädchen wehrte sich, schlug den Arm weg, trat ihm vor das Schienbein. Dann drückte sie die Handflächen wieder auf die Ohren und schrie einfach weiter. Echtner schüttelte den Kopf und humpelte aus der Küche. Sollten sich doch andere um sie kümmern. Er hatte einen Fall zu lösen.

Das Frontblech des Ofens war halb aus der Verankerung gerissen, der Rollwagen nach hinten gerutscht. Einer der Feuerwehrmänner musste den Oberkörper des Toten mit beiden Händen von unten stützen. Echtner konnte den Kopf des Bäckers jetzt sehen. Nein, ein Kopf war das nicht mehr. Da, wo einer hätte sein sollen, saß eine verkohlte schwarze Kugel, ungefähr so groß wie ein Medizinball.

Die Säge surrte noch langsam auf den rot-weißen Küchenkacheln. Der zweite Feuerwehrmann – Echtner konnte sie nicht auseinanderhalten – hielt Hannahs Nacken. Sie lag starr auf dem Boden, bewegte sich nicht. Was war passiert? Ist er mit der Säge ausgerutscht, fragte sich Echtner. Noch ein Mord? Der Killer lungerte doch nicht etwa noch am Tatort rum?

Der Notarzt fühlte Hannahs Puls, sprach dabei in ein Funkgerät. Zwei Sanitäter stürmten mit der Trage herein.

»Ist das zu fassen?« Hollmann stöhnte. »Das kann doch alles nicht wahr sein.« Er drehte sich in der Mitte der Backstube um sich selbst und fuhr sich durch die Haare. Echtner rannte an den Sanitätern vorbei, stolperte danach über den Mann im Overall, der vorhin im Rettungswagen versorgt worden war. Jetzt lehnte er am offenen Garagentor und fragte: «Warum rennen alle weg? Was ist denn los? Soll ich noch warten?«

Echtner schob den Mann beiseite, lief auf den Hof zu dem Mercedes Kombi. Oblomow saß auf der Rückbank, sortierte irgendwas. Die Vordertür stand offen, davor hockte Bärlein und redete mit einer älteren Frau mit grünem Kopftuch.

»Das ist Ulrike. Sie arbeitet bei Köster«, sagte Bärlein, als Echtner vor ihm stehen blieb.

»Scheiß auf Ulrike. Komm auf der Stelle mit deinen Sachen in die Küche!«

»Was ist los, Mann?«

»Sofort!«, schrie Echtner.

»Und was ist mit mir?« Ulrike fluchte. Zwei Streifenpolizisten kamen die Einfahrt hoch. Echtners Knie schmerzte. Er riss Bärlein am Oberarm, nachdem der sich seinen Koffer vom Vordersitz geschnappt hatte, und zerrte ihn hinter sich her in die Backstube.

*

Wieder trug Echtner Mundschutz, diesmal in Weiß. Auch Hollmann hatte einen aufgesetzt. Professor Tepe, Chefarzt der Rechtsmedizin des Westend-Krankenhauses Osnabrück, war in einen Ganzkörperanzug gehüllt. Er setzte eine Handsäge an dem verkohlten Teigball an, der Kösters Kopf umschloss. Der Tote lag noch angekleidet auf einem massigen, silbernen Autopsietisch, an dessen Ende ein Waschbecken mit Schlauch angebracht war. Er wurde angestrahlt von einem gleißend hellen OP-Strahler, der von der Decke hing.

»Ich würde dann gleich mit der Obduktion beginnen wollen. Ich lege jetzt erst einmal den Kopf frei, bevor ich mit der Routine anfange.« Er drückte die Säge in die Mitte der Kugel, bewegte sie dann langsam vor und zurück. Verkohlte Teigstückchen bröselten auf das Metall des Tisches. »Klingt, als schneide man Brot, nicht?«, fragte der Rechtsmediziner. »Kein menschliches Organ, das man so bearbeitet, macht ein solches Geräusch. Faszinierend.« Er steckte Daumen und Zeigefinger in den Spalt, den er geschnitten hatte, holte ein braunes Stückchen heraus, rieb es in seinem Einmalhandschuh. »Ist im Übrigen Laugengebäck. Das hier ist gut durch und fluffig. Wollen Sie kosten?«

Die Polizisten schauten angewidert.

»War nur Spaß. Ich auch nicht, mag kein Salzgebäck.« Professor Tepe schnippte das Teigstückchen in eine der Nierenschalen, die neben Skalpellen und Pinzetten auf dem grünen Tuch des Beistelltisches lagen. Er sägte weiter. Die Teigkugel fiel nach einigen Sekunden zu beiden Seiten auseinander wie die Schalen einer geteilten Kokosnuss.

Hollmann drehte sich weg. Echtner schaute gespannt auf das, was da zum Vorschein kam. Wo das Gesicht eines Menschen hätte sein sollen, sah er auf eine einzige mit dunklen Brandblasen bedeckte rosafarbene Masse. In den Augenhöhlen schien sie in den Schädel hineingelaufen zu sein. Über Kinn und Mundpartie klebte noch brauner, aufgesprungener Teig. Ein surrealer Anblick. Da lag halb Brezel, halb Mann. Ein Brezelmann, dachte Echtner.

»Fantastisch«, murmelte Professor Tepe und zog das Stativ der Kamera über das, was von Kösters Gesicht übrig geblieben war. Helle Blitze zuckten durch den Raum.

Hollmann warf einen flüchtigen Blick auf den Tisch und würgte. »Wir gehen«, sagte er. »Wann können wir mit dem Bericht rechnen?«

Professor Tepe schaute auf. »Das wird dauern. Wie immer. Ich rufe Sie an, wenn ich fertig bin. Wie jedes Mal.« Der Arzt nahm ein Skalpell vom Tisch und schnitt Köster damit von oben die Schürze auf.

»Los«, sagte Hollmann, während er seinen Kollegen zur Tür schob.

Hollmann fuhr den Mercedes. Er sprach nicht, strich sich ununterbrochen über den Schnäuzer, der glatter gar nicht werden konnte. Echtner fühlte sich unfassbar gut. Er war freudig erregt, nervös, hatte Lust auf Kommunikation. Den Abend würde er mit ein bisschen Ice ausklingen lassen. Er konnte es gar nicht abwarten, bis die ersten Ergebnisse aus dem Labor kommen würden. Er hatte einen Job und einen Auftrag. Den Job seines Lebens, den Auftrag, glücklich zu werden. Vor allem die Untersuchung der Kuchen, die sie in der Küche des Bäckers gefunden hatten und auf deren besondere Rolle *er* hingewiesen hatte, interessierte ihn. Die einzige Sache, die ihm gar nicht schmeckte, war, dass kein Gedicht vom Mörder am Tatort gefunden worden war. Zumindest hatte niemand etwas davon gesagt und er selbst hatte trotz seines scharfen Blickes nirgends eines gesehen.

Echtner drückte mit den Händen seine Knie runter, die vor Erregung zitterten. Warum war sein Chef so gestresst? Schließlich durfte er jetzt einen unvergleichbar aufsehenerregenden Fall lösen. Mit Echtners Hilfe natürlich. Aber ein bisschen mehr Begeisterung hätte er von einem Hauptkommissar erwartet.

Hollmanns Handy klingelte. Zu Echtners Enttäuschung schaltete er die Freisprechanlage nicht an, sondern nahm sein Telefon aus der Brusttasche.

»Ja?« Hollmann bremste ab, lenkte den Wagen frontal auf den Gehweg und stellte den Motor ab. »Nein. Das kann nicht wahr sein. Was sagst du da?«

Echtner konnte die Stimme am anderen Ende der Leitung hören, aber nicht zuordnen, auch den Inhalt des Gesagten nicht verstehen. Doch er wusste sowieso, worum es ging: die Kuchen.

»Hannah«, schrie Hollmann in den Hörer. »Verdammt!« Er schlug mit der Faust auf das Lenkrad. »Tetrodotoxin?« Sein Unterkiefer klappte nach unten. Er starrte mit weit aufgerissenen Augen auf die vor ihnen liegende Wiese, als würde dort die Panzerschlacht von Kursk ausgefochten. »Das Gift von wem? Vom Kugelfisch? Wollt ihr mich eigentlich alle ... Maaaann!«

Hollmann öffnete per Knopfdruck das Seitenfenster. Er schwitzte. »Und ist sie …?«

Nein, ist sie nicht, dachte Echtner, darf sie nicht.

»Gut ... Tschüss.«

Hollmann ließ das Handy auf seinen Schoß fallen, umklammerte dann das Lenkrad. Seine breiten Unterarme zitterten, und die Adern der Handrücken traten hervor.

Echtner traute sich: »Was ist denn?«

»Was ist denn? Was ist denn? Es ist der pure Horror«, brüllte Hollmann. »Der zweite Mord in einer Woche. Meine Güte. Zwei kranke Täter. Oder nur ein Täter? Wo soll das noch hinführen? Und jetzt krepiert beinahe meine Kommissarin, weil sie von einem Kugelfisch vergiftet wurde. Von einem Kugelfisch! Es ist nicht zu fassen.«

»Die kann man hier nicht essen«, sagte Echtner.

»Das weiß ich selbst.« Hollmanns Mund schäumte. »Sie wurde heute Morgen vergiftet. Weil sie irgendwas in der Bäckerei gegessen haben muss. Das Gift ist nämlich oral in den Körper gelangt.«

»Die Kuchen«, sagte Echtner.

Hollmann schaute ihn an, den Mund weit geöffnet. »Die Pappschachtel in der Küche!«

Als sei er selbst drauf gekommen!

»Ganz sicher«, sagte Echtner, der jetzt sechs Stunden auf die perfekte Gelegenheit gewartet hatte, seinem Chef von den vergifteten Kuchenteilchen zu erzählen. Schon im ersten Moment, in dem er Köster im Ofen stecken gesehen hatte, hatte er gewusst, dass da was nicht gepasst hatte. Niemand hätte sich ohne Gegenwehr dort reinzwängen lassen. Aber sie hatten nichts gefunden. Keine Kampfspuren, auch keine Tatwaffe. Der Mord war von langer Hand geplant worden. Außerdem hatte er bereits geahnt, dass der Inspektor darauf stand, seine Opfer kampfunfähig zu machen, bevor er sie quälte. Schließlich war er bei Klatt auch so vorgegangen. Und nun hatte eben dieser

Täter wieder zugeschlagen. Wie er es angekündigt hatte, in dem Gedicht, das Echtner besaß.

Zuerst hatte er gedacht, der Mörder hätte sich wieder des Elektroschockers bedient. Aber dessen Wirkung ließ zu schnell nach, sie hätte für so eine Aktion nicht gereicht. Gefesselt war der Bäcker auch nicht gewesen. Als dieses um sich tretende Biest von Mädchen dann erwähnt hatte, dass Köster selbst keine Kuchen backte, war ihm die Brisanz der Pappschachtel sofort klar geworden.

»Ja, die Kuchen«, sagte Hollmann und griff nach seinem Handy, wischte den Schweißfilm, der sich darauf gebildet hatte, mit dem Hemdärmel ab, drückte auf seinem Display rum und hielt es ans Ohr. »Die Kuchen. Was ist damit?«

Vermutlich hat er Bärlein an der Strippe, dachte Echtner.

»Wie? Die hast du noch nicht ...? Was soll das heißen ... ja natürlich die aus der Schachtel, welche sonst? Bist du so blöd?«

Echtner konnte sich ein Grinsen nicht verkneifen und gerade so vermeiden, nicht laut loszulachen. Wenn *er* die Mordkommission in Zukunft leiten sollte, wäre der dicke Bärlein der Erste, der seine Koffer packen müsste. Aber mit Sicherheit keine Spurensicherungskoffer mehr.

Hollmann hielt das Handy jetzt mit der flachen Hand vor den Mund. »Ich will heute noch erfahren, was in den Kuchen ist. Sonst siehst du deine Enkel einen ganzen Monat nicht, du. Das schwöre ich dir, du Pfeife.«

Er drückte auf das Display, steckte das Telefon in seine Brusttasche. »Da werden jetzt andere Maßnahmen ergriffen in der Abteilung so nicht mehr. Nicht mit mir.«

Hollmann startete den Wagen, setzte rückwärts auf die Straße und trat das Gaspedal durch. Die Reifen quietschten.

Wie ist der denn heute drauf? Echtner musste sich am Griff über dem Fenster festhalten.

»Ist das noch zu glauben? Der eine kommt nicht zur Arbeit. Der andere macht seine Arbeit nicht. Die Dritte futtert Kugelfischkuchen. Und in meiner Stadt werden Leute hingerichtet.« Sein Kopf war bleicher als Schulkreide.

»Auf mich kannst du dich verlassen«, sagte Echtner, meinte es aber nicht so.

Der Hauptkommissar klopfte ihm auf den Oberschenkel. »Das kann ich zum Glück. Sorry, dass Du mich so erlebst. Es nimmt mich mit, dass wir nicht in der Lage sind, die Leute zu beschützen. Ich beruhige mich wieder.«

»Schon okay.«

»Um dich zurückzuholen, habe ich mit dem Präsidenten telefoniert. Das ging dann alles im Eilverfahren.«

Das immer noch unfassbare Glücksgefühl kam zurück. Am liebsten hätte Echtner laut gejubelt vor Freude. »Wow«, sagte er. »Danke. Ihr werdet es nicht bereuen.« Jetzt meinte er es genau so, wie er es sagte.

»Du kannst heute noch deine Sachen rüberholen. Die werden schon Ersatz finden im Innendienst. Bei uns in der Abteilung ist ein Büro freigeräumt.«

Hollmann hielt an einer roten Ampel, drehte sich zu seinem Kollegen. »Sag ehrlich. Es ist zu früh und wir wissen nichts, aber wie ist deine Intuition? Stehen die beiden Morde in Verbindung miteinander? Was glaubst du?«

Sein neuer, alter Chef war verzweifelt und überfordert, dachte Echtner. Er tat so, als würde er ernsthaft über die Frage nachdenken, obwohl er die Antwort ja längst kannte. Er ärgerte sich aber immer noch wie wahnsinnig darüber, dass keiner der Kollegen ein Gedicht gefunden hatte. Und er selbst auch nicht. Was hatte er übersehen?

»Echtner! Hey! Krieg ich mal ne Antwort?«

Was redete der? Egal. Schlagartig flatterten die Schmetterlinge aus seinem Bauch über seine Brust bis unter seine Schädeldecke. Die Haarwurzeln kitzelten seine Kopfhaut, auch die restlichen Körperhaare stellten sich auf. *Das ist es doch!* Warum war ihm das nicht eher eingefallen? So simpel, verdammt!

»Was ist denn mit dir?«, fragte Hollmann, der Echtners erregten Zustand bemerkt hatte.

»Ruf Bärlein wieder an. Er soll sich die Schachtel genauer anschauen. Auch unter und in den Boden gucken. Den Deckel inspizieren. Da ist noch was anderes drin.«

Kapitel 7 – Schmerzliche Erinnerung

»Psst, hey du«, flüsterte Konrad in den schmalen Standspiegel in seinem Hausflur. Den Mantel trug er bis zum Kragen zugeknöpft, der Hut fiel so weit in sein Gesicht, dass er soeben noch sein Spiegelbild erkennen konnte. Er räusperte sich, sprach anschließend mit piepsiger Stimme weiter. »Wer ich?«

Er wechselte die Stimmlage erneut. »Psssst! Willst du ein C kaufen?«

»Ein C?«

»Geeenaaauu. Einen Cronut.«

Konrad lachte so lange, bis ihm Tränen über die Wangen liefen. Schlemihl hatte getötet, zum zweiten Mal. Er knöpfte den Mantel auf und warf ihn auf seine Ledercouch, den Hut hinterher. Er dachte an den Mann im Keller, fragte sich, ob er ihn heute mal nicht füttern sollte. Er fühlte sich erschöpft, aber zu aufgeregt, um schlafen zu können.

Kaltblütiger Mord in der Backstube. Bäcker im Ofen gegrillt. O – eine Stadt sucht ihren Mörder.

Konrad fantasierte Schlagzeilen. Er nahm sich vor, wach zu bleiben, bis die Tageszeitungen eintrudelten. Er wollte nicht im Netz nachgucken. Er wollte es auf Papier. Schwarz auf weiß. Sie würden es nicht mehr verschweigen können. Schon gar nicht, wenn sie sein Gedicht gelesen hätten, das er unter die Cronut-Schachtel geklebt hatte. Diesmal hatte er mit Schlemihl unterschrieben. Irgendwann würde er der Welt mal davon berichten, dass sein erstes Opfer ihn erst auf diesen Namen gebracht hatte. Vielleicht würde er in ein paar Jahren einem belizianischen Reporter ein anonymes Interview geben. Abwarten! Noch war einiges zu erledigen.

Mir geht es so unglaublich gut, dachte Konrad. Nachdem er die Bäckerei verlassen hatte, war er lange spazieren gegangen, hatte am Abend Ellen besucht, wundervolle Gespräche mit ihr geführt. Sie freute sich sehr auf die Karibik und auf ihr Tierheim. Das sollte sie bekommen. Sie hatte gesagt, sie habe mit Mamotschka gefrühstückt. Diese Treffen mit der Mutter passten Konrad zwar ganz und gar nicht, aber Ellen hatte ihm geschworen, dass sie ihr nichts von Belize erzählen würde.

Er dachte an seine eigene Mutter. Er hatte nie ein wirkliches Verhältnis zu ihr gehabt, sie auch nicht mehr besucht, nachdem sein Vater gestorben war. Tatsächlich war er erstaunt gewesen, als sie ihm das komplette Erbe hinterlassen hatte, als sie selbst abgetreten war. Er war zwar das einzige Kind, aber sie hätte das Geld irgendeiner Tierschutzorganisation spenden können, er hätte es ihr zugetraut. 300.000 Euro. Kohle, die er gut angelegt hatte. Die es ihm überhaupt ermöglicht hatte, das letzte Jahr nicht arbeiten zu müssen. Geld, das ihm den Neustart auf Belize garantieren würde. Fast 250.000 Euro waren noch übrig, verdammt viel für das Land in der Karibik. Es sollte für ein großzügiges Strandhaus, ein Auto und den Bau des kleinen Tierheimes reichen.

Er würde zusammen mit seiner Liebsten ein gutes Leben führen, alle Chancen wahrnehmen, die sich ergäben. Er wollte es auf sich zukommen lassen, aber manchmal stellte er doch konkrete Überlegungen an. Zum Beispiel, ob er dort mit dem Schreiben anfangen sollte. Thriller oder Kinderbücher. Oder beides. Sein Spanisch war ausgezeichnet. Er könnte aber auch unter Pseudonym auf dem US-amerikanischen Markt veröffentlichen. Seine Eltern hatten ihm eine hervorragende Bildung ermöglicht. Manchmal glaubte er, ihnen dankbar sein zu müssen. Zumindest für das Erbe. Er nahm sich vor, seiner Mutter einen Blumenstrauß aufs Grab zu legen, bevor er fliegen würde. Das erste Mal, seit sie tot war. Hach, er war doch ein toller Sohn, dachte er.

Aber was sollte er mit Ellens Mamotschka anfangen in der Karibik? Die ja auch noch krank war. Woran sie litt, wusste er nicht. Vermutlich aber nicht mal an etwas Lebensbedrohlichem, leider. Er würde sie nachholen müssen, sonst würde Ellen nicht glücklich werden. Das wollte er unbedingt vermeiden. Und er hatte es ihr versprochen. Wie er das aber anstellen sollte, wusste er selbst noch nicht. Irgendwie würde er das schaffen. Was aber, wenn sie dann dort mit ihnen lebte und sie störte? Könnte sie dann einen Unfall erleiden?

Konrad bremste seine Gedanken. Was bist du nur manchmal für ein Widerling, an so was Gemeines darfst du nicht denken, sagte er sich. Alles nicht wichtig jetzt. Vor allem heute nicht, an einem der erfolgreichsten Tage seines Lebens.

Er warf sich mit einem wohligen Seufzer aufs Sofa. Es dauerte nur Sekunden, dann verschwand die Euphorie schlagartig. Er hatte sich falsch herum auf die Couch gelegt, sodass er auf das Foto von Klara schauen musste. In einem goldenen Rahmen stand es auf der Fensterbank über seinem Zitronenbäumchen. Freudentränen verwandelten sich in Tränen der Trauer und der Wut.

»Klara!« Er schluchzte, erhob sich, schlich in gebückter Haltung zum Fenster. Er nahm das Bild, blickte in ihr zartes, herzliches Gesicht. Es war das letzte Foto, was er von ihr hatte. War wohl das letzte Bild, das sie selbst von sich machen lassen hatte.

Wie schön sie doch gewesen war. Die braunen Locken und die Augen blau wie Enzian. Beides hatte sie von ihrer Mutter geerbt. Aber ihre Nase, ihre runde Nase, das war seine. Sein Fleisch und Blut.

Er war so wütend. *Was nützen all diese Morde eigentlich? Sie wird nicht zurückkommen. Nie wieder.*

Er sollte in den Keller gehen und dem Mann den Kopf abschneiden, ganz langsam. Vielleicht würde ihn das beruhigen. Dieses Schwein eiskalt abschlachten. Nein, er sollte so lange wie möglich leiden, Schmerzen aushalten müssen. Allein im dunklen Keller über seine Schandtaten nachdenken.

Konrad spürte, wie seine Oberlippe zu zittern begann. Sein rechtes Augenlid zuckte. »Was guckst du so blöd?«, rief er seinem Bücherregal zu. Er schrie vor Wut, rannte mit dem Kopf voran darauf zu, ohne seinen Körper zu schützen. Als er durch die Wucht des Rückstoßes nach dem Aufprall hintenüberfiel, klammerte er sich reflexartig an einer Regalplatte fest. Er taumelte, krachte zu Boden, zog das Regal mit sich hinunter. Er fühlte einen bohrenden Schmerz auf seiner Stirn, im Bauch und unter den Knien.

»Ahhh, Shit«, schrie er, stemmte beide Hände mit aller Kraft gegen das Regal. Es hob sich darauf leicht an. Bücher fielen heraus: auf seinen Kopf und daneben. Er hatte keine Energie mehr, ließ los. Begraben unter Bücherbergen weinte er leise. Er spürte seine Wange auf dem Teppich, öffnete die Augen und erkannte einen seiner gesammelten Ratgeber der Bundesagentur für Arbeit: Berufswahl 2015. Erinnerungen krochen in Konrads traurigen Geist.

Ein Jahr zuvor.

»Nein, das war es für dich, Konrad. Jetzt und hier. Ich kann dich nicht mehr gebrauchen. Wir werden dich nicht länger beschäftigen. Um es ganz deutlich zu sagen: Du bist gefeuert.«

Konrad saß am Schreibtisch seines Chefs im Berufsinformationszentrum der Agentur für Arbeit Osnabrück. Sein Arbeitsplatz der letzten fünfzehn Jahre. Den Chef sah er doppelt und wie durch einen Tunnel. Er war sturzbetrunken, das war ihm klar. Er wusste auch, dass sein Chef darüber im Bilde war. Es ließ sich nicht verheimlichen. Nicht mehr. Er hatte bereits beim Frühstücksbier geahnt, dass heute sein letzter Arbeitstag bevorstehen würde. Doch änderte das was?

Nein! Denn sie alle hatten nicht begriffen, worum es ging. Es war nicht der Alkohol, um den sich die Kollegen Sorgen machen sollten. Sie sollten sich welche über den feigen Mord an Klara machen. Mord, nicht fahrlässige Tötung, wie Anwaltschaft und Richter beschlossen hatten. Ein Witz, dass der Arzt nicht mal ein Berufsverbot bekommen hatte. Alles nur, weil Rechtsanwalt Riemann gemauschelt und betrogen hatte. Die Mörder seiner Tochter deckten sich gegenseitig. Eine hundsgemeine Verschwörung.

Riemann und sein Klient, der Notarzt Bock - der Kopf der Mordbande - dann der widerliche Bäcker, der Klara betäubt und missbraucht hatte. Der Wichser vom Osna-Kurier, dieser Klatt, hatte sein Übriges dazu getan, um die ganze Stadt zu täuschen. Alles abgesprochen, alles geschmiert. Dieses Dreckspack! Da sollte es ein Wunder sein, dass er dann und wann mal ein bisschen Alkohol trank, um das alles noch ertragen zu können? Das war doch nur menschlich.

»Ich habe mir nichts vorzuwerfen, bin meinem Job immer gewissenhaft nachgegangen«, lallte Konrad.

»Wir sind eine Arbeitsagentur«, sagte der Chef, der lässig einen Kugelschreiber zwischen seinen Fingern balancierte. »Wir bringen Menschen in den Beruf oder zurück in den Beruf. Wir sind Vorbild. Gerade wir können es uns nicht leisten, jemanden zu beschäftigen, der während der Arbeitszeit trinkt.«

»Was hat das mit dem Bier zu tun? Alle, die zu mir kommen, werden astrein beraten, über alle Fähigkeiten aufgeklärt, die sie besitzen müssen, um Ingenieur, Notar, Landschaftsgärtnerin oder Hauswirtschaftsgehilfin werden zu können. Niemand weiß so gut wie ich, worauf es ankommt. Es geht um Gewissenhaftigkeit und Verantwortungsbewusstsein. Um Teamfähigkeit, das Einhalten von Standards und Vorschriften.«

»Konrad, danke für den Vortrag. Du vergisst nur eines: Seit Wochen rätst du von allen Beschäftigungsmöglichkeiten ab. Von allen Lehren, allen Studiengängen. Selbst von Weiterbildungen scheinst du nichts mehr wissen zu wollen. Das ist alles nicht zweckdienlich.«

»Diese Welt ist krank. Und ihre Bewohner nutzen egoistisch und hinterhältig ihre Positionen im Beruf aus, um Macht auszuüben. Du selbst tust es gerade mit mir durch diese falsche und unnötige Kündigung. Wahrscheinlich hast du die Kollegen auch noch aufgestachelt gegen mich.«

Konrads Kopf wurde schwer. Sabber tropfte ihm auf die Hose.

»Andere schlampen einfach, denn ihnen ist egal, dass sie Menschen in Gefahr bringen. Gelangweilte Abiturienten suchen Studienplätze, nur um ihre Eltern zu beruhigen. Hören aber in den Vorlesungen nicht zu, weil sie lieber feiern und kiffen. Sie bringen keine Konzentration mit für das wirklich Wichtige. Bei den Realschülern ist es doch dasselbe. Kein bisschen Verantwortungsgefühl. Und die sollen uns Reisen buchen, unsere Kinder erziehen, das Briefgeheimnis hüten? Nein!«

»Konrad, was du mir da alles erklärst widerspricht sich doch, merkst du das denn nicht? Trink einen Schluck Wasser!« Der Chef nahm eine Flasche, goss den Inhalt in ein Glas, das er vor Konrad schob.

»Kein Jägermeister da?«

»Trink bitte.«

Konrad leerte das Glas in einem Zug, knallte es zurück auf die Tischplatte, rülpste und lallte: »Zufrieden? Weißt du, ich bin der Einzige, der überhaupt gewissenhaft arbeitet. Das tue ich deshalb, weil ich will, dass die anderen auch verantwortungsbewusste Mitglieder dieser Stümper-Gesellschaft werden. Das ist meine Pflicht und Grundsatz unseres Hauses. Schon vergessen? Wenn ich keinen unbedingten Willen bei den Kunden sehe, dass sie voll und ganz hinter dem angepeilten Job stehen, kann ich dafür keine Empfehlung aussprechen. Ich muss die Bewerbungen sogar verhindern. Oder soll ich etwa die nächsten Riemanns, Bocks, Kösters und Klatts in die Welt schicken?«

Der Chef schaute mitleidig. »Konrad, hör auf! Es war ein Unfall. Finde dich damit ab, mach deine Therapie zu Ende, komm wieder auf die Beine. Du hast Wahnvorstellungen und merkst es nicht mal mehr.« Er schüttelte bedauernd den Kopf. »Bis zum Tod deiner Tochter hast du erstklassige Arbeit geleistet, das honoriere ich. Ich danke dir dafür. Ich bin der Letzte, der dir die Tür verschließt, solltest du irgendwann mal wieder gesund sein. Aber in der jetzigen Situation kann ich nicht anders handeln.« Er atmete tief durch und wischte sich mit dem Handrücken über die Stirn. »Das ist nämlich meine Verantwortung in der Gesellschaft, die du so verabscheust. Soll ich dir was sagen? Die Welt ist nicht krank. Du bist es. Werde dir dessen bewusst. Die Beschwerden über dich häufen sich. Von Kunden wie von Kollegen. Jetzt ist Schluss damit. Du hattest genug Verwarnungen, das weißt du.«

»Ein Unfall? Ich und Wahnvorstellungen? Was du da redest, du Affe. Du hast doch keine Ahnung! Ich werde dir zeigen, wer hier krank ist.« Konrad stand auf, beugte sich über den Schreibtisch, versuchte, seinem Chef an die Gurgel zu gehen. Er griff einen halben Meter daneben in die Luft, fiel mit dem Bauch auf die Tischplatte und blieb liegen. Er fühlte sich wie ein kleines Kind, das die Sandburg nicht mehr mitbauen durfte. Dabei war er immer der Junge gewesen, der den anderen Kindern erklärt hatte, wie sie den Graben anlegen mussten, damit das Wasser die Mauern nicht zum Einstürzen brachte.

In seinem Schritt wurde es warm und nass. »Scheiße!«

Der Chef hob den Telefonhörer vom Apparat und drückte eine Taste. »Ist das Taxi da ... ja? Gut. Sag Slatan Bescheid, sonst kriegen wir Konrad nicht hier raus.«

»Ey, Alter. Meine Tochter wurde ermordet, weißt du das schon?«

»Bleib locker! Ein Taxi bringt dich jetzt nach Hause. Da schläfst du deinen Rausch aus. Die Fahrt geht aufs Haus. Das wird schon wieder.«

»Das Taxi bringt mich zur Tanke, und da hole ich Bier und Wein und Schnaps, so viel ich will. Denn ich kann trinken, wann immer ich es möchte. Ich bin ein freier Mann und das ist ein freies, wenn auch verlogenes Land.«

»Tu, was du nicht lassen kannst, du armer Tor.«

Es klopfte an der Tür. Ohne eine Aufforderung abzuwarten, trat jemand ein. Konrad blickte über die Schulter hinter sich. Slatan in seiner Security Jacke, mit Oberarmmuskeln, die auch Pferdebeine hätten sein können. Er ging schnellen Schrittes auf ihn zu. Der Chef heuchelte ihm zu: »Auf Wiedersehen, Konrad. Ich wünsche dir alles Gute.«

»Fickt euch doch alle selbst, ihr Speichellecker!« Konrad spürte einen rabiaten Druck am Oberarm. Slatan riss ihn vom Tisch runter und Konrad hielt sich an seinem Bein fest. Er bemerkte, dass der Wachmann eine Waffe in einem Halfter am Oberschenkel trug. Als er ihn über den Flur zum Ausgang schleifte, stammelte Konrad: »Seit wann sind Pistolen für Securitys erlaubt?«

»Das ist keine Pistole«, sagte Slatan mit seinem serbokroatischen Akzent.

»Was ist es dann?«

»Das willst du lieber nicht wissen. Da ist viel Strom drin. Tut weh. Und jetzt raus!«

Konrad wehrte sich nicht, als Slatan ihn die Stufen vor dem Arbeitsamt runterstieß, sodass er fast stürzte. Als er wieder aufrecht stand, fiel sein Blick in den Park gegenüber der Arbeitsagentur, direkt auf einen Mann in Trainingsanzug und mit zu einem Pferdeschwanz zusammengebundenen Haaren. Den hatte er in den letzten Wochen häufiger dort gesehen. Ohne Frage ein Dealer. Verlumpte Menschen hatten ihn besucht, sich neben ihn gesetzt, waren ein paar Minuten später, ohne ein Wort mit ihm gewechselt zu haben, wieder davongegangen. Auch Studenten setzten sich zu ihm. Drogendeals direkt vor der Arbeitsagentur. Scheiß verlogene Welt. Am besten holte der Pferdeschwanz-Typ sich gleich auch noch sein Hartz IV ab.

Jetzt, wo Konrad nicht mehr hier arbeitete, würden sich die Drogendealer in der Stadt häufen, das war klar. Schließlich war niemand mehr da, der die Menschen richtig beraten konnte, sollten sie halt sehen, wie sie ihr Geld verdienten. Sollten sie doch alle machen, was sie wollten. Sie würden schon sehen, was sie davon hätten.

Bevor Konrad ins Taxi stieg, nahm er sein Portemonnaie aus der Tasche, zog einen Fünfeuroschein heraus und reichte ihn dem Mann von der Security. Der schaute den Schein an, als hätte er noch nie einen solchen gesehen.

»Wofür?«, fragte er.

»Du machst deinen Job richtig. Genau das, was von einem Wachmann erwartet wird. Das ist vorbildlich.«

Verdutzt nahm Slatan das Geld, bedankte sich aber nicht.

Die Last des Bücherregals wurde erdrückend schwer. Konrad stützte sich mit den Händen auf dem Teppich ab, zog sich mühsam unter dem Regal hervor. Was waren das für erbärmliche Zeiten? Berufsberater. Er schiss drauf! Er war aber froh, dass er nun keinen Alkohol mehr trank. Damit hätte er seinen genialen Plan nie in die Tat umsetzen können. Er schöpfte neuen Mut, stemmte das Regal hoch, befreite sich und drückte es wieder an die Wand.

Dann setzte er sich im Schneidersitz auf den Boden, um die herausgefallenen Bücher zu sortieren. Er stapelte sie zu drei Haufen. Berufsberatungs-Lektüre, Kinderbücher mit Märchen, Liedern, Gedichten oder Wimmelbildern sowie seine stolze Sammlung über Serienmörder. Er hatte sie für sich entdeckt, als es ihm sehr schlechtging, hatte die Bücher verschlungen. Sie hatten ihn abgelenkt, ihn gelehrt, wie einfach das Töten sein konnte.

Am Anfang war er fasziniert gewesen von den Tätern. Sie hatten nach System und bis zu einem gewissen Grad akribisch genau gearbeitet. Opfergruppen hatten sie klar definiert und ausspioniert, die Polizei über Monate, Jahre oder Jahrzehnte an der Nase herumgeführt. Das imponierte ihm. Irgendwann aber waren alle nachlässig geworden, hatten Fehler begangen. Sonst wären sie ja nicht geschnappt worden.

Immer wieder hatte Konrad beim Studium der True-Crime-Bücher Parallelen zwischen den Serienmördern und sich selbst ausgemacht: Perfektionismus, Organisationstalent, unbändige Wut auf die Gesellschaft. Schließlich hatte auch er - wie sie - die unbändige Lust zu töten verspürt.

Er liebte die Art, wie sie gemordet hatten, doch nicht, wen sie umgebracht hatten. Fast alle hatten sich an Frauen, Prostituierten und Kindern vergriffen. Das fand er abartig, krank, feige. Sie hatten es verdient, geschnappt zu werden. Doch die Faszination des Mordens in Serie hatte ihn nicht mehr losgelassen. So hatte er dann beschlossen, es besser zu machen. Ein perfekter Serientäter zu werden, das war es, was er gewollt hatte. Einer, der aus Ehre mordet, der die Welt verbessert, nur Arschlöcher tötet, dabei aber nicht weniger brutal vorgeht. Doch so sehr er sich auch mit diesem neuen beruflichen Plan und Lebensinhalt anfreundete, er hatte sich eingestehen müssen, dass es doch nur vier Menschen gab, denen er den Tod wünschte. Dann war er auf diesen genialen Plan gekommen, der nun in vollem Gange war.

Er wollte wie ein Serienmörder arbeiten, in der Bevölkerung auch unbedingt als ein solcher wahrgenommen werden. Dabei wollte er den Eindruck erwecken, er töte aus Hass auf alle Stümper. Das war natürlich bloße Fassade. Um die Polizei auf eine falsche Fährte zu locken. Schließlich hatte er persönliche Beweggründe und war damit leichter als Täter zu ermitteln. Er wollte Rache üben. Das unterschied ihn von den Serienmördern, die mehrheitlich um des Tötens willen mordeten. Ihm ging es nur um den Vergewaltiger und die Mörder seiner Tochter, die alle vom gleichen Schlag und nicht zufällig allesamt Pfuscher in ihrem Beruf waren. Er hatte in keiner Weise vor, nun sämtliche Dilettanten zu töten, auch wenn sie es vielleicht verdient hätten. Aber da müsste er die halbe Welt umbringen. Verrückt war er aber schließlich nicht. Sollten die Ermittler das ruhig denken.

In gewisser Weise fühlte er eine Verbundenheit zu Serienmördern, in anderer Weise eine tiefe Abneigung, weil sie sich an Unschuldigen vergriffen. Er freute sich, dass die Bücher, die in Zukunft über ihn geschrieben werden würden, in den Krimiabteilungen der Buchhandlungen neben denen der berühmtesten Serienkiller aller Zeiten stehen würden. Die Leser aber würden begreifen, dass er der einzige ehrenvolle unter ihnen war. Gleichzeitig aber auch der perfekteste. Einer, der sich nicht hatte schnappen lassen.

Das war sein Anspruch. Danach würde er – aus der sicheren Ferne – Ruhm, Genugtuung, Ruhe genießen. Er hatte keinesfalls vor, in Belize Menschen umzubringen. Außer wenn das, was sie taten, Ellens und sein Leben negativ beeinflussen sollte. Aber das war alles Zukunftsmusik. Erst wollte er als der erste Osnabrücker Serienmörder in die Geschichte eingehen. Noch Jahrhunderte lang sollten die Menschen über Inspektor Schlemihl, den Stümper-Eliminator reden.

Er nahm ein paar Bücher vom Serienmordstapel, ließ die Taten seiner Vorgänger Revue passieren.

H. H. Holmes – der Horrorhaus-Killer: 27 bestätigte Morde. Galt als einer der ersten Serienmörder der Geschichte der Vereinigten Staaten. In Chicago baute er sich um 1890 ein Hotel, das er mit selbst konzipierten Geheimgängen und Falltüren ausstatten ließ. Im Keller richtete er eine Folterkammer ein, auch eine Gaskammer war im Haus. Seine Opfer waren fast ausschließlich Frauen, die bei ihm eingecheckt hatten und die er nach Lust und Laune folterte, bis sie starben. Er war so sicher, nicht erwischt zu werden, dass er dreist sogar die Skelette mancher Opfer an medizinische Fakultäten verkaufte. Hinrichtung 1896 durch Erhängen.

Alexander Jurjewitsch Pitschuschkin – der Schachbrettmörder: 48 bestätigte Morde. Nach eigenen Angaben 61. Er hatte sich vorgenommen, insgesamt 64 Menschen in einem Moskauer Park zu töten – so viele wie Figuren auf ein Schachbrett passten. Nach seiner Verhaftung fand man ein Schachbrett mit 61 Figuren. Er tötete vor allem körperlich und sozial schwache Menschen, Obdachlose, Alte und Behinderte, die er betrunken machte, sie dann mit einem Hammer erschlug, erwürgte oder erschoss. Die Leichen entsorgte er in der Kanalisation. Er wurde erst nach sechs Jahren geschnappt und zu lebenslanger Haft verurteilt.

Gary Leon Ridgway – der Greenriver Killer: 49 bestätigte Morde. Nach zwei Scheidungen drehte er durch, tötete Prostituierte und Ausreißerinnen. Er lockte sie vornehmlich an den Green River in Seattle, tötete sie, hatte Sex mit ihren Leichen, warf sie dann in den Fluss. Ihre Schmuckstücke behielt er, verkaufte sie bei Garagenflohmärkten oder schenkte sie Kolleginnen. Er tötete zwischen 1982 und 1998, konnte aber erst 2001 gefasst werden. Ein einziges Mal während seines Prozesses zeigte er Gefühle. Als ihm der Vater eines Opfers im Gerichtssaal verzieh. Nun saß er im Gefängnis in US-Bundesstaat Washington und würde es nicht mehr verlassen.

Jeffrey Dahmer – das Monster von Milwaukee: 17 bestätigte Morde an jugendlichen und erwachsenen Männern. Er brachte sie in seine Gewalt und missbrauchte sie vor und nach ihrer Ermordung, aß von den Leichen. Manchmal experimentierte er auch mit seinen noch lebenden Opfern, indem er ihnen ein Loch in den Schädel bohrte und Säure hineinlaufen ließ, um sie gefügig zu machen. Jedoch starben sie daran. Trotz seiner schweren Alkoholabhängigkeit gelang es ihm 13 Jahre lang, den Ermittlern zu entkommen. 1991 wurde er geschnappt, als eines seiner Opfer entkommen konnte. Verurteilt zu lebenslanger Haft. Im Gefängnis 1994 von einem Mithäftling erschlagen.

Konrad wollte gerade nach dem Buch über Jack the Ripper greifen, als er aus dem Keller Geräusche vernahm. Etwas schepperte. Der Kerl dort hatte doch nicht etwa ...?

Er warf das Buch hin, hastete zur Kellertür. *Das Schwein mache ich fertig!*

Warum hatte es Dahmer nicht geschafft, seine Opfer am Leben zu halten, nachdem er ihnen Säure in den geöffneten Schädel gegossen hatte? Konrad war sicher, dass ihm das nicht passieren würde. Er wollte es austesten mit seiner Bohrmaschine, die im Keller lag. Er riss die Tür auf, schaltete das Licht an.

»Psst! Hey Du. Willst du ein L kaufen?«

Kapitel 8 – Soko Hannah

Acht Tage nach dem Mord an Valentin Klatt und zwei nach dem an Carsten Köster hatte Kriminalhauptkommissar Hollmann die Soko Hannah zusammengestellt. Nun traf die Ermittlergruppe zum ersten Mal im Konferenzraum der Kripo Osnabrück zusammen.

Das Konferenzzimmer lag im vierten Stock, mit Blick auf den Parkplatz der Polizeiinspektion. Die Deckenleuchter über der langen, in Ulme-Optik gehaltenen, glänzenden Tischplatte brannten, obwohl der Raum vom Tageslicht ganz ausgeleuchtet war. An der rechten Wand hing ein Ölgemälde, das die Wahrzeichen der Stadt zeigte: Rathaus, Schloss, Dom, Katharinenkirche, Heger Tor, Stadtmauer, Osnabrücker Rad. An der gegenüberliegenden Seite war eine Leinwand angebracht, die für Präsentationen vorgesehen war. Außerdem standen dort ein Flipchart und ein kleines weißes Rednerpodest mit Mikrofon.

Zwölf Kunstlederstühle umrundeten den Tisch, an dessen linker Hälfte die Soko Hannah Platz genommen hatte. Hier saßen Kriminalhauptkommissar Hollmann, Kriminaloberkommissar Echtner, Kriminalkommissar Meyer, Kriminaloberkommissar Stegemann, Kriminalkommissarin Elste sowie zu Echtners Bedauern natürlich auch Kriminaloberkommissar Bärlein von der Spurensicherung.

»Guten Morgen, Kollegen«, sagte Hollmann. »Ich habe keine guten Nachrichten.« Er nahm eine der Thermoskannen vom Tisch und goss Kaffee in einen hellbraunen Keramikbecher. »Ihr wisst es sicherlich schon, Hannah ist zwar über den Berg.« Er stockte. »Aber sie wird nicht wieder die Alte werden und vermutlich auch nicht wieder die Neue, die sie ja gerade war. Mit knapp dreißig Jahren dienstuntauglich zu sein, möglicherweise ernsthafte, körperliche Schäden davonzutragen, ist nichts, was man sich vorstellen will. Zu ihren Ehren habe ich die Sonderkommission Hannah genannt. Gibt es Einwände?«

Echtner und Stegemann schüttelten den Kopf. Biene sagte: »Nein, natürlich nicht. Mein Gott, die Arme.«

Hollmann schaute zu Muck.

»Nein, warum sollte ich Einwände haben?«, fragte der jüngste Beamte der Ermittlergruppe, fegte dabei die Kekskrümel vom Tisch, die ihm beim Sprechen aus dem Mund gefallen waren.

Hollmann guckte Bärlein an, der mit einem Kugelschreiber den Dreck unter seinen Fingernägeln entfernte, aber nicht reagierte.

»Gut«, fuhr Hollmann fort. »Weibliche Unterstützung haben wir jetzt mit Biene, die ich ebenso wie Stegemann von einem anderen Fall abgezogen habe. Außerdem ist Echtner nach einem längeren Ausflug zurück in der Abteilung. Wir sind alle froh darüber.«

»Tsss«, sagte Bärlein.

»Von Muck erwarte ich bedingungslose Disziplin und vor allem Pünktlichkeit. Verstanden?«

Muck würgte eilig Keksbrei herunter und sagte: »Kommt nicht mehr vor, Chef. Wir finden das Schwein.«

»Das ist die Hauptsache. Bärlein ist als Experte für Substanzen mit am Start. Wie wir wissen, ist er auch Chemiker. Das halte ich für unser zusätzliches Glück in diesem Fall. Er ist einer unserer Besten, auch wenn er gelegentlich mal vergisst, den ein oder anderen Kuchen unter die Lupe zu nehmen.«

»Tsss«, entfuhr es Bärlein erneut, der sich inzwischen die andere Hand zur Maniküre vorgenommen hatte. Er saß Echtner gegenüber, stank wie gewohnt nach Schweiß und Knoblauch.

»Dann fang doch gleich mal an und bring die Kollegen auf den Stand der Dinge, was es mit den Kuchen auf sich hatte.«

Bärlein steckte den Kugelschreiber in ein Deckelfach seines Aktenkoffers, den er geöffnet neben sich auf den Tisch gelegt hatte. Daraus zog er eine Mappe, öffnete sie und las von einem Blatt vor: »Die Kuchen habe ich im Labor zerlegt. Ich konnte Blätterteig darin nachweisen, Sonnenblumenöl, Pflanzenbutter, Sojamilch, Vanillezucker, Vanillepuddingpulver ...«

»Bärlein, es reicht!«, unterbrach Hollmann ihn.

»... ich überspringe also ein Dutzend Ingredienzen und komme zu einer Zutat, die uns vornehmlich interessiert. Vorher möchte ich noch erwähnen, dass man die gefundenen Kuchenteilchen als Cronuts bezeichnet. Ein Trend aus New York. Vom Namen her leicht zu erschließen: eine Mischung aus Croissant und Donut. In Berlin, Hamburg, München angekommen und von den Leckermäulern angenommen. Bei uns bisher nicht gesichtet.«

»Bärlein, was hat den Bäcker getötet?«, fragte Hollmann genervt.

»Das Gift heißt Tetrodotoxin, kurz TTX. Ein zwitterionisches Alkaloid. Nervengift, das in maritimen Lebewesen gefunden wird. Kugelfische, Igelfische, Wassermolche, Kraken, Krebse et cetera. Keine heimischen Arten. Die tödliche Dosis liegt bei null Komma fünf bis ein Milligramm. Alle von mir untersuchten Cronuts enthielten exakt null Komma sieben Milligramm. Wie Hannah das überleben konnte, ist mir ein Rätsel.«

»Der Täter hat das Gift dort reingespritzt?«, fragte Hollmann.

»Sagen wir mit hineingebacken. TTX ist pulverförmig, leicht wasserlöslich.«

»Wir gehen also davon aus, dass der Täter die Donuts selbst gebacken hat?« Muck schaltete sich ein.

»Cronuts«, korrigierte ihn Bärlein. »Ja, die waren selbst gemacht.«

«Dann konnte der Täter also backen?«, fragte Muck.

»Sehr gut sogar«, antwortete Bärlein. »Ich habe die Cronuts, nachdem ich sie untersucht habe, an meine Enkel verteilt.

Die konnten gar nicht genug davon bekommen. Tragischerweise sind sie jetzt alle tot.«

Außer Muck, der verstohlen seinen akkuraten Seitenscheitel glättete, lachten alle im Raum.

Bärlein fuhr fort: »Soweit man das von der Konsistenz der Cronuts, der Mischung der Zutaten und der Optik des Gebackenen beurteilen kann, würde ich behaupten, der Delinquent hatte zumindest ein klein wenig Backtalent. Oder er hat lange geübt. Nach dem Mageninhalt des Bäckers zu urteilen, müssen sie ja vorzüglich geschmeckt haben ...« Bärlein schaute den mit Keks krümelnden Muck an. »Jedenfalls war schnell klar, dass diese Firma Jordan's original American Food – das stand auf der Schachtel – nicht existiert. Das Logo war sowieso amateurhaft gestaltet, ist mir gleich aufgefallen. Bei Schütte hat auch nie jemand etwas von diesem Unternehmen gehört. Schütte ist der Konditoreizulieferer, dessen Lieferwagen wir auf Kösters Parkplatz vorgefunden haben. Beliefert ganz Osnabrück, den Landkreis bis ins Emsland. Aber Cronuts gibt es nicht in deren Sortiment.«

»Was ist mit dem Fahrer? Den hast du ja befragt, Stegemann«, sagte Hollmann zu dem dienstältesten Beamten am Tisch.

Echtner schaute zu Stegemann. Er hatte nie eine Meinung zu ihm gehabt. Fast sechzig Jahre alt, hatte er keine Ambitionen, noch auf der Karriereleiter aufzusteigen, und hatte sich auch vorher nicht darum bemüht. Er trug täglich Anzug und Krawatte im Dienst, bildete damit die absolute Ausnahme bei der Kripo Osnabrück. Er war hager, immer glatt rasiert und Träger eines hellbraunen Toupets. Eine eigene Meinung hatte er in der Regel nicht. Aber wenn es um Fakten ging, konnte man sich auf ihn verlassen. Echtner war nicht in der Lage, sich zu entscheiden, ob er ihn mochte oder nicht. Eigentlich war er ihm egal.

Stegemann hustete und räusperte sich, als hätte er seit Tagen nicht gesprochen: »Helmuth Hagemeister war bei mir.

Fährt seit mehr als dreißig Jahren für Schütte. Mit Köster hat er sich gut verstanden. Small Talk. Man kannte sich mit der Zeit. Er kann weder was mit Cronuts anfangen, noch mit Jordan's original American Food. Ein Foto der Schachtel habe ich ihm gezeigt. Hat er auch noch nie gesehen.«

»Wie hat der Killer ihn überwältigt?«, fragte Hollmann.

»Helmuth Hagemeister hatte gehalten, um eine Bäckerei im Stadtteil Wüste zu beliefern. Als er im Laderaum seine Sachen zusammengesucht hatte, kam der Täter zu ihm rein.«

»Er hat ihn nicht gesehen?«

»Nicht direkt. Das, woran er sich erinnern kann, ist, dass jemand hinter ihm so was gesagt hat wie: Psst! Hey du, willst du irgendwas kaufen. Genauer konnte er das nicht angeben. Er hat sich darauf umgedreht, aber sofort einen heftigen Stromschlag abbekommen. Der hat ihn offensichtlich so lange außer Gefecht gesetzt, bis er von der Streife am Tatort geweckt worden ist. Zumindest konnte Hagemeister sich an nichts dazwischen erinnern.«

»Die Elektroschockpistole. Ich glaube jeder hier im Raum weiß, was das bedeutet.«

»Die Brandmale auf seinem Rücken sind dieselben, die wir an Valentin Klatts Brust und Kopf gefunden haben. Die Rechtsmedizin geht zumindest von exakt demselben Gerätetyp aus. Das Geräte-Modell heißt Taser Y18C, hergestellt vom US-Unternehmen Taser Inc.«

»Okay, ich bin sicher, dass du alles penibel dokumentiert hast. Dieser Fahrer, Helmuth, hat also den Täter nicht gesehen?«

»Nur seinen Hut. Einen schwarzen Hut mit breiter Krempe. So wie ein Cowboy, hat er gesagt. Und einen langen weißen oder cremefarbenen Mantel.«

Es wurde Zeit, sich einzumischen, fand Echtner, der versucht hatte, müde zu wirken. Einfach, damit er mal einen normalen, glaubwürdigen Eindruck erweckte. Müde war er nicht, obwohl er seit dem Mord an Köster nicht geschlafen hatte. Drogen nehmen, vögeln, mit dem Auto durch die Gegend rasen, sich geil fühlen – das war eigentlich alles, was er so tat, wenn er nicht arbeitete. Ice ließ ihn nicht zur Ruhe kommen. Er sah aber auch keinen Grund für Schlaf. Das Hellwachsein bedeutete einen klaren Vorteil, genauso wie die Tatsache, dass er über den Killer besser im Bilde war als alle anderen am Tisch.

»Psst, willst du ein O kaufen?«, fragte Echtner. »Wer ich? ... psssst! Ja, genau du ... Ein O? ... Geeenaaauu!«

Muck lachte, wirkte dabei wie ein zu groß geratener Grundschüler. Bärlein schaute Echtner an, als sei der aus der Geschlossenen ausgebrochen. »Was redest du Idiot da?«

»Ey!« Hollmann wurde laut. »Lasst ihn mal sprechen. Er ist dabei, ein Täterprofil zu erstellen, falls ihr es nicht merkt. Auf meine Anweisung hin.«

»Danke«, sagte Echtner. »Das ist er. Der Verkäufer aus der Sesamstraße. Kennt ihr doch alle, oder?«

»Ne, aber klingt lustig«, sagte Muck und schob sich einen Schokoladenkeks in den Mund. Er sah aus, als warte er nur darauf, dass jemand zu seinem Vergnügen den Beamer anschmeißen würde, um einen Disneyfilm vorzuführen.

»Ich kenne den«, sagte Biene. »Jedes Kind weiß, wer das ist. Der grüne Typ mit dem Mantel, der Ernie die Buchstaben verkauft. Der mit dem Hut.«

»Geeenaaauu«, sagte Echtner und hoffte, die anderen würden seinen Spaß erkennen. Aber keiner lachte.

»Der mit dem Hut. Wie der Kerl, den der Lieferant gesehen hatte, bevor er ausgeknockt wurde.« Hollmann kratzte sich an der Schläfe. Er schien nervös und verängstigt, seit Tagen schon. Sein Gesicht hatte erneut die Farbe von Schulkreide angenommen. »Wir haben es also mit einem völlig Irren zu tun. Mit einem, der backt, Pappschachteln baut und bedruckt, sich Kugelfischgift beschaffen kann und meint, er sei eine Figur aus einer Kinderserie. Und außerdem ein brutales Schwein ist. Wie passt das alles zusammen? So einen will ich nicht in meiner Stadt haben.« Der Hauptkommissar sprach mit halb ironischem, halb verzweifeltem Unterton in der Stimme.

»Wir müssen über das Motiv nachdenken«, sagte Echtner.

»Genau«, sagte Hollmann. »Mann, wie kriege ich jetzt dieses Geeenaaauu aus dem Kopf? Es ist zum Verrücktwerden.«

»Was könnte sein Motiv sein?«, fragte Biene. »Oder ist er geisteskrank?«

»Auf keinen Fall ist Schlemihl geisteskrank«, sagte Echtner. »Er tötet nach Plan.«

»Mit Schlemihl hat er seine Nachricht unterschrieben«, fügte Hollmann an.

»Der will er ja sein«, sagte Echtner.

»Wer jetzt, was?«, fragte Muck.

»Er spielt Schlemihl, den Verkäufer aus der Sesamstraße.«

»So heißt der?«, fragte Biene. »Der Name wird nie genannt in der Sendung.«

»In der Sendung nicht, aber ich bin durch Zufall mal im Internet darauf gestoßen.« Echtner blickte Bärlein an, der einen grimmigen Blick aufgesetzt hatte. Er war sich darüber bewusst, dass Bärlein neidisch auf ihn war. Er konnte es nicht haben, dass er zurück im Dienst war. Für Echtner aber gab der dicke Stinker maximal einen durchschnittlichen Spurensicherer ab, mehr nicht. Chemie-Diplom hin oder her. Er selbst war ihm in allen Belangen überlegen. Außerdem war der kleine Bär mit Sicherheit voller Neid auf seine Attraktivität. Man sollte sich doch mal fragen, wie ein derart hässlicher, widerwärtiger Kerl überhaupt so oft Sex haben konnte, dass er eine halbe Kindergartengruppe mit den eigenen Nachkommen füllen konnte. Die arme Ehefrau. Aber das war schon etliche Jahre her. Sie würde heute ihren stinkenden Chemiker bestimmt nicht mehr über sich rutschen lassen.

»Kennste den Schlemihl auch, Bärleinchen?«, fragte Echtner.

»Kann schon sein.«

»Da solltest du doch alles drüber wissen. Sechs Kinder, vierzehn Enkel. Da muss Schlemihl schon so viele Buchstaben in deinem Wohnzimmer vertickt haben, dass du damit ein Wörterbuch füllen könntest.«

»Was willst du depressive Sau?« Bärlein wurde laut, nahm einen Keks aus der Schale und schmiss ihn Echtner an den Kopf.

Muck prustete: »Ey, kommt mal runter Jungs. Seid ja selber wie im Kindergarten. Ich kenne den auch nicht. Habe aber auch nie Sesamstraße geguckt. Uncool. Wir hatten den Tigerenten Club. Mann, das war cool, Fröscheteam gegen Tigerenten.«

Als Echtner die Kekskrümel von der Schulter wischte, sah er, wie Kommissarin Biene die Augen rollte.

»Es reicht!«, sagte Hollmann ernst. »Reißt euch zusammen, alle! Besonders Bärlein! Ich kann so was nicht gebrauchen ... Und Muck, ich will gar nicht wissen, was du in deiner Kindheit geschaut hast, solange es nichts mit meinem Mörder und dem Fall zu tun hat.« Er wandte sich um. »Oder hat es das, Echtner?«

»Natürlich nicht«, antwortete der. »Lasst uns jetzt zum Knackpunkt kommen. Dreht alle das Blatt um, das vor euch liegt. Ich habe jedem das Gedicht kopiert, das Bärlein ganz allein unter der Cronut-Pappschachtel gefunden hat.« Echtner grinste Bärlein hämisch an. »Also lest und denkt nach!«

Backe, backe giftigen Kuchen.
Bäcker Köster hat gerufen,
deswegen musste ich ihn besuchen.
Dieses war der zweite Streich,
doch der dritte folgt sogleich.
Ach wie gut, dass bald die ganze Stadt weiß,
dass er nie wieder labern kann seinen dummen Scheiß.
Inspektor Schlemihl

»Meine Fresse, ist das scheiße gedichtet«, sagte Bärlein.

»Als ob ausgerechnet du da der Kenner wärst.« Echtner schüttelte den Kopf. »Das ist jetzt außerdem so was von egal. Die Frage muss sein, welche Botschaft darin enthalten ist.«

Die Mienen seiner Kollegen wirkten ratlos, Hollmann schaute eher nachdenklich, dann entsetzt, bevor er schließlich das Wort ergriff. »Ich will das einfach nicht glauben. Um euch das klarzumachen: Es bestehen jetzt keine Zweifel mehr daran, dass wir es mit einem Serientäter zu tun haben. Der Spuk ist nicht vorbei. Er wird weitermorden ... Aber wen? Dieser Frage müssen wir mit Hochdruck nachgehen.«

Echtner fuhr fort: »Er nennt sich Inspektor. Das ist nun mal jemand, dessen Job es ist, Inspektionen durchzuführen. Offenbar hat er sich zur Aufgabe gemacht, verschiedene Berufsgruppen unter die Lupe zu nehmen und Stümpern das Handwerk zu legen.«

»Stümpern?«, fragte Bärlein.

»Er bringt Menschen um, die ihr Handwerk nicht verstehen oder Scheiße bauen im Job. Das verrät das Gedicht.«

»Häh?«

»Checke ich nicht.«

»Ich auch nicht.«

Hollmann überlegte. »Was hast du für Indizien dafür? Was siehst du, was wir nicht sehen?«

Echtner musste sich eingestehen, dass, wenn er das erste Gedicht bei Klatt nicht gefunden hätte, er zu diesem Zeitpunkt eventuell auch noch kein Motiv hätte formulieren können. Aber nur eventuell. Egal. Er schaute Biene an. »Du hast dich doch intensiv mit dem Klatt-Mord beschäftigt. Was meinst du? War Klatt ein seriöser Journalist? Einer, der etwas von seinem Beruf versteht?«

»Sicher nicht«, sagte Biene. »Es hat nur so gehagelt von Klagen. Wurden aber alle abgeschmettert.«

»Wer ist denn hier Kurier-Leser?«, fragte Echtner.

Mucks Arm schnellte nach oben. Er schnipste mit den Fingern wie in der Schule. Die anderen schauten ihn abschätzig an.

»Was ist?« Sein Gesicht rötete sich. »Sportteil ist doch ausgezeichnet. VFL Osnabrück ist immer aktuell. Da erfährt man auch, was die Spieler sonst so treiben, wenn sie nicht auf dem Platz sind. Sind ja alle keine Engelchen.« Er grinste in die Runde.

»Seht ihr, genau das meine ich«, sagte Echtner. »Das nennt sich Boulevardpresse. Wir haben die seriöse Osnabrücker Zeitung. Da sitzen noch Journalisten, die ihr Handwerk verstehen. Beim Osna-Kurier gibts anscheinend keinen Einzigen, der sich um ethische Grundsätze oder journalistische Kodizes schert. Und der übelste Schmierfink unter ihnen ist, äh, war … na, Bärlein?«

»Klatt! Der hat mal über meinen zweitältesten Sohn geschrieben, dass ...«

»Dann sind wir uns ja alle einig.« Echtner schnitt dem Spurensicherer das Wort ab.

»Wirklich hervorragend kombiniert, Herr Kollege«, sagte Biene. »Ich kann dazu anmerken, dass alle Zeitungsseiten, an denen Klatt erstickt ist und die wir in Fragmenten, aber noch gut lesbar aus seinem Schlund ziehen konnten, mindestens einen von ihm selbst verfassten Artikel enthielten. Ebenso wie die Zeitungen, die wir im Rucksack des Mörders gefunden haben.« Sie schaute in die Runde. »Jetzt dürft ihr dreimal raten.«

Echtner nahm sich vor, nicht mitzuraten.

»Gegen alle wurde geklagt«, sagte Stegemann.

»Korrekt«, antwortete Biene, die ihren Zopf nach vorne geschmissen hatte und daran zupfte. »Professor Tepe hat drei noch einigermaßen lesbare Artikel in Klatts Schlund gefunden. Im Rucksack waren zwölf. Insgesamt fünfzehn. Alles offenkundige Falschmeldungen, Schmähkritik, üble Meinungsmache, Verletzung der Privat- und Intimsphäre. Die ganze Palette.«

»Unfassbar.« Hollmann fiel die Kinnlade runter. »Ein Journalistenhasser!«

»Boulevardjournalisten-Hasser, verabscheut Schreiberlinge, die hetzen und lügen«, sagte Stegemann.

»Und ihr Handwerk nicht verstehen«, ergänzte Biene.

»Aber das hieße nach Echtners Theorie, Köster wäre auch ein mieser Bäcker gewesen«, sagte Hollmann und las laut von seinem Zettel ab. »Backe, backe giftigen Kuchen, steht da. Also hat der Dreck am Stecken? Warum hat das keiner überprüft?«

»Hat einer, ich«, sagte Echtner.

»Tsss.«

»Bärlein, es nervt«, schimpfte Muck und warf einen Keks in seine Richtung. Zu Echtner sagte er: »Das ist genial, auf was du alles kommst. Also wirklich jetzt. Fett!«

»In der Tat. Sag an! Du hast dich erkundigt?« Hollmann schaute Echtner an.

»Ihr lest das alles in meinem Bericht. Nur so viel vorweg: Dass er seinen Kuchen ankaufte, statt ihn selbst zu backen, spricht doch wohl für sich. Aber gravierender ist wohl, dass das Gesundheitsamt ihm dreimal in diesem Jahr einen Besuch abgestattet und erhebliche Mängel festgestellt hat. Er wird außerdem mit der Salmonellenvergiftung einer Kundin im letzten Jahr in Verbindung gebracht.«

Muck legte einen Nusskeks zurück auf den Teller. »Ist ja widerlich.«

»Des Weiteren hatte er offenbar eine Vorliebe für junge Mädchen. Ständig wechselnde weibliche Aushilfen. Diese Lea Kesselbrink habe ich noch mal aufgesucht. Die schien mir arg traurig über den Tod ihres Carsten.«

»Hat der nicht Familie – Frau und ein Kind«, fragte Biene und schleuderte ihren Zopf nach hinten.

»Hatte«, antwortete Echtner. »Das hielt ihn aber anscheinend nicht ab, sich in der Backstube anderweitig zu vergnügen.

Mir war das gleich klar, als ich erfahren hatte, dass diese alte Schachtel Ulrike, die andere Angestellte, immer erst eine Stunde nach Lea Kesselbrink anfängt. Das nennt man wohl ein klassisches Schäferstündchen. Oder auch Bäckerstündchen, wie mans eben nehmen will.«

»Wir haben endlich was.« Hollmann strahlte. »Das ist grandios, Echtner, du bist auf einer heißen Spur.«

Muck klatschte, Biene machte es ihm nach. Zaghaft stieg Stegemann ein ins Konzert. Bärlein schaffte es zumindest, seine Handflächen zweimal aneinanderzuschlagen.

Hollmann steigerte sich in einen tosenden Applaus, klopfte danach Echtner mehrfach auf den Rücken. Seine Gesichtsfarbe nahm jetzt die Farbe seines Lieblingsgemüses an.

»Wir kommen voran.«

»Wir kriegen das Schwein.«

»Kranker Kackvogel.«

»Schlägt er wieder zu?«

»Ach wie gut, dass bald die ganze Stadt weiß, dass ich nie wieder labern kann meinen dummen Scheiß«, las Hollmann vom Zettel ab. »Kommt mir irgendwie bekannt vor.«

»Rumpelstilzchen«, sagte Muck. »Also etwas verändert: dass ich Rumpelstilzchen heiß, geht das sonst weiter.«

»Eh klar«, sagte Bärlein. »Aber wieso diese albernen, schlecht gedichteten Kinderreime? Was sagst du dazu, Echtner? Auch hier ne Idee?«

»Es könnte sein Markenzeichen sein. Er schlüpft in die Rolle einer Kinderfigur, damit distanziert er sich persönlich von den Taten. Er spielt mit den Opfern, mit uns, mit sich selbst.«

»Eine Art Psychose?«, fragte Stegemann.

»Ich glaube nicht, dass er sich tatsächlich für Schlemihl aus der Sesamstraße hält. Der hat ja nichts von einem Mörder, er ist eine Art Dealer für Buchstaben. Möglicherweise lockt unser Täter seine Opfer aber doch mit etwas, was er ihnen verkaufen will.«

»Das macht Sinn«, sagte Stegemann. »Wie mit den Cronuts, die er dem Bäcker angeboten hat. Helmuth Hagemeister berichtete mir, gerade die Kaffee- und Kuchengeschäfte am Nachmittag laufen seit Jahren schlecht in den traditionellen Bäckereien. Zu viel Konkurrenz durch SB-Läden.«

»Die sind ja auch nicht schlechter«, warf Muck ein. »Ich gehe da immer hin. Da gibts wenigstens keine Salmonellen, bisher jedenfalls. Aber stimmt schon. Ist natürlich schlecht für das Überleben eines Familienunternehmens.«

Bärlein spitzte die Lippen, pfiff die Titelmusik von Wer-wird-Millionär. »Nicht schlecht, Muck«, sagte er.

Echtner schaute Bärlein an. »Das war zynisch, Herr Kollege Chemiker. Etwas, was du vermutlich mit dem Täter gemein hast. Ich halte Schlemihl, also unseren Mörder, Inspektor Schlemihl, definitiv für einen Zyniker. Er verhöhnt seine Opfer durch Kinderreime, die auf ihre Berufe abzielen. Backe, backe Kuchen, Rumpelstilzchen, die kleine Raupe Nimmersatt.«

Alle starrten ihn an.

»Wo ist denn die Raupe Nimmersatt?«, fragte Biene. »Sehe ich nichts von.«

Scheiße! Er ärgerte sich. Wie hatte ihm dieser Lapsus unterlaufen können? Er brauchte eine schnelle Antwort.

»Nirgendwo. Das war jetzt nur ein Brainstorming. Habe an Klatt gedacht. An einen, der den Hals nicht voll bekommt. Ich verstehe ja auch nicht, warum man bei dem kein Gedicht gefunden hat. Gerade da hätte man doch Buchstaben und Reime verkaufen können.«

Bärlein murrte. »Hey Echtner, weißt du etwa mehr als wir? Ermittelst du auf eigene Faust? Gibts da was, was du uns sagen willst oder vielleicht beichten musst?«

»Das ist doch Quatsch«, raunte Hollmann. »Was soll denn das jetzt? Wir sind ein Team.«

»Nein, lass ihn mal«, sagte Echtner. »Was willst du denn damit sagen, Bärlein? Dass ich am Tatort ein Gedicht gefunden habe, es jetzt unterschlage? Wie sollte ich das wohl gemacht haben?«

»Woher soll ich das wissen?«, fragte der Spurensicherer.

»Das Gleiche könnte ich schließlich dir vorwerfen. Außerdem bist du doch der Verantwortliche für Spuren am Tatort. Es war nur eine Assoziation, okay? Nur so kommen wir voran. Ich wollte den Gedanken weiterspinnen. – Irgendwas hat unser Killer auch dem Journalisten angeboten, da bin ich mir sicher.«

»Könnte gut sein«, sagte Hollmann. »Eventuell eine heiße Story. Und so hat er sich Zugang verschafft in die Redaktion des Kuriers ... Bleiben wir mal bei der Analyse des Gedichts. Nach der Ankündigung des dritten Streichs schreibt er: Ach wie gut, dass bald die ganze Stadt weiß, dass er nie wieder labern kann seinen dummen Scheiß.«

Echtner atmete auf. Das war gerade noch mal gutgegangen. Außer Bärlein unterstellte ihm niemand etwas. Im Gegenteil, sie hatten applaudiert. Er hatte heute den besten Profiler abgegeben.

»Das ist ein eindeutiger Hinweis auf das nächste Opfer«, sagte Hollmann. »Wenn er Pfuscher bestimmter Sparten umbringt, wie Journalisten und Bäcker. Welche ist die Berufsgruppe, in der nur dummer Scheiß gelabert wird? Was meint ihr?«

»Politiker.«

»Rapper.«

»Tsss.«

»Comedians.«

»Komiker oder Politiker, da könnte was dran sein«, sagte Hollmann. »Sortiert da mal weiter! Welche Komiker oder Politiker in der Stadt haben Mist gemacht in letzter Zeit? Schaut die Presse durch! Zeitungen, Radio, TV, online natürlich. Auch überregional, alles, was mit Osnabrück zu tun hat.«

»Wer nimmt sich die Zeitung vor?«, fragte Muck.

»Ich nicht«, sagte Biene.

»Leute, klärt das unter euch«, sagte Hollmann. »Bis morgen Mittag will ich Ergebnisse. Außerdem sämtliche bisherigen Berichte zusammengefasst, plus das heutige Sitzungsprotokoll. Kommt alles in eine Mappe und wird für jeden ausgedruckt. Einigt euch nach dem Essen. Das schafft ihr ohne mich. Jetzt gehen wir in die Kantine.«

Hollmann verschloss seinen Aktenkoffer und wandte sich an Echtner: »Kommst du mit? Ich zahle. Was immer du nimmst.«

»Oh, danke«, sagte Echtner so laut, dass Bärlein es trotz der Aufbruchsstimmung im Raum gut verstehen konnte.

Als sie über den Gang liefen, sagte Hollmann zu Echtner: »Ich verstehe nur eine Sache nicht. Es ist untypisch. Warum hat der Killer bei seinem ersten Mord kein Gedicht hinterlassen?«

Echtner grinste innerlich. Zum ersten Mal seit Tagen hatte er Hunger. Mordshunger!

Kapitel 9 – Torschlusspanik

»Eine wundervolle Nacht für euch, meine Freunde da draußen. Hier ist Hase-FM. Euer Vierundzwanzig-Stunden-Radio für Osnabrück und Region. Es ist Punkt dreiundzwanzig Uhr, und ihr hört die Late Night Show mit Marcel Reiners. Bevor ich euch gleich mit fetten Elektro-Beats die Samstagnacht versüße, gibts ein paar wichtige Infos aus der Stadt.«

Konrad saß in Boxershorts und Unterhemd im Liegestuhl auf seiner Terrasse. Eine warme Nacht. Die Grillen zirpten, es duftete nach Grünschnitt und frischen Blumen. Irgendwo in der Nachbarschaft bellte ein Hund. Er hatte eine Kerze auf dem Gartentisch angezündet, trank alkoholfreies Bier aus dem Weizenglas. Das kleine Digitalradio hatte er mit hinausgenommen und am Haken seines Schwenkgrills aufgehängt. Vorhin hatte er voller Begeisterung einer Sondersendung über die Morde in Osnabrück gelauscht. Auch die Tageszeitungen, die vor ihm auf dem Tisch lagen und die er mehrmals gelesen hatte, bis es dunkel geworden war, brachten Titelgeschichten über sein Werk.

Die Bombe war geplatzt. Osnabrück hatte von seinen Morden erfahren, zitterte vor ihm. Der ermittelnde Hauptkommissar Hollmann hatte sich der Lokalpresse gestellt und zugegeben, dass beide Morde miteinander zu tun hatten. Es sei zudem nicht auszuschließen, dass sich ein Serienmörder in der Stadt rumtreibe und es weitere Opfer geben könne. Aber er und seine Soko Hannah seien dem Täter auf der Spur. Was für ein Humbug! Keinen Schimmer haben die, dachte Konrad, dem es auch nicht leidtat, dass eine Beamtin der Spurensicherung die Finger nicht von seinen Cronuts gelassen hatte. Das stand auch in der Presse, davon hatte er nichts geahnt. Schlechte Schulung ist das, dachte Konrad. Typisch! Bei so einer Polizei wäre es kein Wunder, wenn das Land vor die Hunde ginge.

Die Bürgerinnen und Bürger sollten aber die Augen offen halten, hatte die Kripo geraten. Der Chefredakteur des Osna-Kuriers hatte einen miesen Kommentar verfasst, in dem er sich erst in den Gräueltaten suhlte, um dann zu raten, bloß nicht in Panik zu fallen. Ein Phantombild war auch abgedruckt worden. Ganz gut gemacht, dachte Konrad. Es zeigte Schlemihl. Hut, Mantel, mehr war aber kaum zu sehen. Jedenfalls nichts, was man mit ihm in Verbindung bringen konnte. Und seine Arbeitskleidung trug er sowieso nur noch, wenn er mordete. Sie hatten sogar ein Infokästchen über den Verkäufer der Sesamstraße gebracht. Kinderpresse, dachte Konrad und trank einen weiteren Schluck. Das Alkoholfreie schmeckte ihm immer besser.

Er fühlte Genugtuung und Stolz. Sie hatten sein vorgetäuschtes Motiv gefressen, würden ihm nicht auf die Schliche kommen. Er war der gesuchte Serienmörder. Die Polizei würde mit Hochdruck daran arbeiten, welche Berufsgruppe als Nächstes auf seiner Todesliste stand. Er lehnte sich zurück und schaute in den Sternenhimmel.

»... hat der VFL Osnabrück heute mit 4:1 gewonnen. Glückwunsch, lila-weiße Jungs! Die Tore schossen ...«

Komisch, jetzt würde er bald das Land verlassen und der VFL spielte auf einmal zweitligareif. Er war gerne zum Stadion an der Bremer Brücke gegangen, schon als Kind. Nun würde er den Rest seines Lebens die Spiele im Internet verfolgen müssen. Die einzige, aber auch wirklich die einzige Sache, die er vermissen würde. Ob es überhaupt Fußball gab in Belize?

»... und jetzt höre ich von meinem Redaktionskollegen, dass wir einen besonderen Anruf reinbekommen haben. Die Schwester des vor zwei Wochen verschwundenen Osnabrücker Arztes Matthias Bock möchte sich an euch wenden. – Hallo Martina!«

»Ja hallo, guten Abend.«

»Gibt es etwas Neues von deinem Bruder? Ein Lebenszeichen?«

»Nein, wir sind alle total verzweifelt und vermissen ihn so. Die Polizei hat keine Spur. Wir haben schreckliche Angst, dass Matthias irgendwo einen Unfall hatte und Hilfe braucht.«

Die Frau schluchzte. Konrad sprang aus dem Liegestuhl hoch, konnte nicht glauben, was er da hörte. Er stolperte zum Radio, drückte die Record-Taste und hielt sein Ohr vor die Box.

»Ist es denn ausgeschlossen, dass Matthias sich, sagen wir, abgesetzt hat? Vielleicht ein anderes Leben anfangen wollte, es eventuell sogar bereut, aber sich jetzt nicht traut, zurückzukommen?«

»Das wäre natürlich auch eine Möglichkeit. Deswegen muss ich es auf diesem Weg versuchen: Matthias, wenn du das hörst, bitte komm zurück. Wenn jemand aus der Familie was falsch gemacht hat, können wir reden, über alles. Auch, wenn du nicht nach Hause willst, du Gründe hast, bitte, sag uns einfach, dass es dir gutgeht. Eine Message reicht. SMS, Whatsapp, Facebook. Ich flehe dich an! Wir machen uns solche Sorgen. Mama weint den ganzen Tag.«

»Also Matthias, wenn du das hörst, melde dich. Gerne auch bei mir über unsere Homepage. Martina, und du hast noch ein Geschenk für deinen Bruder, hast du uns geschrieben.«

»Ich wünsche mir sein Lieblingslied. Wenn er jetzt zuhört, wird ihm das Mut machen.«

»Verrat uns doch, wie das Lied heißt.«

»Er ist begeisterter Michael-Jackson-Fan und würde sich tierisch über Earth Song freuen. Matthias wir lieben dich.«

»Danke, Martina. Und hier ist für euch, ganz besonders aber für dich, lieber Matthias, der King of Pop und Earth Song.«

Blöde Fotze, du wirst deinen Bruder nie wiedersehen. Dein Bruder ist ein Schwein und wird als ein solches behandelt. Aber ich will nett sein und ihm übermitteln, welchen Song du dir für ihn gewünscht hast.

Als das Lied endete und der Hase-FM-Moderator erneut heiße Elektro-Beats ankündigte, stellte Konrad das Radio in den MP3-Modus. Er lief durch die Terrassentür ins Wohnzimmer, zerrte die Schubladen am TV-Schrank auf. *Wo sind die verdammten Dinger?*

Batterien, CD-Hüllen und Schlüssel fielen auf den Boden. »Ah, da.« Konrad riss ein Plastiktütchen auf, nahm Kopfhörer heraus, steckte sie in den Anschluss des Radios. Er stellte es auf mittlere Lautstärke ein – er wollte nicht, dass Bock sein Gehör verlor, denn er hatte ihm noch etwas zu sagen – und startete Earth Song. *Das wird ihm gefallen.* Konrad stellte den Wiederholungsmodus ein. Bisher hatte er nichts anderes aufgenommen. Er rechnete. Wenn Bock die nächsten zweiundsiebzig Stunden, bis zu seinem eingeplanten Tod, lauschte, könnte er fast tausendfünfhundert Mal Earth Song hören. Das wird ihn freuen, dachte Konrad. Danach würde er das Ganze beenden, dann sollte es das sein mit ihm und der Erde. Er würde ihm den Hell Song singen. Er schlurfte zur Kellertür, öffnete sie, knipste das Licht an und vernahm das Pumpen der Beatmungsmaschine, das Brummen des Generators.

»Schöne Grüße von deiner Schwester«, rief er hinunter. »Sie kann leider nicht selbst kommen, aber ich habe was für dich. Von ihr. Das wird dich entspannen.«

*

»Wo steckst du, Drecksack? Wann schlägst du wieder zu? Wann kann ich dich erledigen?« Echtner stand auf seinem Balkon und rauchte. Der Himmel erstreckte sich sternenklar über seinem Haus. Grillen zirpten. Irgendwo in der Nachbarschaft kläffte ein Köter, der ihm schon seit Wochen auf die Nerven ging. Besonders seit er nicht mehr pennen konnte. Wie lange hatte er schon kein Auge zugemacht? Er wusste es nicht.

Er drückte die Kippe in einem der Blumenkübel aus, die nichts Lebendiges enthielten. Er schaute auf die erlöschende

Glut und schätzte, in den Kübeln müssten so fünfhundert Zigaretten liegen. Gut, dass er nur zu Hause rauchte. Vielleicht sollte er die mal zählen? Er musste irgendwas tun. Für den heutigen Sonntag hatte Hollmann die Soko-Konferenz erst am späten Nachmittag einberufen. Er war wohl der Meinung, die Beamten bräuchten auch mal Ruhe. Was für ein Schwachsinn! Gerade jetzt sollte niemand ruhen oder rasten. Klotzen war angesagt.

Sein Magen fühlte sich flau an. Außerdem hatte er die ganze Nacht Kopfschmerzen gehabt. *Das ist doch kein Rückfall?* Er hatte heute schon mehr als die doppelte Dosis Ice gezogen. Konnte also nicht sein. Aber er kam nicht richtig in Fahrt. Nicht wie sonst. Er ging in Richtung Küche, musste auf halbem Weg anhalten, sich am Sessel festhalten und sich auf den Fußboden übergeben. Scheiße! Auf allen Vieren kroch er über den Teppich.

In der Küche zog er sich am Griff der Schublade nach oben. Grelle Lichter zuckten vor seinen Augen. Plötzlich stand er wieder auf dem Balkon, verstand es nicht, rauchte, wurde ohnmächtig.

Die Küchenschublade lag herausgerissen auf dem Küchenboden. Messer, Löffel und Gabeln verteilten sich auf den Fliesen. Er konnte nicht hinsehen, das Silber blendete ihn. Warum war ihm so unfassbar schlecht? Er kroch aus der Küche, kotzte in den Flur. Aus der Schublade unter dem Badezimmer-Waschbecken zog er ein Tütchen mit den Kristallen heraus, drückte den Gummipfropfen in den Abfluss, schüttete die Tüte darüber aus. Er nahm seinen Seifenspender, schlug damit auf das Ice ein. Dann fiel er hintenüber, spuckte, zog sich mit beiden Händen am Rand des Waschbeckens hoch und knallte mit dem Kopf hinein.

Er sog das Ice so heftig durch beide Nasenlöcher ein, wie er konnte, spürte es in seinen Rachen schießen. Er schnaubte und leckte im Becken herum. Er atmete und schluckte Glasscherben, Disteln. Heiß, kalt, Kribbeln überall. Die Muskeln spannten, sein Blut wurde so stark durch seine Adern gepumpt, dass er meinte, sie drohten zu platzen. Was für ein Rush! Das Pochen an den Schläfen. Er riss die Augen auf, schaute in den Spiegel. Boom! Er war wieder da, wacher denn je. Er guckte ins Waschbecken. Was bitte hatte er sich da jetzt für eine Dosis reingeschraubt? Es war gar nichts mehr übrig. Meine Fresse! Er rannte zu Watson ins Wohnzimmer, nahm ihn vom Tisch. Er musste für Nachschub sorgen, für den Fall, dass so was wie eben erneut passierte.

»Watson!«

»Hallo, Sheriff. Wie kann ich behilflich sein?«

»Watson, anrufen: Jakub.«

»Kann Nummer nicht im Adressbuch finden.«

»Watson, anrufen: Händler.«

»Wähle Händler.«

Echtner hielt sich Watson ans Ohr. Nach dreimaligem Tuten hörte er Jakubs Stimme. »Du machst mich an? Ich mach dich aus. Hahaha. Spaß beiseite, bin nicht da, sprich was drauf. Vielleicht rufe ich zurück.«

Sein AB. Der Spinner pennt wohl, dachte Echtner und sprach: »Hi Jakub, ich bins. Ich brauche neue Ware. Am besten heute noch. Dringend Rückruf, sobald du das hörst.«

Puh. Warum schlafen Dealer eigentlich? Die haben doch immer genug Stoff, um wachzubleiben. Wie spät ist es denn, fragte sich der Kommissar, merkte aber sogleich, dass es bereits hell war im Wohnzimmer. Er schielte auf Watsons Display. 11:30 Uhr. Fuck! Was war geschehen? So lange? Das nennt man wohl ausschlafen. Nur gut, dass ihm das heute passiert war.

Als er Luft holte, sog er einen säuerlichen Gestank ein. Er schaute auf den Boden und blickte angewidert auf sein Erbrochenes. Verdammt! *Du darfst dich nicht so gehen lassen.* Er steckte Watson in die Tasche. Raus hier! Bloß weg!

Er lief in die Küche, trank aus dem Hahn, gurgelte, spuckte aus, klatschte sich Wasser in Gesicht und Nacken. Im Flur warf er einen flüchtigen Blick in den Spiegel, zog das Sakko vom Haken, verließ das Haus. Dann fuhr er zum Hauptbahnhof.

*

»Das Schönste, was ich je hab bekommen«, sagte Ellen zu Konrad, der auf ihrem Bett lag. Der unangenehme Teil seines Besuches war längst vorbei. Sie hatte ihm einen Elektrostoß verpasst, ihn angekettet, er hatte geschrien und eine heftige Erregung gehabt. Wieder hatte sie es versucht, wieder hatte er keinen Sex haben wollen. Aber erneut hatten sie dagelegen, Hand in Hand, über eine Stunde, und hatten über Belize und ihre Zukunft gesprochen. Und dann hatte er ihr so ein tolles Geschenk gemacht. Sie fühlte sich glücklich, küsste ihn auf die Wange. »Danke, meine Konrad.«

»Hör mal, da ist noch etwas, was ich dir gerne sagen möchte.«

»Ja bitte, du das sagst.« Ellen hoffte auf eine Liebeserklärung.

»Du vertraust mir doch? Dass wir beide auswandern?«

Er würde ihr nicht seine Liebe gestehen, dachte sie und sagte: »Ja, ich jetzt das glauben.«

Konrad ließ sie los, richtete seinen Oberkörper auf, verschränkte die Beine zum Schneidersitz und nahm wieder ihre Hand. Er schaute ihr tief in die Augen. »Hör zu. Ich wollte eigentlich noch ein bisschen warten. Aber ich werde dir jetzt etwas ganz Wichtiges verraten.«

Sie nickte.

»Ich muss mich wirklich, wirklich auf dich verlassen können. Kann ich das?«

»Natürlich du kannst. Du bist wie mein einzige Freund.«

»Der Job, den ich erledigen muss, damit wir los …«

»Ja, dauert noch länger?«

»Nein, alles läuft nach Plan.«

»Was denn ist?«

»Ich will ehrlich sein. Es ist nicht ganz ungefährlich. Mir wird aber garantiert nichts passieren, ich verspreche das. Nur für den Fall, also den unwahrscheinlichen Fall, dass mir doch etwas passiert, dann möchte ich, dass du etwas von mir bekommst. Ich habe keine Familie mehr, und du bist für mich eben auch *wie meine einzige Freund*. Verstehst du?«

»Wie eine Erbe?«

»Ja, ganz genau.«

»Aber ich nicht will, dass dir was passiert.«

»Vertrau mir! Nur für den unwahrscheinlichen Fall der Fälle. Okay?«

Sie nickte.

»Sollte mir also etwas zustoßen, dann wird dich jemand anrufen und dich darüber informieren. Verstehst du das?«

»Ja, aber das so unheimlich.«

»Keine Angst! Das wird nicht passieren. Es gibt nur nie eine hundertprozentige Sicherheit im Leben ... Sollte es so sein, dann wird dir dieser jemand eine Telefonnummer geben. Die rufst du dann an. Verstanden?«

»Ja.« Ellen schaute skeptisch, aber verstand.

»Dieser andere jemand, den du dann anrufst, weiß über alles Bescheid. Er ist ein Mann vom Fach. Einer der ganz wenigen, denen man vertrauen kann. Der wird dir genau sagen, wie du an das kommst, was dir gehören soll.«

Ellen schaute ihn traurig an.

Er nahm ihren Kopf in seine Hände. »Alles wird gut. Wir fliegen alle nach Belize. Auch deine Mama.«

»Okay«, sagte sie leise.

»Du musst es nur schwören. Auch, wenn du dann Dinge über mich erfahren solltest, die dir nicht gefallen, weil du es in dem Moment nicht verstehen kannst, rufst du diese Nummer an.«

»Ja, ich das mache, aber ...«

»Schwöre!«

»Ich schwöre.«

»Schau mir in die Augen und mach so!« Konrad hob die rechte Hand, streckte sie mit der Innenseite zu Ellen und spreizte Daumen, Zeigefinger und Mittelfinger ab. Ellen machte es ihm nach.

»Ich schwöre, ich rufe dann diese Nummer an, auch wenn etwas ist komisch.«

Er nahm ihre Hand, drückte die abgespreizten Finger runter und küsste mit leicht geöffneten Lippen ihre Faust. »Danke, Ellen. Und jetzt, freuen wir uns einfach auf unser neues Leben, das bald anfangen wird.« Er legte sich wieder hin, und sie warf sich neben ihn.

»Was du hast noch mal gesagt, wie heißen die Menschen, die bauen diese schöne Tempel?«

»Die Maya.«

»Ach ja, die Biene Maja.«

Sie lachten beide.

*

Auf dem Bahnhofsvorplatz strömten Reisende hin und her wie Ameisen. Studentengrüppchen bildeten sich. Taxifahrer hupten, Busfahrer pausierten. Echtner knallte die Autotür zu, wühlte sich durch einen Dschungel von Fahrrädern und ging die Straße runter. Die Tür zum Haus war nicht abgeschlossen, war sie nie. Drinnen war es stickig, es roch nach Urin und Müll. Scheiß Gegend! Er lief die Treppen hoch, kam an dem Spiegel vorbei, der an der Ecke zum Treppenabgang angebracht war. Offenbar warfen einige Freier auch vor dem Vögeln einer Nutte gerne einen Blick auf sich – oder danach, um sich wiederherzurichten für die wartende Ehefrau. Er fand, dass er blass aussah.

Er klopfte, hörte Geflüster aus dem Zimmer.

»Hallo!«

»Nicht da!«, schrie Ellen.

»Ich bins, Sheriff. Lass mich rein!«

»Ich habe Kundschaft. Jetzt nicht.«

»Mach auf! Ich schulde dir noch Geld.«

»Hast du gehört nicht? Ich habe eine Kunde in mein Bett!«

»Wer fickt dich am Sonntag?«

»Was das geht dich an?«

»Wie lange dauert das noch?«

»Ich das nicht weiß. Bitte geh.«

»Ich warte«, rief Echtner. »Habe eine Scheißnacht hinter und eine anstrengende Konferenz vor mir. Ich brauche Entspannung, sonst halte ich nicht durch.«

Er setzte sich auf den Treppenabsatz und schaute in den Spiegel. Er sah müde aus, aber war es irgendwie doch nicht. Aber irgendwas stimmte mit ihm nicht. Als die Tür aufging, zuckte er zusammen. Für einen Moment musste er weggetreten sein. Er hörte Ellens Stimme. »Aber nicht so böse sein, meine Konrad.«

»Nein, wirklich. Ich wollte sowieso gehen. Muss ja noch was erledigen.«

Echtner sah einen Mann aus Ellens Wohnung heraustreten. Vor dem Spiegel blieb er stehen und zog seinen cremefarbenen Mantel aus. Echtner betrachtete ihn staunend. Im Spiegelbild nickte ihm der Mann kurz und freundlich zu. Dann ging er.

»Tschüss. Und danke. Vielen Dank. Du bitte pass auf! Es so schön ist für mich. Ya lyublyu tebya«, rief Ellen ihrem Kunden verliebt nach. Dann wandte sie sich Echtner zu.

»Was du einfach kommst ohne Termin?«

»Notfall«, brummte er und stand auf. Sie hatte ihren Bademantel übergezogen, verschränkte die Arme vor ihren Brüsten.

»Du bringst Geld von letzte Mal?«

Er kramte sein Portemonnaie hervor, zog einen 100-Euro-, dann einen 200-Euro-Schein heraus. »Die bekommst du, wenn du mich jetzt sofort ranlässt.«

»Schnelle Nummer? Eine Quickie?«

»Ja.«

»Kannst du doch nicht.« Sie lachte.

Echtner wurde wütend. »Willst du das Geld oder nicht, verdammt?«

»Dann kommst du rein.« Ellen verschwand in der Tür.

Einen Moment später folgte er ihr, schloss die Tür von innen und schmiss die Prostituierte aufs Bett.

»Ich ficke dich, so schnell es eben geht. Muss schließlich auch arbeiten, damit ich mir dich leisten kann.« Er löste seinen Gürtel, nahm das Kondom, das sie ihm hinhielt.

Sie warf sich zurück, leckte sich über die Lippen, spreizte die Beine. »Komm, Sheriff!«

Er starrte auf ihre geöffneten Schamlippen. Das Blut schoss ihm in die Lenden. Wieder hatte er das Gefühl, sein Glied würde zerplatzen. Er legte sich über die Prostituierte und trieb seinen Penis mit einem heftigen Stoß in ihren Schoss.

Ellen stöhnte leise auf.

»Was war das für ein komischer Typ?«, fragte Echtner, während er sich auf ihr rieb.

»Was du willst? Ficken oder reden? Du nie redest. Fast nie.«

»War er so gut, ja, dass du ihm das noch hinterherrufen musstest, dem alten, versifften Knacker?« Er machte Ellen nach. »Danke. Es so schön ist.«

»Du bist gemein«, sagte sie.

Er stieß heftiger zu. »Wer ist der beste Ficker?«

»Du meine Sheriff.«

»Du lügst, Miststück! Was hat er mit dir angestellt, dass du so strahlst?«

»Du willst wissen wirklich?«

»Was? Sags, du Schlampe!«

»Er ist lieber Mann. Hat mir geschrieben eine Gedicht.«

»Ein Gedicht? Aha. Eine Ode auf deine Monster-Titten, was?«

»Nein, eine schöne Liebesgedicht wie eine Kinderreim. Er mag mich.«

Echtners Blut stockte, es schoss schlagartig aus allen Gliedern in seinen Kopf. »Was hast du da gesagt?«

»Er ist lieber Mann.«

»Nein! Was hat er gemacht? Ein Gedicht geschrieben? Ein Gedicht wie was ...?«

»Wie eine Kinderreim. Was so schlimm daran?«

Scheiße, verdammte Scheiße! Echtner sprang auf. Er dachte an den Mantel, den der Typ getragen hatte. Cremefarben, wie der Lieferant Helmuth gesagt hatte. Das konnte doch nicht wirklich sein Mann gewesen sein? Aber ein Zufall war es sicher auch nicht.

»Trägt er einen Hut?«

»Konrad?«

»Ja.«

»Was?«

»Ob er einen Hut aufhat. Sonst. Irgendwann mal, Mann!«

»Was die Frage soll?«

»Sags!«

»Ja, manchmal. Seit ein paar Mal, er kommt mit eine Hut rein. Wenn er geht, er nimmt runter. Aber heute gekommen ist ohne eine Hut. Warum so wichtig? Viele haben Hut.«

Scheiße, Scheiße! Echtner sprang vom Bett, warf eine Blumenvase von der Fensterbank, riss die Jalousie hoch und das Fenster auf. Er beugte sich raus, schaute mehrmals hektisch nach beiden Seiten.

»Wo ist das verdammte Gedicht? Wo ist das Gedicht?«

»Was mit dir ist? Das gehört zu deine Spiel?«

»Ich spiele nicht. Wo ist das Gedicht? Verdammte Scheiße!«

»Du mir machst Angst. Also keine Sexspiel heute?«

»Halt deine Fresse!«

»Du mir machst große Angst.«. Ellen zitterte. »Da ist Gedicht, wo dein Geld ist, in Schublade.«

Der Kommissar sprang aufs Bett, zerrte die Schublade auf, zog einen Zettel heraus. Er musste nicht mehr überlegen, wer ihn verfasst hatte. Er las:

Spieglein, Spieglein, wer ist die Schönste im ganzen Land?
Ellen, Du bist die Schönste im ganzen Land.
Spieglein, Spieglein, welches ist das schönste Land?
Es ist Belize, hinter den sieben Meeren, an unserem Strand.
Nächste Woche ist es vollbracht!
Dein Konrad

»Konrad. Was für ein Konrad? Wie heißt der weiter? Der Nachname!«

»Ich das nicht sagen darf.«

»Was?« Echtner stand auf, zog sich hektisch seine Hose an, lief durchs Zimmer, riss Ellens Schminktisch um. Lippenstifte, Pinsel, Schatullen, Gläschen und die Klappuhr fielen auf den Boden.

»Du sagst das! Jetzt!«

»Nein. Alles, nur nicht das. Ich kann nicht.«

»Das wollen wir mal sehen.« Echtner fuhr mit der Hand unter sein Sakko, zog seine P 2000 raus. Er richtete sie auf die Prostituierte.

»Nein!«, schrie sie.

Er entsicherte die Pistole.

»Ist das Spiel jetzt?«

»Was? Fresse!« Er schwitzte, bekam Beklemmungsgefühle.

»Das Waffe ist nicht echt. Gehört zu deine Sheriff-Spiel.«

»Nicht echt? Nicht echt? Fuck you!«, schrie der Kommissar und drückte ab. Es knallte so laut, dass Ellen glaubte, ihr Trommelfell würde explodieren. Der Schuss war in die Wand über ihrem Kopf eingedrungen. Tapetenfetzen fielen davon ab. Sie schrie lauter, als sie je geschrien hatte. Und sie hatte oft geschrien. Aus dem Nebenzimmer kam ebenfalls Geschrei. Ein Mann und eine Frau kreischten.

»Hilfe!«, rief Ellen.

Er steckte die Pistole in sein Holster, hob den Zettel mit dem Gedicht auf, der ihm aus der Hand gefallen war, und ließ ihn unter dem Sakko verschwinden. »Ich komme wieder. Bald. Hörst du, Miststück?«

»Nein. Polizei«, winselte Ellen.

Echtner ging auf sie zu, schlug ihr mit der Faust ins Gesicht.

»Wenn du zur Polizei gehst, bringe ich deine Mutter um, hörst du?« Er zeigte auf das Foto von ihr und einer älteren Frau, das sonst auf dem Schminktisch stand, jetzt auf dem Boden lag. »Oder glaubst du etwa, ich weiß nicht, dass die Alte da deine Mami ist. Ich erschieße sie. Ich schwöre es. Kein Wort zur Polizei! Verstanden?«

»Ja, verschwinde. Komm nie wieder her!«

Jemand klopfte an die Tür.

»Hilfe, Hilfe«, schrie Ellen.

Das Klopfen wurde lauter.

Echtner schlich zur Tür, stellte sich seitlich davor, riss sie blitzartig auf. Dem Mann, der davor stand, schlug er zwei Mal nacheinander so fest mit der Faust ins Gesicht, dass er wie ein Mehlsack nach hinten fiel und liegen blieb. Noch einmal drehte er sich zu Ellen um. »Klär das mit dem da! Keine Polizei! Blas ihm einen oder so als Entschädigung! Ich verlasse mich auf dich. Denk immer an deine Mama!«

Der Polizist sprang über den zusammengeschlagenen Mann und rannte so schnell er konnte die Straße runter zu seinem Mini.

»Scheiße, verdammt!« Er startete den Motor, gab Vollgas. Wohin er fahren sollte, wusste er nicht. Noch nicht zur Dienststelle. Das Richtige tun. Jetzt! Er zog Watson aus der Tasche, der hatte immer Rat. Sein Display zeigte eine eingetroffene SMS an. Echtner rief sie auf. Die Nachricht kam von seinem Händler. Bin jetzt im Schloga, hatte Jakub geschrieben.

Schloga, im Schlossgarten treibt er sich wieder rum, der Penner. Gut, ist nicht weit. Erst mal Ice holen, dann mache ich mich auf die Jagd nach dir, Konrad. Konrad Schlemihl! Ich weiß, wie du aussiehst. Ich packe dich!

Echtner schaute durch den Torbogen der barocken Schlossanlage mit gelber Fassade auf den Innenhof, in dem die Blumenbeete frisch bepflanzt worden waren. Ob es die schon gegeben hatte, als Ernst August II. von Hannover hier als Kind herumtollte? Erst wunderte er sich, dass er keine Studenten im Innenhof sah, dann fiel ihm ein, dass heute Sonntag war und keine Vorlesungen stattfanden. Er schaute zum Westflügel des Gebäudes. Die Tür zur Gedenkstätte Gestapokeller stand offen. Ihm kam in den Sinn, dass dort Polizisten - also Menschen wie er - in der Nazizeit Büros besetzt hatten. In den Kellergewölben waren Osnabrücker Juden, Sinti und Regimekritiker verhört, gefoltert und von dort aus in die großen KZs abtransportiert worden. Abartig surreal kam ihm das vor.

Echtner schlenderte vorbei an den plätschernden Springbrunnen auf die große Wiese des Schlossgartens zu. Sein Sakko hatte er zugeknöpft, sodass man seine Pistole nicht erkennen konnte. Er hörte Gequatsche und Singsang. Grüppchen von Studenten, Romantikern und Punks hatten sich auf der großen Wiese niedergelassen, um zu chillen, Bier zu trinken, Gitarre zu spielen. Ein paar Jungs machten Balance-Übungen auf einem Seil, das sie zwischen Bäume gespannt hatten.

Er ging den Weg am Rasen entlang bis zur hintersten Ecke des Parks, an dem er Jakub vermutete. Bis vor etwa zwanzig Jahren galt der Schloga als einer der Hauptumschlagplätze für

Drogen. Dann hatten die Kollegen dort gründlich aufgeräumt. Offenbar wiegte sich Jakub, getarnt als Freizeit-Tscheche, in Sicherheit. Echtner war sich jedoch ziemlich sicher, dass man im Drogendezernat bestens über ihn informiert war. Auch wenn Echtners Dealer ständig seinen Standort wechselte.

Echtner fand Jakub unter der mit Graffiti vollgeschmierten Unterführung, die aus dem Schloga hinausführte. Der Typ, mit dem er sich unterhielt, trug Rastalocken. Als er Echtner sah, lief er die Treppen hoch, verschwand aus dem Garten. Auch Jakub zuckte zusammen. »Du schon wieder«, sagte er und zündete eine selbst gedrehte Kippe an.

»Ich habe angerufen.«

»Weiß ich. Hör mal, Kollege, bitte nichts über Waren oder sonstige Geschäfte am Telefon labern. Verstanden? Ich will keinen Ärger.«

»War durch den Wind heute. Ist aber dringend. Ich brauche drei Gramm.«

»So viel habe ich nicht dabei.«

»Wie viel hast du?«

»Zweieinhalb kann ich dir abzwacken«, sagte Jakub. »Wieso so viel? Das ist doch bestes Zeug. Kannst dich zwanzig Mal wegballern. Alter ehrlich, du knallst dir zu viel rein.«

»Ich nehme etwas mehr in letzter Zeit. Schlafstörungen. So was eben. Aber was geht dich das an? Sei doch froh!«

»Nützt mir auch nichts, wenn du ne Leiche bist«, brummte Jakub. Warte hier, bin gleich wieder da. Kriege zweihundertzwanzig Euro von dir. Stammkundenrabatt.«

Echtner lief hinter die Ecke des ehemaligen Toilettenhäuschens, blickte sich nach allen Seiten um, zog sein Portemonnaie aus der Hosentasche, zählte die Scheine ab, rollte sie zusammen. Das Geld drückte er in ein Loch im alten Zement und ging zurück.

Jakub lief wortlos an ihm vorbei, verschwand hinter der Mauer. Ein paar Minuten später stand er wieder vor ihm. »Alles okay. Du weißt ja, wo du es findest. Hau rein!« Jakub schickte sich an, die Stufen raufzulaufen, die aus dem Park führten.

»Warte!«, rief Echtner hinterher.

Jakub drehte sich um, ging ein paar Schritte auf seinen Kunden zu. »Stimmt was nicht?«

»Ich hab da mal ne Frage. Äh, zwei.«

»Du sollst keine Fragen stellen. Nur kaufen und verschwinden.«

»Bitte.«

»Was willst du?«

»Der Junge, der da am Willy-Brandt-Platz aufgetaucht ist, beim letzten Deal, der hat mich doch mit Kommissar angesprochen ...?«

»Bist du plemplem?«

»Nein, ehrlich. Ich bin kein Bulle oder so!«

»Du hast ganz schön einen an der Waffel. Ich weiß nichts von einem Jungen. Außerdem bist du ein Junkie. Guck dich mal an. Wenn du ein Bulle bist, mache ich ne Ausbildung zum Hotelkaufmann. Ehrlich, Alter. Rede nicht so eine Scheiße! Ich bin nicht auf dich angewiesen. Crystal Meth geht weg wie Koks zur besten Zeit.«

»Kein Junge? Einer mit Fahrrad? Leon? Rotes Shirt? Gelbe Sonnenbrille? Der Junge!«

Jakub hob die Faust. »Du kriegst gleich einen auf deinen Jungen mit Fahrrad und Brille. Verarsch mich nicht, Mann! Ich bin gereizt. Ultra gereizt.«

»Okay, okay. Schon gut. Die zweite Frage.«

»Ich hoffe, die macht mehr Sinn, sonst vergesse ich mich.«

»Nur eine einfache Frage. Was verkaufst du noch so außer Ice?«

»Was? Wieso?«

»Ich meine spezielle Sachen.«

»Häh?«

»Also. Konkret. Gifte, mit denen man jemanden umbringen könnte.«

»Alter Junkie, bist du durch. Du meinst wohl, ich bin komplett dumm? Du willst mich wirklich verarschen, oder? Suchst du Stress? Halt dein Maul!« Jakub hob jetzt beide Hände und tänzelte auf dem Steinboden herum wie eine zu klein geratene Kopie von einem der Klitschko-Brüder.

»Bleib mal ruhig. Ich frage doch nur. Keinen Ärger, okay? Kommst du an Kugelfischgift ran? Hat so was mal jemand angefragt in letzter Zeit? Oder kennst du Leute, die das besorgen können?«

Jakub schaute ihn an, als wäre er ein Geist. Echtner meinte, Angst in seinen Augen zu erkennen.

«Alter, du bist voll der Psycho, voll der Psycho! So was habe ich noch nicht erlebt. Junge, nimm weniger von dem Zeug! Echt lass mich in Ruhe, hol dir das Ice, das du schon bezahlt hast, und such dir in Zukunft einen anderen Dealer! Ich bin fertig mit dir krankem Junkie.«

»Hey! Das war doch nur ...«

Jakub rannte die Treppen rauf. Echtner lief hinterher, doch hinter den Mauern war der Händler nicht mehr zu sehen. Komisch, warum der so durchdrehte? Klar, das hörte sich alles merkwürdig an. Kugelfischgift. Aber dass der so ausgeflippt war, konnte Echtner nicht verstehen. Der Killer musste das Gift ja auf dem Schwarzmarkt gekauft haben, und Jakub hatte sich immer damit gebrüstet, an alles ranzukommen. Ob er ernst machte? Ihm nichts mehr verkaufen würde? Das wäre der blanke Horror! Von wem sollte er sonst Ice bekommen? Er würde sich bei Jakub entschuldigen müssen. Er würde auch auf Stammkundenrabatte verzichten. Sogar das Doppelte zahlen.

Zeit, zur Dienststelle zu fahren. Aber erst noch das Zeug aus dem Boden buddeln, sich schnell ein Näschen genehmigen. Dann würde die Welt schon wieder besser aussehen.

Kapitel 10 – Zungenbrecher

Konrad kauerte im Schatten gepflegter, sorgfältig gestutzter Rosenbüsche und schaute auf die durch Außenstrahler beleuchtete weiße Fassade der Villa, die vor ihm lag. Fünf etwa drei Quadratmeter große Fenster erkannte er auf der Vorderseite. Das mittlere im ersten Stock, vor dem sich ein von vier Säulen getragener Balkon ausbreitete, war hell erleuchtet. Sein Arbeitszimmer, dachte Konrad. Vermutlich würde er gerade an seiner Rede basteln, die er am Mittwoch vor dem Osnabrücker Rathaus halten wollte.

Konrad zuppelte an seinen schwarzen Lederhandschuhen, bis sie bequem und fest anlagen. Er war nervöser als bei den letzten Malen. Vielleicht, weil bald alles vorbei sein würde. Es sollte nun schnell gehen. Heute Nacht Riemann, morgen Nacht Bock, der noch immer dem Earth Song lauschte und geistig reichlich abgebaut hatte. Aus dem Loch in seiner Schädeldecke floss seit einiger Zeit Eiter, an dem die Ameisen naschten, die er in den Sarg geschüttet hatte. Möglich, dass sich das ein oder andere Insekt bereits an Bocks Gehirn zu schaffen machte.

Konrad dachte daran, dass Jeffrey Dahmer seine Opfer vorzeitig umgebracht hatte, weil der Idiot Säure in die Öffnungen gekippt hatte. Ein paar Ameisen sollte so ein menschliches Hirn aber wohl aushalten. Bis morgen jedenfalls. Dann würde Bock es hinter sich haben. Am späten Donnerstagabend sollte der Flieger von Frankfurt nach Belize starten. Mit an Bord er selbst und Ellen.

Es wurde Zeit, an die Arbeit zu gehen, damit auch alles weiter nach Plan verlief. Riemann da oben in seiner neoklassizistischen Villa hatte keine Ahnung, dass er niemals mehr eine Rede halten würde. Schade aber auch, dass seine Chancen für die Oberbürgermeisterwahl laut Prognosen so gut standen. Doch man würde ihn schnell vergessen haben. Ob er es tatsächlich geschafft hätte, die Osnabrücker so zu manipulieren, dass sie ihn zum Bürgermeister gemacht hätten? Man würde es nie erfahren. Es lag jedenfalls nicht mehr in der Hand der Osnabrücker Bürger. Es lag in Konrads Hand und Riemann sollte keine Wahl bekommen.

Ein zauberhaftes Anwesen hatte sich der Herr Doktor am Heger Holz gebaut. Fernab von den Wählern, die er regieren wollte. Ein richtiger Stadtmensch, der die Ruhe genoss, den Luxus statt die Bürgernähe, dachte Konrad verächtlich.

Als ob sie zu der Anlage eines kleinen Märchenschloss gehörte, führte die Auffahrt von zwei Seiten um ein prunkvolles Rondell aus feinen Kieselsteinen herum. In seinem Zentrum wuchsen zwei kreisrund geschnittene Eiben, zwischen denen die marmorne Statue der Justitia emporragte. Was für ein Hohn! Der Teufel müsste dort stehen, nicht die Gerechtigkeit.

Konrads Hände fuhren in die Manteltaschen, ertasteten Taser, Diktiergerät und Handfesseln Alles okay. Es müsste jetzt kurz vor Mitternacht sein. Er kroch aus dem Schatten, lief den Weg entlang, an der Garage vorbei, in der ein schwarzer Jaguar parkte.

Hach, deine letzte Reise wirst du leider ohne ihn antreten müssen, dachte er und überlegte kurz, was mit so einem schönen Auto geschehen würde, wenn der Fahrer starb. Ellen würde es sicher gefallen, wenn sie mit einem Luxusschlitten nach Frankfurt fahren könnte. Aber der Gedanke war albern. Das wäre viel zu gefährlich. Außerdem machte er sich sowieso nichts aus Autos. Nicht mehr seitdem ... Nicht dran denken!

Konrad schritt die Stufen hoch und blieb vor der massiven, hölzernen Eingangstür stehen, in deren Mitte ein bronzefarbener Türklopfer prangte. Der Ring durchzog das Maul eines Löwen. Er drückte auf den ebenfalls bronzefarbenen Klingelknopf unter dem Namensschild der Familie Riemann.

Ein Glockenschlag im Inneren ertönte. Es dauerte ein paar Sekunden, dann hörte er das Summen der Mini-Kamera, die über dem Namensschild angebracht war. Sie nahm ihn in den Fokus. Er zog seinen Hut ab, schaute frontal in die Linse, lächelte freundlich. Es war das Berufsberaterlächeln aus fernen Tagen, das er lange nicht mehr aufgesetzt hatte. Er merkte es daran, dass seine Gesichtsmuskeln schmerzten. Gespielte Freundlichkeit. Nutzlos. Heuchlerisch.

Die Gegensprechanlage quietschte, als kratze jemand mit dem Fingernagel über eine Schultafel. Konrad bekam eine Gänsehaut. Schließlich knackste es.

»Ja, bitte?« Er hörte Riemanns leicht verzerrte Stimme.

»Guten Abend, ich komme wegen Ihrer Frau«, sagte Konrad mit ernstem Tonfall. »Würden Sie bitte kurz öffnen? Es ist wirklich dringend.«

»Was? ... Ja, Moment, ich komme runter.«

Konrad stülpte den Hut über seinen Kopf und fühlte sich ganz Schlemihl. Er nahm Getrappel auf der anderen Seite der Tür wahr. Doktor Riemann öffnete. Er hatte eine polierte Glatze, eine Lesebrille auf der Nase und trug zu seinem schwarzen Nadelstreifenanzug ein weißes Hemd. Seine Krawatte war gelb. Was für ein Lackaffe!

»Was ist denn los?« Riemann schaute besorgt. »Ist meiner Frau etwas zugestoßen? Woher wissen Sie ...«

»Pssst«, unterbrach Schlemihl ihn. »Wollen Sie ein E kaufen?«

»Ein was? Ein E?«

»Geeenaaau.«

Schlemihl riss die linke Hälfte seines Mantels auf. Als Riemann mit den Augen in den aufgeschlagenen Schößen nach dem suchte, was ihm zum Kauf angeboten werden sollte, zog Schlemihl blitzschnell den Taser aus der rechten Manteltasche. Er zielte auf Riemann. Ein dunkelgelber Punkt auf hellgelber Krawatte. Welch Farbenspiel. Er drückte ab.

»Ein E wie Elektroschock«, sagte er, während es zischte und knatterte. Die Projektile schlugen in Riemanns Hals und Brust ein. Er betätigte sofort erneut den Abzug.

»Ahhhhh.« Jetzt schrie Riemann wie ein Aborigine beim traditionellen Kriegstänzchen. Auch seine Bewegungen waren dem nicht unähnlich. Er brüllte viel lauter, als Klatt es getan hatte. Schlemihl erschrak darüber selbst ein bisschen. Obwohl er wusste, dass im Umkreis von mindestens einem Kilometer keine Nachbarn wohnten, erschien es ihm sicherer, sein Opfer umzustoßen und die Tür zu schließen.

Der aalglatte Oberbürgermeisterkandidat wälzte sich auf einem runden roten Orientteppich, zappelte wie ein Fisch an der Angel. Schlemihl ließ Riemann kurz Zeit, nach den Drähten an seinem Körper zu suchen, und freute sich an dem Anblick dieses gefangenen Fisches. Dann drückte er ein drittes Mal den Abzug, ließ ihn für die nächsten zehn Sekunden nicht mehr los. Riemanns Schreien ging in ein Röcheln über. Schaum lief ihm aus dem Mund. Das war bei Klatt auch so gewesen. Aufgeregt und mit einer gewissen technischen Faszination betrachtete Schlemihl die Szene. Die Hände des Anwalts bohrten sich in den dicken Teppichflor, seine Beine wackelten, die Augen kniff er zu. Abrupt verlor er das Bewusstsein.

»Mmhh, Mmmhh, Mmmmmhh«, war das Nächste, was Schlemihl von Riemann hörte. Er hatte ihn die Treppe raufgeschleift – was ihn einige Kraft gekostet hatte – bis hoch ins Arbeitszimmer. Dort hatte er ihn bis auf die Unterhose ausgezogen, Anzug und Hemd sorgfältig zusammengefaltet und auf dem Parkett neben ihm abgelegt. Dorthin hatte er auch die italienischen Lederschuhe mit den Strümpfen darin gestellt. Die Hände hatte er Riemann hinter dem Rücken mit Plastikhandfesseln an den Heizungskörper gekettet. In Riemanns Mund hatte Schlemihl einen Waschlappen gesteckt, den er in dem schmucken Badezimmer gleich gegenüber gefunden hatte.

Schlemihl saß auf dem Sessel am walnussfarbenen gebeizten und geölten Schreibtisch des Rechtsanwaltes, der in der Mitte des Raumes thronte. Das Licht von einem goldenen Kronleuchter fiel auf ihn. Auf der Tischplatte stand ein nostalgisches Telefon, über dessen Wählscheibe der Hörer in einer Messinggabel hing wie ein Duschkopf. Schlemihl schob ein silbernes Visitenkartenetui zur Seite, zog die Computer-Tastatur zu sich heran und schaute eine Weile auf den Monitor. Zufrieden nickte er, während er sich mit dem Sessel in Richtung Riemann drehte. Der Taser lag auf dem Parkettboden zwischen ihnen. Er musterte den nackten, blassen Anwalt, der eine Hühnerbrust und viel zu viele Muttermale besaß. Fast wären die beiden Brandmale zwischen den Leberflecken auf Brust und Hals nicht aufgefallen, die von der Elektroschockpistole stammten.

»Sorry«, sagte er. »Beim Anblick deines ekelhaft untrainierten Körpers wollte ich dir die Unterhose nicht auch noch ausziehen. Ich hoffe, du kackst da jetzt nicht rein.«

Riemann schaute ihn mit aufgerissenen, verängstigten Augen an. »Mmhh, Mmmhh, Mmmmmhh!« Er brummte wie ein tibetischer Mönch vor einer Buddha-Statue.

»Ich weiß, das ist jetzt alles schwer für dich, und du freust dich auf einen geschichtsträchtigen Tag, den du dir von niemandem verderben lassen möchtest. Du wolltest heute Nacht auch von niemandem gestört werden. Außer, wenn deiner Frau was zustößt vielleicht, nicht wahr?« Schlemihl lachte. »Aber sorg dich nicht um deine Alte. Der gehts sicher gut. Aber dir augenscheinlich nicht.« Er sprach mit sanfter Stimme weiter. »Wollen wir beide einen Deal schließen, sodass du heil aus der Sache rauskommst, mmh?«

Riemann nickte aufgeregt.

»Gut, ich wusste, wir verstehen uns. Ich habe deine Klamotten zusammengelegt. Sie liegen so, dass du sie sehen kannst. Schau mal!«

Der Rechtsanwalt schielte auf seinen Anzug.

»Ich schwöre dir, dass ich dich freilasse, wenn wir deine Rede, die du heute verfasst hast, etwas korrigiert haben.« Er zeigte auf den Monitor. »Oder sagen wir, zu unser aller Gunsten verbessern. Du wolltest doch bestimmt sowieso noch vortragen üben, oder? Ich höre dir gerne zu. Wir haben Zeit.«

»Mmh!« Riemann zappelte mit Beinen und Schultern. Schlemihl deutete das als Geste dafür, dass sein Opfer etwas Wichtiges sagen wollte. Aber es interessierte ihn nicht. »Oder?«, fragte er erneut.

Riemann nickte jetzt, und Schlemihl las vom Bildschirm ab: »Was haben wir denn da?«

> Liebe Osnabrückerinnen und Osnabrücker,
> ich freue mich sehr, dass unsere Veranstaltung auf diesem historischen Platz vor dem Rathaus des Westfälischen Friedens stattfinden kann, in das ja schließlich auch der neue Oberbürgermeister einziehen wird. Und dass Sie gekommen sind, um mich, einen der Bewerber für dieses Amt, ein wenig kennenzulernen.
> Für die ganz Neuen: Ich bin Doktor Heinz Riemann, neunundfünfzig Jahre alt, habe eine liebe Frau und zwei Kinder, die leider jetzt nicht hier bei mir sein können, weil sie gerade im Sommerurlaub an der Nordsee verweilen. Wie sicher viele von Ihnen wissen, bin ich mit Herzblut Osnabrücker und seit 1995 als angesehener Rechtsanwalt in der Stadt, für die Stadt tätig.
> Auch ein Oberbürgermeister muss immer Recht und Ordnung seiner Stadt im Sinn haben. Er tritt ein für das Wohl jeder Bürgerin und jedes Bürgers, ist ehrlich, transparent in seiner Amtsführung, erledigt seine Aufgaben mit Verantwortung, arbeitet wirtschaftlich, bürgernah und hat für seine Stadt nur das Beste im Sinn. All das können und dürfen Sie von mir in vollem Maße ...

Schlemihl brach ab, guckte zu Riemann. »Das reicht wohl fürs Erste. Die restlichen drei Seiten können so bleiben, habe keine

Zeit mehr, sie zu lesen. Bestimmt das übliche Gesülze für solche Anlässe, gewürzt mit deiner persönlichen Propaganda. Es wird aber in einem anderen Licht dastehen, wenn wir den Einstieg abgeändert haben. Ist das okay für dich? Dann nick einfach!«

Riemann schüttelte den Kopf.

»Jetzt reicht es! So geht das nicht! Ich bin so nett zu dir, und du machst nicht mit.« Er stand auf, ging zum Fenster, bückte sich zu Riemann hinunter, zog ihm den Knebel aus dem Mund.

Riemann keuchte und rang nach Luft. Mit schwacher, zittriger Stimme winselte er: »Was soll das? Sind Sie durchgeknallt? Sagen Sie mal, kennen wir uns?«

»So was Albernes.« Schlemihl drückte ihm den Knebel wieder zwischen die Lippen.» Wir kennen uns nicht. Zumindest du mich nicht. Kein persönliches Gespräch, verstanden? Das ist rein geschäftlich heute Abend. Ich will nicht, dass du über mich redest. Ich möchte wissen, ob du mit dem Deal einverstanden bist, und dann gemeinsam mit dir etwas erarbeiten. Hast du das verstanden?«

Riemann nickte, in seinem Gesicht lag Resignation.

Langsam wird ihm der Ernst der Lage bewusst, in der er steckt, dachte Schlemihl. »Kann ich dir den Knebel abnehmen? Und wirst du mir dann auf meine Frage antworten: Bist du einverstanden?«

Riemann nickte zweimal. Schlemihl zog den Waschlappen aus seinem Mund.

»Ja, ja, ja. Ich bin einverstanden. Aber ...«

»Aber?«

»Was soll da geändert werden?«

»Das erledigen wir gleich, in Teamarbeit, wir beide gemeinsam. Wenn du nicht mitmachst, lasse ich dich heute Nacht verrecken.«

»Was? Wieso? Wollen Sie Geld? Ich habe viel. Ich habe einen Tresor. Nehmen Sie sich, was Sie brauchen!«

»Scheiß auf dein Geld, du Hurenprinz«, schrie Schlemihl. »Gar nichts werde ich dir erklären, damit kann ich meine Zeit nicht vertrödeln. ich will vorab nur eines wissen: Bist du mit einer Korrektur deiner Ansprache einverstanden oder nicht?«

»Nein! Ich meine ja. Was bleibt mir anderes übrig?«

»Richtig. Dann sind wir uns einig.« Wieder knebelte er Riemann, ging zurück zum Schreibtisch, schaute angestrengt auf den Bildschirm und begann zu tippen. »Mal sehen. Was haben wir denn?«

> Liebe Osnabrückerinnen und Osnabrücker …

»Kann so bleiben. Gender-Mainstreaming finde ich okay. Wird die Weibchen freuen und die Frauenversteher auch.«

> Ich freue mich sehr, dass unsere Veranstaltung auf diesem historischen Platz vor dem Rathaus des Westfälischen Friedens stattfinden kann, in das ja schließlich auch der neue Oberbürgermeister einziehen wird.

»Wir erweitern das so: der ich niemals sein werde, denn ich bin es nicht würdig, auf diesem Platz zu stehen. Einverstanden? Klar bist du das, was bleibt dir anderes übrig, wie du schon sagtest. Als Nächstes stellst du dich vor, erwähnst Frau und Kinder, die leider nicht da sind. Klingt nicht aufrichtig. Das ändern wir so: Ich heiße Heinz Riemann, Doktor muss nicht sein, finde ich, das ist schlechtes Benehmen, sich selbst mit dem Titel vorzustellen. Hat dir das keiner beigebracht? Wir wollen doch, dass du gut dastehst, nicht. Also … Heinz Riemann, habe eine Frau, die ich bescheiße, und zwei Kinder, die heute zum Glück nicht hier sind, damit sie nicht mitbekommen, was ihr Ehemann und Vater für ein Lügner ist.«

»Mmhhh, Mmh«, brummte Riemann an der Heizung. Schlemihl tippte weiter und las.

Wie sicher viele von Ihnen wissen, bin ich mit Herzblut Osnabrücker und seit 1995 als angesehener Rechtsanwalt in der Stadt, für die Stadt tätig.

»Auf keinen Fall. Das klingt überheblich und unehrlich. Formulieren wir es so: Ich bin nur Osnabrücker geworden, weil ich hier eine Scheiß Kohle verdiene. Nach außen hin war ich ein angesehener Rechtsanwalt, in Wirklichkeit habe ich ziemlich viel Dreck am Stecken und verteidige Verbrecher ...« Riemanns gurgelnden Protest überhörte er.

»Das müssen wir näher erklären, nicht wahr? Versteht ja sonst keine Sau. Ergänzen wir Folgendes: Mein schlimmstes Vergehen war, dass ich den Notarzt Matthias Bock mit unlauteren Mitteln und Lügen verteidigt und den Richter manipuliert habe, sodass dieser Arzt sich für den Tod eines achtzehnjährigen Mädchens nicht verantworten musste. Er hatte ihr nach einem Autounfall Insulin gespritzt, statt ihr eine isotonische Kochsalzlösung zu geben, die sie wegen des Blutverlusts gebraucht hätte, sodass sie qualvoll starb. Obwohl ich wusste, dass diese fahrlässige Tötung niemals zur Bewährung hätte ausgesetzt werden dürfen, habe ich genau das mit voller Absicht herbeigeführt. Ebenso bin ich schuld daran, dass dieser sogenannte Mediziner, der im NS-Regime einen guten Assistenten für Doktor Mengele abgegeben hätte, als Arzt weiterarbeiten durfte ...«

Schlemihl spürte unbändige Wut. Der Unfall kroch zurück in sein Bewusstsein. Plötzlich fühlte sich Schlemihl wieder ganz Konrad. Er musste vorankommen, bevor er aus Gereiztheit einen Fehler begehen würde.

»Wie ist das, Riemann? Einverstanden so weit?«

Der Rechtsanwalt zog heftig an den Handschellen, als glaubte er, er sei Hulk, könnte mit eigener Kraft Ketten sprengen. Er spulte weiter seine »Mmhs« ab, die hektischer und verzweifelter klangen.

»Ich finds jetzt insgesamt gut«, sagte Konrad. »Letzter Absatz, dann sind wir durch.« Er beugte sich über die Tastatur. »Hinter dein Gefasel über das, was ein Oberbürgermeister deiner Meinung nach so können muss, das mit der Transparenz, Ehrlichkeit und so weiter, setzen wir einfach noch: Da ich all das nicht bin und Sie alle belogen habe, ziehe ich meine Kandidatur für das Amt des Oberbürgermeisters zurück. So, das wars. Oder willst du noch einen Buchstaben kaufen?« Konrad lachte. »Kleiner Scherz, ich scheiße auf dein Geld.« Er drückte auf das Diskettensymbol im Schreibprogramm, klopfte sich selbst auf die Schulter und drehte sich in Richtung Heizung.

Riemann rührte sich nicht, er starrte apathisch in die Ecke des Arbeitszimmers.

»Gefällt dir dein beschissener Stuck da oben? Oder suchst du Rat bei den Vorfahren auf den Gemälden? Du bist nicht mehr bei der Sache. Ich habe etwas, was deine Konzentration fördern wird. Warte!«

Konrad griff in seine Manteltasche, zog eine neue Gaskartusche heraus, rollte mit dem Sessel zum Taser, machte ihn scharf und zielte dann mit der Waffe auf Riemann, der das Gerät mit ängstlichem Blick anstarrte. Er nickte nun mehrmals heftig, schien gar nicht mehr aufhören zu wollen. Ein hübscher Wackeldackel, dachte Konrad.

»Das dachte ich mir. Meine Pistole mag keiner außer mir. Auch dein Bruder im Geiste, Valentin Klatt vom Osna-Kurier, hatte tierische Angst davor. Haste mitbekommen, dass der abgekratzt ist, nicht wahr? Ja ja, das war ich. Einen wirklich qualvollen Tod hatte er. Schlimmer als es in der Presse beschrieben wurde. Glaub mir, ich war live dabei. Er wollte nicht kooperieren. Ich hoffe, du machst es besser.«

Riemann gab sich erneut in Manier eines Superhelden, riss an dem Heizkörper. Für einen Moment glaubte Konrad fast, seine Haut würde sich wie bei Hulk grün verfärben.

»Um der Wichtigkeit meines Anliegens Nachdruck zu verleihen: Falls du nicht mitspielst, geht nicht nur der Rückzug deiner Kandidatur an die Presse, sondern auch deine heimliche Leidenschaft. Als du vorhin so friedlich geschlafen hast, habe ich ein paar brisante Screenshots von deinen Mails gemacht. Du weißt schon, die mit den nackten Jungs, die du dir zuschicken lässt. Wie alt sind die? Acht? Neun? Elf? Pervers ist das. Dein Name, das Datum, die IP-Adresse, steht überall dabei.«

Konrad schaute den Rechtsanwalt angewidert an. »Ich denke, nicht nur die Medien interessieren sich für Päderasten, auch deine Frau will wissen, an was du so denkst, wenn du mit ihr schläfst. Falls du das überhaupt noch kannst mit solchen kranken Neigungen.« Konrad schüttelte seine rechte Faust vor seinem Schritt und stöhnte dabei.

»Oh ja. Oh ja ... Deine beiden Söhne. Die sind in ein paar Jahren so alt wie die rumänischen Kids, auf die du dir einen runterholst. Oder magst du es noch jünger? Ich ahne Böses. Du wirst dich doch nicht heimlich an deinem eigenen Nachwuchs vergreifen? Die Leute werden genau das zuerst vermuten. Hach, so sind die Menschen. Vorurteile, nichts als Vorurteile.«

Konrad rollte mit dem Sessel an den Schreibtisch. Er schaute sich suchend um. »Wo ist denn nur dein Drucker? Ach egal, ich werde es gleich hören« Er drückte das Print-Symbol im Schreibprogramm. Sogleich surrte und tackerte ein Drucker, der unter der Schreibtischplatte hing und Papier ausspuckte.

Er erschrak. Etwas hüpfte zwischen seinen Beinen hindurch. Er stieß sich mit den Füßen am Schreibtisch ab, glitt mit dem Sessel zurück und erblickte eine weiße Katze, die stehend wie ein Boxer mit der Pfote auf den Drucker einprügelte.

»Nanu, du hast ein Haustier? Das wusste ich wirklich nicht. Beißt die? Warum verteidigt sie dich nicht? Die hat ja einen sagenhaften Punch. Vielleicht hasst sie Computer-Peripherie mehr als Computer-Pädophile? Kann das sein?«

Der Drucker stoppte, die Katze setzte sich und starrte angespannt in den Schacht. Sie schien darauf zu warten, dass Papier nachkam. Konrad beobachtete das interessiert. Er hatte noch nie eine Katze gestreichelt. Er dachte an Ellen und das Tierheim. Er könnte sich an so intelligente Geschöpfe gewöhnen. Die Katze stand auf, schnurrte, schlängelte sich dann um seine Beine. Erstaunt und entzückt über diese unerwartete, nie gekannte Zuneigung eines Tiers, streichelte er ihr über Kopf und Rücken. Was für ein weiches Fell sie hatte. Ein wundervolles Wesen. Er gab der Katze einen sanften Klaps auf den Po. Das Tier verschwand so schnell, wie es aufgetaucht war.

»Ich bin entzückt«, sagte er und nahm die bedruckten Papiere aus dem Ausgabeschacht. Er zog den Schreibtischstuhl hinter sich her, platzierte ihn direkt neben Riemann, dem Tränen über die Wangen liefen.

»Das ist gut. Du schämst dich. Das wird der Aufnahme mehr Authentizität verleihen.« Aus seiner Manteltasche zog er das Diktiergerät. »Also bist du bereit?«

Riemann nickte teilnahmslos. Konrad zog ihm den Knebel aus dem Mund, schaltete das Gerät ein und hielt dem Oberbürgermeisterkandidaten die erste Seite des veränderten Rede-Manuskriptes hin.

»Dir war sicher klar, dass wir das aufnehmen müssen. Schließlich hast du den Text nicht per Hand geschrieben. Also lies vor.«

Riemanns Stimme war weinerlich, unterbrochen von Schluchzern, all seine Eloquenz war dahin, er sprach stockend. Als er fertig war mit seinem traurigen Vortrag, schluchzte er laut weiter. Konrad drückte die Stopptaste des Aufnahmegerätes, schob ihm den Knebel zurück in den Mund. Das Schluchzen wandelte sich in ein Summen.

»Du weißt gar nicht, wie schön das gerade für mich war, so was von dir zu hören. Es war fast so, als meintest du es ernst. Ich werde mir das noch oft anhören.«

Konrad steckte das Diktiergerät in den Mantel, hob den Taser auf, feuerte auf den Anwalt. Es knatterte. Die Profile blieben diesmal in Bauch und Genitalbereich stecken, was den Schützen zum Lachen und das Opfer zu einem dumpfen Brummschrei brachte. Es folgte ein Quieken und Stöhnen.

»Sorry«, sagte Konrad und drückte erneut den Abzug. Riemanns Körper zuckte, dann schlossen sich seine Lider, und er trat weg.

Als der Anwalt abermals erwachte, sah er Konrads Gesicht direkt vor dem seinen.

»Weißt du, ich habe es mir anders überlegt«, sagte er. »Das war zu einfach, gelinde gesagt, zu schlecht. Ein bisschen Weinen ist okay, aber man versteht kaum was bei dem Geschluchze. Wir müssen ein zweites Mal aufzeichnen. Keine Sorge, ich halte mein Versprechen. Ich nehme auf und du liest vor. Wenn du es schaffst, klar und deutlich vorzulesen, mache ich dich los.«

Konrad klatschte in die Hände, schaute Riemann an, als wolle er ihm Respekt zollen. »Soll ich dir noch was verraten?«

Riemann nickte bedächtig.

»Ich habe dich auf den Arm genommen. Ich möchte deine Ansprache lediglich für mich haben, für meine private Sammlung.« Er machte eine kurze Pause, während er Riemanns ungläubigen Blick bestaunte. »Du kannst also ganz unbesorgt Oberbürgermeister werden, ich drücke dir alle Daumen, dass es klappt. Deine Katze macht das auch mit ihren kräftigen Boxer-Pfoten.« Konrad zog seine Augenbrauen zusammen. »Nur, das hier heute muss unter uns bleiben, okay?«

Riemann schaute erleichtert, gab keinen Laut von sich und nickte.

»Eine einzige, klitzekleine Sache ist da allerdings doch noch. Wenn du das jetzt noch mal für mich liest, weil mir die erste Version nicht so gut gefällt, dann bauen wir eine Hürde ein. Einen Zungenbrecher, damit das Ganze spannend bleibt. Okay?«

Der Anwalt zuckte mit den Schultern.

»Die hier habe ich in deiner Schreibtischschublade gefunden.« Er hielt eine silberne Schere vor Riemanns Augen.

Der überlegte kurz, zappelte dann und trat mit den Beinen in die Luft. Er schrie unter seinem Knebel wie ein Seelöwe bei der Paarung oder Fütterung.

Irgendwie klingt das nach Zoo, dachte Konrad, sagte dann: »Ich hätte sonst ein Messer genommen. Aber die ist besser, wirklich scharf. Gutes Gerät. Das geht schneller mit so einem Ding. Glaube ich zumindest. Ist nicht so, dass ich schon oft Zungen aus Mündern geschnitten hätte. Meine Premiere sozusagen.«

Er ahmte Riemann nach, versuchte sich in einem lauten Seelöwenlachen. Als er genug hatte, sagte er: »Du musst wissen, dass ich immer alles gewissenhaft und ordentlich tue. Mein Markenzeichen. Zu dumm, dass ich nicht mehr als Berufsberater arbeite. Ein toller Beruf. Ich war der beste in Osnabrück. Dass ich das nicht mehr kann, geht auch auf deine Kappe. Nicht schlimm, ich verzeihe dir.« Er klopfte dem grunzenden Riemann auf die Schulter. »Jetzt gehe ich einem viel ansprechenderen Job nach. In der Stadt nennt man mich Inspektor Schlemihl. Hat was, wa? Hehe.«

Riemanns aufgerissene Augen fixierten die Schere. Sicher hat er Todesangst, dachte Konrad und riss ihm mit der linken Hand den Knebel aus dem Mund. Noch bevor der geschockte Rechtsanwalt seinen Mund schließen konnte, schlang Konrad über die Zahnreihen des Unterkiefers einen Draht des Tasers und zog ihn mit einem Ruck so heftig nach unten, dass der Kieferknochen laut knackte. Ausgerenkt. So schnell würde der den Mund nicht mehr schließen. Riemann schrie und röchelte. Sein Mund stand jetzt so weit auf, dass sich jeder Zahnarzt gefreut hätte über die perfekt einzusehende Arbeitsfläche. Zahnarzt, da war er lange nicht gewesen, fiel Konrad ein. Das hatte damit zu tun, dass ihm einer dieser Pfuscher beim letzten Besuch, während einer einfachen Behandlung, ein Stück Zahn rausgebrochen hatte. Er hoffte darauf, dass die belizianischen Dentisten bessere Arbeit leisten würden.

Während er Riemanns Kopf nach hinten drückte, setzte er die geöffnete Schere in dem klaffenden Mund an die Zunge. »Sieh es einfach mal so«, sagte er mit sanfter Stimme. »Du überlebst das alles und bist nie wieder in der Lage, Scheiße zu labern. Das wird dir guttun. Und du wirst auch deiner Frau nicht mehr erzählen können, dass du dir einen auf Kinder runterholst. Lass es geschehen!«

Riemann kniff die Augen zu und zitterte am ganzen Körper. Konrad sah ihn mitleidig an und zog die Schere noch mal weg. »Ich bin ja kein Unmensch«, sagte er und hörte Riemann dabei erleichtert aufatmen. Dann versetzte er ihm einen Stoß mit dem Taser, der Riemann sofort außer Gefecht setzte und ihn zum dritten Mal ohnmächtig werden ließ.

*

Als Riemann zu sich kam, spürte er Schmerzen in seinen Hoden, in seinem Unterleib, im Kiefergelenk, am heftigsten im Mund. Er versuchte, seine Hände zu bewegen, doch noch immer war er gefesselt. Er bemühte sich zu schreien, wollte um Hilfe rufen, aber sein Rachen spuckte bei dem Versuch nur hellrotes Blut hervor. Er blickte an sich hinunter. Zwischen den Beinen hatte sich eine Blutlache ausgebreitet, die von seinem Schritt bis zu den Zehen verlief. Der Bastard hatte ihm tatsächlich die Zunge herausgeschnitten. Er verblutete! Er schaute sich im Raum um. Sein Peiniger war verschwunden. Schräg vor sich erkannte er den silbernen Ständer, den er für seine Notenblätter benutzte, wenn er Saxofon spielte. Das hatte er seit seiner Jugend leidenschaftlich gerne und regelmäßig getan. Die Zunge spielte für das Beherrschen dieses Instrumentes eine entscheidende Rolle. Er besaß keine Zunge mehr!

Der Ständer war so tief heruntergeschraubt, dass Riemann aus seiner sitzend-hängenden Position direkt darauf schauen konnte. Statt eines Notenblattes steckte dort die manipulierte Rede, die er vorhin vorgelesen hatte, als er es noch konnte. Als er noch eine Zunge gehabt hatte. Daneben klemmte ein ausgedrucktes Foto eines nackten Jungen, das er gut kannte. Bitte, meine Frau, meine Kinder dürfen das nicht sehen, flehte er im Stillen.

Er weinte, wurde wütend, bekam Panik. Dann lachte er, hustete und spürte, wie sich seine Lunge mit Blut füllte, dabei immer schwerer wurde. Sein Kiefer war wieder eingerenkt. Also wollte der Verrückte wohl, dass er die Rede jetzt endlich einsprach. Hielt er sich irgendwo im Haus auf und wartete, dass er wach würde, um die gemeinsame Arbeit fortzusetzen und ihn dann zu begnadigen? Die Zunge würde wieder angenäht werden können. Alles würde noch mal gutgehen, er doch noch Bürgermeister werden.

Aber auch mit aller Kraft und Konzentration gelang es ihm nicht, die Rede zu halten. Das Blut blubberte in seinem Rachen bei jedem Versuch, ein Wort zu formen. Wenn er Luft holte, pumpte er das Blut in seine Lungenflügel. Das ließ ihn erneut husten. Da er dafür wieder nach Luft schnappen musste, schluckte er mehr Blut. Er ertrank daran. Vor seinem inneren Auge sah er das Osnabrücker Rathaus. Menschen applaudierten, winkten ihm zu.

Nach drei Minuten verlor Riemann zum vierten Mal das Bewusstsein und erlangte es nie mehr zurück.

Kapitel 11 – Blut und Sucht

»Nicht über den roten Teppich gehen«, fluchte Bärlein, als Hollmann, Echtner, Muck und Biene Riemanns Büro betraten und der Erste fast in die meterlange Blutspur getreten wäre, die sich in dreieckiger Form, vom Fenster aus breiter werdend, durch den halben Raum zog.

Die vier Beamten gingen an dem Schreibtisch vorbei, auf dem Oblomow auf der Suche nach Fingerabdrücken herumpinselte. Rund um das Möbelstück standen gelbe Schildchen mit Nummern.

»Kann ich wieder?«, fragte ein schlaksiger Mann in Ganzkörperanzug, blauen Handschuhen und Mundschutz, der Hannahs Kamera in der Hand hielt. Offensichtlich ihr Ersatz oder Nachfolger, dachte Echtner.

»Ja«, sagte Professor Tepe, während er zur Seite trat.

Unter Blitzlichtgewitter schauten die Kripo-Beamten auf den zusammengefallenen, leblosen Körper eines nackten Mannes, der hinter seinem Rücken mit den Händen am Heizkörper hing. Seine Beine lagen merkwürdig verdreht in einer dunkelroten klebrigen, an den Rändern krustigen Blutlache. Bis zu den Oberschenkeln waren sie lila verfärbt. Tausende Blutspritzer sprenkelten die bleichen Arme, die Brust, den Hals. Das Kinn des Glatzköpfigen war seitlich auf die Schulter gefallen. Sein Blick richtete sich auf einen heruntergedrehten silbernen Notenständer. Heizung, Fenster und Seitenwand waren mit Blut gesprenkelt.

»Oh, mein Gott«, rief Biene, würgte und rannte aus dem Arbeitszimmer.

»Ist er das?«, fragte Hollmann in routiniertem, leicht nervösem Ton.

»Moment.« Bärlein schlurfte an einem sorgfältig zusammengelegten Anzug und an Schuhen vorbei, die auf dem Boden lagen und ebenfalls mit gelben Schildchen gekennzeichnet worden waren. Der Chef-Spurensicherer drückte dem Toten die Stirn nach oben, während die Blitze der Kamera im Sekundentakt zuckten. Alles wirkte wie eine Szene aus einem Horror-Musik-Video. Es fehlten noch harter Heavy Metal- und Kettensägen-Sound, fand Echtner.

»Darf ich vorstellen: Doktor Heinz Riemann, Rechtsanwalt mit Spezialisierung auf Verkehrsrecht und Strafrecht, steht zur Wahl zum Oberbürgermeister. Neunundfünfzig Jahre alt, wohnte und arbeitete in diesem bildhübschen Haus, hinterlässt eine Frau und zwei Kinder.«

Echtner sah auf das Gesicht des Toten, dessen Augen unter der Brille noch leicht geöffnet waren. Eine angetrocknete braune Blutschicht bedeckte Nase, Wangen, Kinn. Die im Tod erschlaffte Muskulatur hatte den Kiefer nach unten sacken lassen, den Mund geöffnet. Zwischen der rosa eingefärbten oberen und unteren Zahnreihe klaffte ein fleischrotes Loch.

»Zunge wurde abgetrennt. Vermutlich mit einer Schere oder einer Zange, kann ich noch nicht genau sagen, von der Tatwaffe fehlt bisher jede Spur«, sagte Bärlein.

»Professor Tepe?«, fragte Hollmann und guckte den Rechtsmediziner an, der sich Einmalhandschuhe abstreifte, während sein Blick noch auf dem toten Rechtsanwalt verweilte.

»Es könnte den Anschein erwecken, der Mann sei verblutet. Wäre er auch mit großer Wahrscheinlichkeit, wäre er nicht vorher an seinem Blut erstickt. Ich gehe davon aus, dass er nach der Sektion der Lingua keine zehn Minuten mehr gelebt hat. Ein langsamer, qualvoller Tod. Leichenstarre ist in vollem Umfang erkennbar. Ich schätze, der Tod trat vor acht bis sechzehn Stunden ein. Genaueres weiß ich später.«

»Danke, Herr Professor.« Hollmann schaute auf seine Armbanduhr. »Es ist jetzt exakt elf Uhr siebzehn. Muck, du gehst zu Stegemann runter und hilfst ihm bei der Befragung der Mitarbeiterin, die ihn gefunden hat. Den Typen vom Schlüsseldienst kannst du nach Hause schicken, wenn die Personalien aufgenommen sind.«

»Alles klar, Chef, mich hält hier nichts«, raunte Muck und ging.

»Ich mache mich auch vom Acker«, sagte Tepe. »Schicken Sie mir die Leiche vorbei ... Viel Erfolg hier noch.«

»Tschüss«, rief Hollmann ihm hinterher. Dann überlegte er laut: »Warum hat der Killer ihn ausgezogen? Seine Klamotten neben ihm positioniert? Auch noch zusammengelegt?«

»Er wollte ihn demütigen, aber glauben lassen, dass er lebend aus der Situation rauskommt, wenn er das tut, was der Täter will«, antwortete Echtner.

»Was könnte das gewesen sein?«

»Keine Ahnung.«

»Bärlein. Wir wissen alle, dass Schlemihl hier am Werk war. Hat er was da gelassen?«

»Na klar«, sagte Bärlein und zeigte auf den Notenständer. »Eine poetische Glanzleistung und ein Foto mit einem nackten Jungen.«

»Davon habe ich schon Fingerabdrücke genommen. Könnt ihr euch angucken. Bitte trotzdem Handschuhe anziehen und vorsichtig anfassen!«, rief Oblomow vom Schreibtisch aus seinen Kollegen zu.

Der Hauptkommissar ging langsam auf den Ständer zu.

»Hallo? Handschuhe! Spreche ich Chinesisch?« Oblomow fluchte und wies mit dem Pinsel in der Hand auf den Koffer, der seitlich neben dem Schreibtisch stand. Echtner holte sich zwei Packungen heraus, reichte eine davon seinem Chef, der davon keine Notiz nahm. Wütend schaute er auf den Notenständer.

»Wer ist dieser nackte Junge? Haben wir es hier mit Pädophilie zu tun?« Hollmann wandte sich angewidert ab, ging auf den Koffer zu, schmiss die ungeöffnete Packung Handschuhe zurück. »Lies du das, Echtner! Ich kriege Herzschmerzen dabei.«

»Okay«, sagte Echtner, stellte sich vor den Ständer und las laut.

> Wer, wie, was? Wieso, weshalb, warum?
> Wer Unrecht wagt, wird stumm.
> Tatütata – die Feuerwehr ist da!
> Wurd' ich nicht verklagt, werd' ich nun gejagt.
> *Inspektor Schlemihl*

»Wer, wie, was? Er spielt mit uns Sesamstraße«, sagte Echtner. »Aber wir sind ihm auf den Fersen.«

»Was sind wir?« Hollmann fluchte. »Gar nichts sind wir. Der lässt uns ja kaum Zeit, potenzielle Opfer überhaupt zu befragen, so schnell wie der zuschlägt. Dabei lagen wir schon ganz richtig mit Politikern als mögliche Opfergruppe.« Hollmann griff in seine Tasche, holte sein Tablettendöschen mit seiner Notfallration raus, entnahm ihm die Hälfte der Pillen und schluckte sie ohne Wasser herunter. »Wenn das so weitergeht, kriege ich einen Herzinfarkt oder kann meinen Job an den Nagel hängen. Ich weiß nicht, was schlimmer wäre. Wir müssen verhindern, dass er noch einmal zuschlägt.«

»Ich glaube nicht, dass er unbedingt Politiker drankriegen wollte«, sagte Echtner.

»Der da war doch drauf und dran, Oberbürgermeister zu werden«, sagte Hollmann, zeigte dabei auf Riemann. Er schüttelte den Kopf: »Die Presse wird uns zerlegen, wenn die davon Wind bekommt.«

»Wer Unrecht wagt«, wiederholte Echtner eine Passage aus dem Gedicht, während seine Gedanken bei dem waren, was Hollmann gerade gesagt hatte. Trotz aller Sympathie für seinen Vorgesetzten konnte es Echtner recht sein, wenn der von den Medien kritisiert werden würde. Er nahm sich vor, selbst dem Kurier ein Interview über den Mordfall Riemann anzubieten und sich so schon mal etwas in den Vordergrund zu spielen.

Wenn er dann den Killer höchstpersönlich zur Strecke bringen würde, woran er keinen Zweifel hegte, würde er befördert werden. Er fand es selbst schlimm, das zu denken, aber auch ein Herzinfarkt für Hollmann würde in seiner Situation nicht das Schlechteste sein.

»Hallo. Ich habe dich was gefragt.«

»Was? Sorry, habe nachgedacht.«

»Du wolltest eben etwas erklären über Unrecht wagen. Was meinst du?«

»Ich habe doch vorgelesen. Er schreibt: Wer Unrecht wagt, wird stumm. Ein klarer Bezug zu seiner Tätigkeit als Rechtsanwalt. Wahrscheinlich hat Doktor Riemann Klienten-Leichen im Keller, von denen wir noch nichts wissen.«

»Mmh. Möglich oder auch nicht, wir wissen noch zu wenig. Heute gibts jedenfalls keine Mittagspause. Wir treffen uns sofort im Konferenzraum. Die ganze Gruppe.«

»Chef!« Bärlein mischte sich ein.

»Ja?«

»Wir können die Zunge nicht finden. Sie ist nicht da. Im ganzen Haus nicht. Weder hier im Arbeitszimmer noch im Schlafzimmer. In der Toilette sind auch keine Spuren. Oblomow hat sogar in den Kühlschrank geguckt.«

»Okay, okay. Vielleicht macht er jetzt den Jack the Ripper und klaut Organe«, sagte der Hauptkommissar. »Die Zunge hat keine Priorität, wir müssen die ja nicht wieder annähen.« Er schaute zum Schreibtisch. »Oblomow, pack seinen Computer ein, alle Festplatten, Speicherkarten, USB-Sticks, CDs, alles! Die kommen ins Labor, dann machen sich die IT-Experten dran. Ich brauche jetzt dringend eine Spur und ich will auch wissen, wer dieser Junge auf dem Foto ist.«

Oblomow nickte und fummelte an den Kabeln des Computers herum. Etwas surrte und tackerte.

»Schuldigung, bin an den Drucker gekommen. Ah, was ist das denn?« Oblomow sprang vom Schreibtisch weg. Echtner schaute unter den Schreibtisch und erkannte eine weiße Katze, die mit ihren Pfoten auf einen Drucker schlug.

Hollmann bückte sich. »Hey, du kleine Muschi. Ja, komm mal her! Ja, komm mal her!«

Der Drucker stoppte, die Katze schwang herum, schaute den Hauptkommissar mit gelben Augen neugierig an, miaute und schlich schwanzwedelnd auf ihn zu.

»Nein, bitte nicht«, stotterte Hollmann. »Bitte!«

»Was ist?«, rief Echtner, merkte aber gleich, was seinen Chef zur erneuten Verzweiflung gebracht hatte. Schnauze und Nase der Katze waren mit Blut verklebt.

»Die Zungenfrage ist dann wohl beantwortet«, sagte Hollmann. »Der Mistkerl. Die Katze nehme ich mit, das arme Ding. Frisst die Zunge ihres Besitzers und weiß es nicht mal.«

Hollmann nahm die Katze auf den Arm, die sich nicht wehrte. Er streichelte ihr den Kopf. Sie begann sogleich zu schnurren. »Bärlein. Drei Uhr im Konferenzraum. Pünktlich. Keine Widerworte, ich weiß, dass du das schaffst. Ich benachrichtige alle anderen. Echtner, komm, du fährst!«

»Miau, Miiaau.«

Als Muck als Letzter um zehn nach drei den Konferenzraum der Soko betrat, saßen bereits alle auf ihren Plätzen. Hollmanns neues Haustier schlawenzelte zwischen den Stühlen hin und her, rieb ihr Fell an Beamtenbeinen. An der Seitenwand des Sitzungszimmers standen zwei Schüsseln, je eine mit Katzenfutter und Wasser sowie ein Karton mit graukörnigem Streu. Hollmann bemerkte Echtners Blick. »Irgendwer muss sich um das arme Ding kümmern. Solange ich ihren richtigen Namen nicht kenne, nennen wir sie Muschimaus.«

Muck lachte.

»Wieso Muschimaus?«, fragte Stegemann.

»Ich als Frau finde das diskriminierend. Ist das überhaupt ein Weibchen?« Biene schüttelte verärgert den Kopf.

»Muschimaus ist ein Weibchen. Wir nennen sie so, weil sie eine Muschi ist, eine Stupsnase wie eine Maus hat und, weil ich das so will.« Der Hauptkommissar sprach aufgeregt. »Wenn dir das nicht passt, du dich diskriminiert fühlst, kannst du gerne im Frauenhaus nach Recht und Ordnung sehen.«

»Ich meine ja nur. Mensch, bist du empfindlich. Mir auch egal, nenn sie, wie du willst.«

»Können wir jetzt endlich die wichtigen Dinge des Dienstlebens besprechen und nicht mehr über Katzennamen streiten?« Hollmann räusperte sich. »Kommen wir zu den ersten Ergebnissen. Bärlein, hat Oblomow Muschimaus was zum Kotzen gegeben und ist dadurch etwas zutage befördert worden, was wir suchen?«

»Die Katze, äh, Muschimaus hat Ipecacuanha-Sirup geschluckt. Ein Emetikum auf Brechwurzelbasis. Katzendosis mit voller Wirkung. Das Labor stinkt wahrscheinlich wochenlang nach Katzenkotze.«

»Seit wann beschwerst du dich über Gestank, Bärlein?«, fragte Echtner.

»Wieso?«

»Frag die anderen!«

»Schluss damit!«, schrie der Hauptkommissar. »Wir wissen alle, dass Bärlein kein Deo benutzt und stinkt. Beschwert euch nicht, kauft ihm einfach Hygieneartikel und hofft, dass er davon Gebrauch macht.«

»Tsss«, sagte Bärlein. »So eine Unverschämtheit ist mir noch nicht untergekommen. Also echt, was für ein Schwachsinn!« Er roch flüchtig an seinen Achseln, kam schnell zu den wichtigen Dingen des Dienstlebens zurück: »Ich war kurz unten, um mir den Mageninhalt anzusehen. Sie hatte noch unverdaute Zunge darin.« Bärlein schaute in die Runde. »Sie muss sie gefressen haben, kurz bevor wir gekommen sind. Wahrscheinlich hatte sie einfach Hunger. Ihr Herrchen konnte ihr ja nichts mehr geben.«

»Vielleicht gehört Muschimaus ja gar nicht zu Riemann«, sagte Stegemann, der damit wohl versuchen wollte, die Ehre der Katze zu retten. »Unsere geht auch immer mal zum Nachbarn.«

»Negativ. Die gehört zur Familie. Das hat seine Ehefrau am Telefon erzählt. Leider vergessen, den Namen der Katze zu erfragen, wollte aber deswegen nicht noch mal anrufen.« Hollmann hustete und massierte seine Rippen. »Frau Riemann ist mit ihren Kindern in den Ferien auf Borkum. Max und ... vergessen. Egal. Die sind auf jeden Fall noch im Kindergartenalter. Arme Jungs. Sie nehmen die letzte Fähre heute Abend, sodass ich Frau Riemann morgen früh hier erwarten darf.«

»Wie hat sie es aufgefasst?«, fragte Biene.

»Völlig hysterisch und schockiert. Hat immer wieder nachgefragt, ob eine Verwechslung vorliegen könnte. Wie ich ihr das mit der Zunge erkläre, weiß ich auch nicht. Na ja, muss ja nicht alles auf einmal sein.«

Der Hauptkommissar wandte sich wieder Bärlein zu: »Was gibt es zur Leiche zu sagen, das du uns schon vor Tepes Bericht mitteilen kannst?«

»Brandmale. Vier Stück. Hals, Brust, Unterbauch und Hoden.«

»Uhhh«, gab Muck von sich, verzog seine roten Augenbrauen.

»Der Taser – dasselbe Modell wie bei Klatt und dem Konditorei-Zulieferer, nehme ich an?«, fragte Hollmann.

»Genau.«

»Hat jemand noch Zweifel daran, dass es exakt derselbe Taser ist?«

Alle schüttelten den Kopf.

»Stegemann. Du hast in deinem Bericht geschrieben, dass man den nicht einfach so kaufen kann.«

»Nein, nicht in Deutschland. Da kommt man nur illegal ran. Hab bei den Zollbehörden angefragt. Die haben die Einfuhr eines solchen Gerätes nicht registriert. Seit 2008 nicht mehr. Elektroschocker viele, aber eben nicht diese Elektroschockpistolen.«

»Welche Möglichkeiten könnte er gehabt haben, an so was zu kommen?«

»Entweder Schwarzmarkt oder verbotener Waffenhandel unter der Ladentheke. Da braucht man natürlich gar nicht erst in den Waffenshops fragen. Bevor sich jetzt jemand beschwert: Habe ich trotzdem gemacht. Aber wie erwartet ohne Erfolg. Die wahrscheinlichste Variante ist ein Kauf im Darknet, die Grauzone des Internets. Da gibt es Dutzende Shops, bei denen man jede Waffe kaufen kann. Ein Taser ist da noch eines der harmlosesten Geräte.«

»Und da kann man nichts nachverfolgen, oder wie?«

»Nein. Sonst wäre es nicht das Darknet. Komplett dunkel. Ein enormes Problem für alle unsere Abteilungen. Da findet man Kinderpornos genauso wie Kalaschnikows, LSD, verschreibungspflichtige ...«

»Okay, danke!« Der Hauptkommissar unterbrach. »Dann kommen wir da erst mal nicht weiter. Kann mal jemand das Fenster aufmachen?«

Bärlein stand auf und öffnete alle vier Fenster des Raumes auf Kipp. Als er sich setzte, roch er erneut an seinen Achseln, schaute dann nacheinander seine Kollegen an.

»Die IT-Abteilung ist dabei, sämtliche Daten von Riemanns Rechner runterzuziehen, Passwörter zu knacken und was da alles zugehört«, fuhr Hollmann fort. »Ergebnisse sollten sie morgen früh liefern können. Den rechtsmedizinischen Bericht erwarte ich noch heute Abend. Unser Professorchen ist verlässlich.«

Hauptkommissar Hollmann goss erst Milch, dann Kaffee in seine Tasse, rührte um und führte das Gespräch mit Bärlein fort: »Wir wissen, dass Schlemihl quasi rastlos tötet und uns so kaum Zeit für umfangreiche Ermittlungen lässt. Wir müssen ihm zuvorkommen. Hat er diesmal am Tatort etwas hinterlassen, was uns weiterhelfen kann?«

»Keine Fingerabdrücke, keine Tatwaffe, keine Einbruchsspuren.«

»Können wir also davon ausgehen, dass er erneut freiwillig ins Haus gelassen wurde?«

»Er muss geklingelt und den Anwalt sofort attackiert haben. Ich nehme an mit dem Taser. Wir haben sehr viele Fasern von Riemanns Anzug auf dem Teppich gefunden, der vor dem Eingang liegt. Er muss darauf gelegen haben.«

»Aber wieso lässt man nachts einen Fremden ins Haus, der ein Verbrecher sein könnte oder ein Serienmörder? Hat er keine Gegensprechanlage? Ich meine, er wird sich doch nicht auf diesen Klapperlöwen an der Haustür verlassen?«

»Absolut nicht«, sagte Bärlein. »So ein Rechtsanwalt ist da vorsichtig. Kaum zu sehen, wenn man nicht drauf achtet. Aber er hat eine Kamera am Eingang, die jeden aufzeichnet, der sich der Tür nähert.«

»Was? Und das sagst du jetzt erst? Dann ist der Täter da zu sehen. Wo ist das Band?« Hollmann überlegte. »Oder hat er ...?«

»Genau. Er hat es eingesackt. Die Speicherkarte wurde entfernt.«

»Scheiße, der ist leider clever. Meine Güte, was regt mich das auf.« Hollmann zog das Tablettendöschen aus seiner Jackentasche, kippte die restlichen Pillen auf die Handfläche, schluckte und spülte diesmal mit Kaffee nach. »Okay, wir müssen abwarten, was die Untersuchung der Computer ergibt. Sie könnte mögliche Verbindungen zum Täter offenbaren.«

»Wenn der Kerl so schlau ist, hat er dann nicht auch alles gelöscht, was es über ihn auf dem Rechner geben könnte?«, fragte Muck und riss ein Tütchen Gummibärchen auf. Biene streichelte Muschimaus, die so intensiv schnurrte, dass alle am Tisch es vernahmen. Hollmann schien davon gelassener zu werden, oder es lag an seinen Pillen. Bei der letzten Konferenz ist er zwar nicht so wütend, aber hektischer gewesen, widmete Echtner seinem Chef einen kurzen Gedanken. Er hatte gerade beschlossen, sich selbst jetzt stärker in die Ermittlungen einzubringen.

»Schlemihl ist schlau«, sagte er. »Er ist ein gerissener Spieler, hinterlässt Indizien und gibt uns eine theoretische Möglichkeit, ihn zu schnappen. Alles Offensichtliche, wie zum Beispiel Videoaufzeichnungen von ihm, lässt er natürlich verschwinden. Viele Serienmörder lieben diese Katz- und Mausspielchen. Einerseits lockt sie das Risiko, andererseits kosten sie ihre Macht aus.« Echtner liebte sich dafür, dass er derart Weises von sich geben konnte. Er klatschte einmal in die Hände, um die volle Aufmerksamkeit seiner Kollegen zu erhaschen. »Und deswegen bin ich überzeugt, dass wir etwas auf dem Rechner finden werden. Kombiniert mit den neuen Hinweisen aus dem Gedicht, sollten wir ihm näherkommen.«

Noch mal klatschte er in die Hände. »Also los. Ihr habt alle eine Kopie von seinen Versen vor euch liegen. Brainstorming. Erster Teil des Gedichts: Was war sein Motiv? Zweiter Teil: Wer ist als Nächster dran?«

Echtner freute sich, dass ihm alle aufs Wort gehorchten und die Kopien in die Hand nahmen. Es raschelte im Raum. Die Kollegen lasen.

Muschimaus fand unterdessen ein Gummibärchen zwischen Mucks Schuhen. Der süße Geschmack würde den bitteren überdecken, den sie in der Schnauze hatte, seit man ihr etwas in den Mund gespritzt hatte. Sie schnurrte und suchte mehr von dem glibberigen, bis heute nicht gekannten Futter.

Erneut war es zuerst Hollmann, der das Wort ergriff: »Wieso, weshalb, warum? Wer Unrecht wagt, wird stumm! Muck, du bist gut in so was. Woher kommt der Reim? Ach ne, du kennst ja nur Tigerenten und Frösche. Also Biene, was meinst du?«

»Ist klar. So beginnt jede Sesamstraßenfolge, seit eh und je. Wer, wie, was? Wieso, weshalb, warum? Wer nicht fragt, bleibt dumm.«

»Und wer Scheiße redet, wird stumm gemacht, wie der Anwalt«, sagte Stegemann. »Und wie es auf der Cronut-Schachtel angekündigt worden ist. Er soll nie wieder dumm rumlabern, deshalb hat er ihm die Zunge rausgeschnitten.«

Biene stellte die nächste Frage: »In seiner Tätigkeit als Anwalt oder als Politiker? Er wollte doch Oberbürgermeister werden.«

»Echtner meint, dass es mit seiner Rechtsanwaltstätigkeit zu tun hat«, sagte Hollmann. »Ein Hinweis im Vers ist, dass das Opfer möglicherweise ein Unrecht begangen hat. Andererseits könnte die Ankündigung in dem Gedicht beim Bäcker, in dem der nächste Mord angekündigt wurde - ach wie gut, dass die ganze Stadt weiß, dass ich nie wieder labern kann Scheiß - auch eine Anspielung auf den Politiker Riemann sein. Und einen Bürgermeister-Kandidaten kennt wohl jeder.«

»Könnte darauf hindeuten«, sagte Echtner. »Aber wie du ganz richtig bemerkt hast, ich bin anderer Meinung. Der Mörder spielt auf den Anwalt an. In der Berichterstattung über diesen bestialischen Mord wird schließlich erwähnt werden, dass ein Rechtsanwalt abgemurkst worden ist. Das ist dem Täter wichtig. So wie der Tod von Klatt seine Form der Kritik an den Medien ist.« Echtner trank einen Schluck Wasser, bevor er weiter ausführte: »Im Übrigen meine ich, der letzte Satz ist für die jetzigen Ermittlungen wichtiger. Schließlich sollte es Priorität haben, herauszufinden, aus welcher Berufsgruppe das nächste Opfer kommen wird.«

»Tatütata - die Feuerwehr ist da«, zitierte Bärlein. »Er hat es auf Feuerwehrmänner abgesehen. Oder auf Feuerwehrfrauen? Gibt es die?«

»Natürlich«, raunte Biene. »Du Diskriminator!«

»Mann, ich meinte die Bezeichnung.«

»Schon klar. Ich weiß, dass du mich ärgern willst.«

»Ruhe«, rief Hollmann. »Wie im Kindergarten hier. Echtner, mach weiter!«

»Nicht auszuschließen, dass auch eine Frau Opfer werden könnte. Aber das passt nicht ins Profil. Ich wette, es wird erneut ein Mann dran glauben.«

»Ich wette, er wird selbst dran glauben«, sagte Hollmann mit kraftvoller Stimme. »Wie geht das Gedicht weiter?«

Echtner las vor: »Wurd' ich nicht verklagt, werd' ich nun gejagt. Von welchem Kinderreim hat er sich da inspirieren lassen?«

»Nie gehört«, sagte Biene. »Ihr?«

»Nö.«

»Nein.«

»Bei den Tigerenten gabs das nicht.«

»Tsss!«

»Vielleicht gehen ihm die Reime aus, oder er fängt selbst an zu dichten«, bemerkte Muck.

»Oder ihm ist einfach nichts Besseres eingefallen. Das ist das Erste, was ich ihn fragen werde, wenn er bei mir im Wagen festsitzt. Versprochen!« Hollmann trank einen Schluck Kaffee und spuckte ihn zurück in die Tasse. »Mist, kalt, gib die Kanne rüber Muck!«

»Auch einen Keks?«

»Nein, keinen Keks. Wir sind nicht auf einem Kindergeburtstag, du Keks, auch wenn es aus mehreren Gründen danach aussieht. Danke!« Er nahm von der Mitte des Tisches eine saubere Tasse und goss zuerst Milch, dann Kaffee ein. »Von mir aus kannst du weitermachen, Echtner.«

»Aus welchem Kinderreim auch immer er die letzte Zeile des neuen Gedichts entlehnt haben mag, sie enthält auch wieder einen Hinweis auf die Juristerei. Es ist also gut möglich, dass es einen direkten Bezug zwischen seinem letzten Opfer und dem nächsten gibt. Das ist neu.«

»Du meinst einen persönlichen?«

»Exakt. Da muss es jemanden geben, gehen wir jetzt mal von einem Feuerwehrmann ...« Echtner schaute Biene an, »... oder einer -frau aus, die Scheiße gebaut hat, aber davongekommen ist. Einen oder eine, der oder die nicht verklagt wurde, weil unser Rechtsanwalt sich mächtig für ihn oder sie ins Zeug gelegt hat.«

»Ein Brandstifter?«, fragte Stegemann.

»Dem gilt es nachzugehen.«

»Muss es ein Feuerwehrmann oder eine Feuerwehrfrau sein?«, fragte Biene. »Vielleicht ging es ja gar nicht um einen Brand, sondern um einen Unfallort, da sind doch auch andere Berufe involviert. Wie sieht es aus mit Rettungssanitäterinnen oder -sanitätern, Ärztinnen oder Ärzten, Polizistinnen oder Polizisten?«

»Meine Fresse, was für eine Emanze«, raunte Bärlein.

Hollmann tat so, als hätte er das nicht gehört, und griff Bienes Vorschläge auf. »Die Polizei möchte ich fast ausschließen. Von der Feuerwehr spricht er ja nun direkt. Wir sollten uns auf die eins-eins-zwei konzentrieren. Dazu gehören auch Sanitäter und Ärzte, also Notärzte.« Mit einem Blick zu Biene fügte er hinzu: »Notärztinnen.«

»Danke«, sagte Biene zu ihrem Chef. »Das macht Sinn.«

»Noch mal zurück zu Echtners Theorie«, sagte Hollmann. »Wurd' ich nicht verklagt, werd' ich nun gejagt. Ein persönlicher Bezug zwischen Riemann und dem nächsten Opfer würde die Mordserie in ein ganz anderes Licht rücken. Wenn es zwischen denen eine Verbindung gibt, vielleicht gibt es dann auch eine zwischen mindestens einem der Opfer und Schlemihl.«

»Ganz genau«, sagte Echtner. »Und somit wissen wir dann auch, warum Riemann den Täter reingelassen hat: Wahrscheinlich kannte er ihn.«

»Ey, Echtner. Fett!«, sagte Muck. »Das verstehe ich.«

»Fett?«

»Mega!«

»Tsss.«

»Sehr gut, Echtner, das könnte es in der Tat erklären«, sagte Hollmann. »Bärlein, was meinst du?«

»Gut möglich.«

Echtner triumphierte innerlich angesichts der Anerkennung, die seine Kollegen ihm endlich zollten. Like Ice in the sunshine – er war so cool. Er wollte ihnen noch mehr Futter geben, Informationen, die er bereits miteinander kombiniert hatte. Einfach, um Lob einzuheimsen. Er fragte: »Hat er Klatt und den Bäcker auch aus persönlichen Gründen getötet? Kannte er die vorher? Und macht nur einen auf Inspektor. Eine Masche, um seine wahren Motive zu verschleiern?«

»Meine Güte. Grandios. Das ist es«, sagte Hollmann. »Aber wofür rächt er sich?«

»Das werden wir rausfinden«, sagte Echtner. Er war so stolz auf sich. *Danke, Ice.*

»Inwieweit wir jetzt auf der richtigen Fährte sind, wird sich mit der Auswertung der Computerdateien zeigen. Ich gehe sofort noch mal runter in die IT. Teile denen mit, auf was sie besonders achten sollen. Und mal nachfragen, ob die schon was zu dem Bild mit dem nackten Kind gefunden haben. Das wurmt mich.« Hollmann schaute angewidert in die Runde und bemerkte, dass auch Biene ihr Gesicht verzog.

»Macht euch morgen auf einen heißen Tag gefasst. Von mir aus ist Feierabend. Schlaft aus! Ich brauche alle topfit.« Hollmann schaute Bärlein an. »Du bleibst noch und wartest auf den Anruf von Professor Tepe!«

»Oh Mann. Meine Enkel wollten doch heute ...«

»Tut mir leid, ich brauche dich im Labor. Ich verspreche dir: Haben wir Schlemihl, bekommst du zwei Wochen Sonderurlaub. Dann kannst du von morgens bis abends mit deinen Enkeln spielen, schaukeln, essen oder was du so tust mit ihnen.«

»Okay«, sagte Bärlein genervt. »Da nehme ich dich aber beim Wort.«

Als alle den Konferenzraum verlassen hatten, wandte sich Hollmann auf dem Gang an Echtner. »Was meinst du? Ist das endlich eine Spur?«

»Auf jeden Fall. Wir sind eine höchst effektive Truppe. Ich wusste, dass ich als Teamplayer hierher gehöre.«

»Stimmt. Ich bin froh, dass wir dich haben. Kann es gar nicht oft genug betonen.« Hollmann schaute auf die Uhr. »Für mich wird das noch ein langer Tag. Nachher sollte ich eine Pressemitteilung über den Mord an Riemann diktieren. Die Journalisten nerven das Sekretariat, warten auf ein Statement. Keine Ahnung, wie die schon wieder Wind von der Sache bekommen haben. Morgen spreche ich sofort mit Riemanns Frau, und dummerweise bleibt es mir vermutlich nicht erspart, auch mit den Kindern reden zu müssen. Muss ich mir eine Psychologin dazuholen. So schön es insgesamt ist, manchmal hasse ich es, als Hauptkommissar verantwortlich für alles zu sein. Hast es ja mitbekommen. Meinem Herz spielt es übel mit. Muss demnächst dringend wieder zum Arzt!«

Normalerweise hätte Echtner Hollmann geraten, umgehend einen Arzt zu konsultieren. Aber Echtner musste sich eingestehen, dass ihm Hollmanns Herzprobleme früher oder später zugutekommen könnten. Vielleicht sah Hollmann ja noch selbst ein, dass er für Echtner den Platz räumen musste. Aus gesundheitlichen Gründen.

»Ach, das wird schon«, sagte Echtner. »Ich kenne keinen, der sich so gesund ernährt wie du.«

»Das ist auch wichtig. Da fällt mir ein, wie läufts mit deinem Date? Habt ihr mal wieder gekocht?«

»Spitzenmäßig! Kochen oft. Tomatensalat gabs auch schon wieder. Mit karamellisierten Zwiebeln, wie du es geraten hast.«

Hollmann grinste.

»Bin ein bisschen verliebt«, sagte Echtner. »Ich treffe mich heute Abend wieder mit Conny. Glaube, sie will mit mir ins Kino.«

»Conny?«

»Mein Date!«

»Sagtest du nicht letztens, sie heiße Vicky?«

Scheiße. Echtner verfluchte sich für den Lapsus und täuschte ein Lachen vor. »Conny heißt sie, also Cornelia. Vicky habe ich nicht gesagt. Ficki mit F war das.« Er zwinkerte seinem Chef zu, kam sich albern und stillos dabei vor, aber was Besseres war ihm nicht eingefallen. Es hatte gewirkt, zu seinem Glück lachte Hollmann.

»Meine Güte! Du bist ja einer. Entspann dich mit Conny. Kino oder was anderes. Aber geh früh schlafen und verausgabe dich nicht, wenn du verstehst, was ich meine.« Er zwinkerte zurück.

Echtner turnte das ab. Oh Mann, jetzt springt er auch noch darauf an, dachte er.

»Wenn mich mein Gefühl nicht täuscht, haben wir bald einen ersten Durchbruch zu feiern. Irgendwas hält der Rechner für uns sicher bereit.«

»Ganz bestimmt. Also dann bis morgen, Chef.«

»Bis morgen.«

Echtner fuhr zum Stadtrand an den Haster Berg, dann einen Waldweg entlang, und versteckte seinen Wagen zwischen Bäumen. Er hatte keine Lust darauf, hier von irgendwem entdeckt zu werden. Als er sicher war, allein zu sein, schaltete er den CD-Player an. »Like Ice in the sunshine.« Der Beat knallte und versetzte ihn in eine euphorische Stimmung. Er griff nach der CD im Seitenfach, putzte die Hülle mit einem Taschentuch.

Nur noch ein paar Sekunden, nur noch ein paar Sekunden.

Echtner öffnete das Handschuhfach, zog ein Tütchen heraus, benutzte den Teelöffel, um sich ein kleines Kristallhäufchen auf der Hülle zurechtzuschieben. Mit der Polizeimarke zerkleinerte er die Brocken. Das Knirschen jagte ihm eine Gänsehaut ein. Eine wohlige und warme Gänsehaut. Er genoss die Vorfreude. Sie erinnerte ihn an die Aufregung vor dem Betreten des Wohnzimmers, nachdem das Christkind das Glöckchen geläutet hatte. Aber auch an die Mischung aus Reiz des Verbotenen und der Angst davor, erwischt zu werden, wenn er mit Freunden ein Feuerchen im Wald entfacht hatte. Das Schwitzen der Hände vor seinem ersten Kussversuch. Das, was so lange zurücklag, bot sich ihm nun in Form von staubfeinem Methamphetamin direkt vor ihm an. Er zog den letzten Schein aus dem Portemonnaie, den er hatte: zehn Euro. Eine Menge Bargeld hatte er ausgegeben in den letzten Wochen. Sicher gab es außer ihm keinen einzigen Polizisten, der diese Massen an Geld für Drogen und Nutten verprasste. Höchstens irgendwo in Süd- oder Mittelamerika, dachte Echtner. Er stellte sich vor, wie er mit einem Sombrero in einer Hängematte lag und Kakteen beim Wachsen zusah.

Nur noch ein paar Sekunden. Nur noch ein paar Sekunden.

Ihm war klar, dass er vom letzten Mal noch high war, aber dieses High wollte er nicht nur aufrechterhalten, sondern einen neuen Kick, einen Rush spüren. Jakub hatte Recht gehabt, er war gierig und süchtig. Wie die kleine Raupe Nimmersatt auf ihrem grünen Blatt. Wie Klatt der Reporter nach Sensationen in seinem Blatt. So wie die Skandale für den Journalisten waren die Kristalle sein Lebenselixier geworden. Die bessere Alternative, dachte er, denn der Klatt war schließlich tot. Er aber fühlte sich lebendig wie ein frisch geschlüpftes Chamäleon beim ersten Anblick der Sonne.

Echtner sog das scharfe Mehl ein und wechselte die Farbe. Schmetterlinge tanzten in seiner Lunge, Ameisen rannten über die Haut. Das waren zehn Liter Kaffee und mehr, direkt in die Blutbahn.

Like Ice in the Sunshine!

Die wundervollen Schmerzen in seinen Nasennebenhöhlen ließen ihm die Tränen ins Gesicht laufen. Er schloss die Augen und dachte an Regenbogen, Wasserfälle und rosa Mäuse. Er sah einen blonden Jungen auf einem Fahrrad.

Was zum Henker …?

Er schaute durch die Frontscheibe direkt auf Leon. Etwa fünfzig Meter vor ihm lehnte der Bengel am Lenker seines Mountainbikes, glotzte ihn durch seine Kindersonnenbrille dumm an.

Den packe ich mir jetzt. Es reicht!

Der Polizist startete den Motor, sein Fuß krachte aufs Gas. Die Hinterreifen schleuderten. Leon erschrak, schwang sich auf den Sattel und fuhr in den Wald. Echtner bremste scharf und lief ihm hinterher.

»Hey, Leon. Leon, bleib stehen!« Er stolperte über Steine, sprang über heruntergefallene Äste. »Ich tu dir nichts! Will nur reden! Leon. Ich verrate dir, wie man am besten zum MEK kommt!«

Der Junge schaute sich nicht um. Mit dem Rad hechtete er weiter durch das Unterholz. Fast schien er dadurch zu fliegen.

Echtner dachte an Usain Bolt und legte zu. Gerade meinte er, so nah dran zu sein, dass er den Jungen mit einem Hechtsprung hätte erwischen können, als etwas gegen sein Schienbein schlug. Der Schmerz zog sich bis in die Hüfte. Er taumelte und fiel auf den Waldboden. Nur kurz verlor er die Orientierung, rappelte sich auf, und Leon war – weg! Die Hand am Knie drehte er sich auf einem Bein im Kreis, schaute in alle Richtungen. Weit und breit nur Tannen, Blätter, Laub, Sträucher. Er war ihm entkommen. Verdammt! Es hatte keinen Sinn, weiterzurennen. Er humpelte aus dem Wald. Dieser Rotzlöffel ging ihm so auf den Sack. Nicht auszudenken, wenn er beobachtet hätte, wie er Ice gesnieft hatte. So viel, wie der immer laberte, würde dann morgen die halbe Stadt darüber Bescheid wissen.

Echter war klar, dass er lange gesprintet sein musste, denn er kam erst nach fünfzehn Minuten schmerzvollen Marsches zum Wagen zurück. Er stieg ein. Als der Schmerz nachgelassen hatte, zog er Watson aus der Tasche. 19:30 Uhr. Es wurde Zeit, Conny Ficki Vicky zum Kino abzuholen. Schon konnte er wieder lachen. Er schrieb es dem Ice zu.

Nein! Jetzt war die Zeit gekommen, die Nutte zu besuchen, ihr den Namen des Killers herauszuprügeln. Viel Vorsprung vor den Kollegen konnte er nicht mehr für sich beanspruchen. Er hatte ihnen wichtige Tipps gegeben, aber immer im Wissen, dass er den Namen bekommen würde und nur er wusste, wie Schlemihl aussah. Morgen würde er ihn der Stadt präsentieren, noch bevor die Konferenz beginnen sollte. Frau Riemann würde ihm um den Hals fallen, wenn er ihr so schnell den Mörder ihres Mannes vorstellte.

Er startete den Motor, fuhr zum Hauptbahnhof, parkte, ging die Straße zu Fuß in Richtung Innenstadt weiter. Die Tür zu Ellens Haus war wie gewohnt nicht verschlossen. Er rannte die Treppen rauf, klopfte. Niemand antwortete. Er versuchte es erneut. »Ellen! Mach die Tür auf, bitte! Es tut mir leid, hörst du!« Er lauschte, konnte aber keine Geräusche im Zimmer ausmachen. »Ellen«, brüllte er und trat gegen die Zimmertür. »Ellen!«

Die Tür der Nachbarwohnung wurde aufgerissen. »Ruhe!«, schrie eine Frauenstimme. Echtner ging auf die Wohnung zu. Eine weißhaarige Omi in knallroten Latexanzug und hohen schwarzen Stiefeln stand im Türrahmen. Sie zog an einer Zigarette, die in einem langen, schwarzen Filter steckte.

»Wissen Sie, wo Ellen ist?«, fragte Echtner.

»Nicht da, haben Sie ja gemerkt.«

»Wie lange ist sie weg?«

»Seit gestern, kommt auch nicht zurück.«

»Was soll das heißen?«

»Das, was es eben heißt«, sagte die Omi, blies ihm dabei blauen Rauch ins Gesicht.

»Bitte, ich suche sie dringend.«

»Wenn Sie Sex wollen, können Sie auch zu mir reinkommen.«

Echtners Magen drehte sich um bei dem Gedanken. »Verstehen Sie. Es geht nicht um Sex, ich will nur wissen, wo die Nutte von da drüben ist.«

»Es heißt Prostituierte, nicht Nutte. Auch nicht Hure oder Schlampe. Wann versteht ihr das endlich?«

»Okay, okay. Entschuldigung. Wo ist die Prostituierte mit Namen Ellen von nebenan?«

»Also, geht doch. Die ist ausgezogen und zieht auch nicht wieder ein.«

»Das glaube ich nicht. Woher wollen Sie das wissen?«

»Weil ich das Zimmer vermiete, wie auch noch drei andere in diesem Haus. Möchten Sie eins mieten?«

»Nein!« Echtners Herz raste, er musste aufstoßen, schluckte bittere Galle hinunter. »Wo ist sie hin?«

»Das weiß ich doch nicht! Geht mich auch nichts an!«

»Zu ihrer Mutter?«

»Hat sie eine?«

»Ja.«

Echtner zog sein Portemonnaie heraus, ärgerte sich im selben Moment, dass er nur noch zehn Euro hatte. Das war keine Information wert heutzutage. Dennoch hielt er ihr den Schein hin. »Normalerweise habe ich mehr Kohle, aber ich kann Ihnen ...«

»Hören Sie, Schätzchen. Wirklich. Selbst, wenn Sie mir Geld geben würden, was ich nicht mal nötig habe, ich weiß nicht, wo Ellen hin ist. Und ich weiß genauso wenig von ihrer Mutter oder ob sie eine hat. Sie ist hier ein Jahr ihren Geschäften nachgegangen, hat immer pünktlich Miete gezahlt, nie Ärger gemacht. Wo immer sie jetzt auch ist, ich wünsche ihr das Beste dort.«

Verdammt, verdammt, dachte Echtner. Was sollte er tun? Er hatte sich darauf verlassen, dass Ellen jederzeit verfügbar war. Ein Fehler! Ein fataler Fehler! Hatte er ihr etwa zu viel Angst eingejagt? Aber sie war es doch gewohnt, von ihm hart angepackt zu werden.

»Wie heißt Ellen weiter?«

»Erotic.«

»Mann, ich meine natürlich den richtigen Nachnamen.«

Die Latex-Omi zuckte mit den Schultern.

»Sie sind die Vermieterin. Da müssen Sie doch wissen, wie die Frau heißt, die Sie beherbergen.«

»Ihr Ernst?« Die Omi lachte laut. »Ne, das läuft ein bisschen anders in unserem bescheidenen Gewerbe. Da wird bar bezahlt. Und zwar pünktlich. Was anderes interessiert mich nicht. Ist noch was? Ich schaue nämlich Günther Jauch und würde gerne wissen, ob der Chinese die halbe Million holt.«

Echtner verzweifelte innerlich. Er brauchte diesen verfluchten Namen. Er stotterte: »Wissen Sie oder können Sie sich vorstellen, warum sie weg ist?«

»Ja, das kann ich«, sagte die Omi, blies ihm erneut Rauchschwaden ins Gesicht.

Echtner hustete. »Ja und?«

»Vorgestern hat einer von ihren Freiern Stunk geschoben. Hat rumgeballert mit 'ner Knarre. Der Schuss ist durch die Wand geschlagen, in meine Wohnung und an der anderen Seite stecken geblieben. Das muss man sich mal vorstellen. Ich hätte tot sein können. Aber mich regt ja irgendwie nichts mehr auf, solange mein Fernseher heile bleibt und der Chinese die Kohle kriegt.« Sie aschte in den Flur, verschränkte ihre Arme und schaute ihn misstrauisch an. »Wieso? Haben Sie etwa was damit zu tun?«

»Nein, meine Fresse. Natürlich nicht. Ich bin ein guter Freund.«

»Dann meldet sie sich bestimmt bei Ihnen.«

Er war vom Gegenteil überzeugt. »Was hat die Polizei dazu gesagt, dass hier geschossen worden ist?«

»Nichts.«

»Wieso?«

»Hören Sie, mir ist nicht klar, was Sie das alles überhaupt angeht, aber Sie stehen da wie ein armes Würstchen. Vielleicht sind Sie wirklich ein Freund von Ellen.« Sie zog an der Zigarette, blies den Rauch dieses Mal an ihm vorbei. »Ellen hat mich gebeten, keine Polizei anzurufen. Das ist in unserem bescheidenen Gewerbe nichts Ungewöhnliches. Im Gegenteil. Wir mögen die Grünweißen oder Blauweißen, wie sie ja mittlerweile genannt werden müssten, nicht. Aber bei so einem Schuss habe ich mich schon gewundert. Sie hat den Schaden allerdings großzügig ersetzt. Da habe ich natürlich stillgehalten.«

Gut, wenigstens etwas. In dieser Angelegenheit drohte ihm kein Ärger. Allerdings machte es seine momentane Situation nicht besser. Die Zeit lief ihm davon.

»Ich hoffe nur, dass mir der schießwütige Kerl nicht mehr ins Haus kommt. Hat einen meiner Kunden niedergeschlagen. Der ist aber auch nicht zur Polizei, weil die ihn sofort da behalten hätten, hat er gemeint. Ist wohl selbst nicht ganz sauber!« Die Latex-Omi winkelte ein Bein an, lehnte sich an den Türrahmen. »Wollen Sie nicht doch reinkommen? Ich kann Ihnen den Hintern versohlen oder Sie lecken meine Stiefel. Sie sehen aus, als könnten Sie ein Stündchen Entspannung gebrauchen, Schätzchen. Komm, wir schauen mal, was der Chinese macht!«

»Nein, wirklich nicht«, sagte er und überlegte, ob die Frau ihm noch nützlich sein konnte. »Sie haben nicht zufälligerweise einen Kunden, der Konrad heißt?«

»Konrad? Nie gehört!«

»Schade!«

»Auch ein verschwundener Freund?«

»Nein, muss jetzt los, viel Glück dem Chinesen«, sagte er, lief dann zur Treppe. »Ach!« Er drehte sich noch mal um. »Sie sollten unten einfach abschließen, dann kommen solche Leute nicht ins Haus und können ...«

Die Omi schlug die Tür zu.

Es war eine Katastrophe. Ach Scheiße, jetzt regnet das auch noch, dachte Echtner. Wieso hatte er sich nie darum gekümmert, wie die Frau hieß, mit der er seit einem halben Jahr vögelte? Wie sollte er jetzt an den Namen kommen und Schlemihl dingfest machen? Eine Fahndung nach Ellen rausgeben lassen, würde ihn in Erklärungsnot bringen. Außerdem gab es nicht den geringsten Anhaltspunkt. Ob sie die Stadt verlassen hatte? Wie hieß die blöde Mutter? Das würde er heute alles nicht mehr rausfinden. Sein Durchbruch musste verschoben werden. Das schien jetzt klar.

Vor Wut trat er gegen einen Blechmülleimer und rannte zurück zum Auto. Die Uhr am Haupteingang des Bahnhofs zeigte zwanzig nach neun an. Er konnte die Zeiger gerade so erkennen, Regenwasser lief in seine Augen. Er stieg in den Wagen. Seine Kleidung tropfte, klebte an der Haut. Er öffnete das Handschuhfach. Wieder raste das Herz. Der nächste Schock! Die Tüte! Die Kristalle! Das Ice! Er nahm die kleine Taschenlampe aus dem Fach und leuchtete es aus. Kaugummis, CDs, zerdrückte Kaffee-Becher, eine Bedienungsanleitung. Er schmiss alles in den Fußraum. Es war weg, geklaut. »Scheiße«, schrie er so laut er konnte. Es war nicht da. Dreckige Bahnhofsgegend.

Aber er hatte doch abgeschlossen oder nicht? Ja, hatte er. Was war denn nur los? Ice weg, Ellen weg, Leon weg.

Ach du Scheiße. Ach du Scheiße. Bitte nicht!

»Leon«, schrie er, stürzte mit dem Oberkörper nach vorne, knallte mit der Stirn an die Frontscheibe. Er blickte auf ein Meer aus Regenwasser und erinnerte sich. Er hatte da oben im

Wald das Auto nicht abgeschlossen, nicht mal die Tür zugemacht.

Wie kann man nur so rotzendämlich sein?

Hatte dieser kleine zehnjährige Bengel ihn tatsächlich ausgetrickst und bestohlen? Was wollte er mit dem Ice? Hatte er ihn ausspioniert? War er damit zu seinen Eltern gegangen? Zur Polizei? Wie lange war er ihm gefolgt? Was wusste er noch und wo wohnte dieses Balg überhaupt? Die Fragen schossen so schnell durch seinen Kopf, dass er nicht eine Sekunde über Antworten nachdenken konnte. Warum hatte er ihn nicht nach seinem Nachnamen gefragt? Was war er nur für ein lausiger Bulle! War es das jetzt für ihn? Ein Tag genügte, um ihn komplett aus dem Rennen zu katapultieren?

Die Schmerzen hinter den Schläfen kehrten zurück. Er verspürte kein High mehr. Die Wirkung war wie verflogen. Er brauchte dringend neuen Stoff, um sich die ganzen Fragen beantworten zu können, um irgendwie weiterzumachen. Er weinte vor Verzweiflung, nahm seinen Freund Watson aus der Hosentasche, streichelte ihm über das Display. *Bitte finde ihn für mich!*

»Watson!« Obwohl er bereits wusste, dass er eine Nadel im Stroh suchte, sagte er: »Watson, suchen, im Internet: Leon Osnabrück.«

»Meine Suche nach Leon Osnabrück ergab folgende Treffer: Leon Imbiss-Stübchen. Leon Simon Dachdeckermeister Osnabrück, Leon&Leonie Krabbelgruppe ...«

»Watson, danke.«

»... Leonia Lions Club, Galerie Leonard.«

»Watson, stopp!«

Er hielt seinen Schmerz kaum aus. »Watson, suchen, im Internet: Ellen Osnabrück.«

»Meine Suche nach Ellen Osnabrück ergab folgende Treffer: Friseursalon Ellen Osnabrück, Ellen&Peter Hundeschule Osnabrück, Ellen Café und ...«

»Watson, stopp!«

Echtner heulte wie ein vor Hunger gequälter Wolf. Ich brauche das scheiß Ice. Jetzt sofort! Seine Hände zitterten, er schwitzte kalten Schweiß. Jakub finden! Jakub finden! Er startete den Motor und sprach in Watsons Mikrofon: »Watson, anrufen: Jakub.«

»Jakub: kein Treffer in Kontakten.«

»Ach ja. Watson, anrufen: Händler.«

»Wähle Händler.«

Watson wählte. Ein paar Freizeichen, der AB ging dran. Echtner schluchzte und bettelte aufs Band. »Bitte, Jakub! Ich zahle, was du willst. Ich brauche Stoff, sofort! Nur ein bisschen Crystal. Ein paar Kristalle von deinem Ice. Ich flehe dich an. Ruf zurück! Ich sterbe hier.«

Er fand Jakub nicht im Park am Willy-Brandt-Platz, nicht am Salzmarkt, nicht am Neumarkt, nicht im Hasepark. Als er am Schlossgarten ankam, nieselte es nur noch leicht, dafür war es so dunkel, dass er kaum die Hand vor den Augen erkannte. Zum Glück hatte er vorhin die Taschenlampe aus dem Wagen versehentlich eingesteckt, statt sie zurückzulegen. Er leuchtete, fand den Weg, lief entlang der Wiese, auf der kein einziger Student chillte. Er rannte ans Ende des Schlossgartens zur Unterführung. »Jakub! Jakub, Hallo! Jakub«. Er brüllte, bis er einen Schlag an seinem Hinterkopf verspürte, der ihn vornüber fallen ließ.

Echtner landete auf dem Boden, fühlte nassen Matsch im Gesicht. Jemand trat ihm in die Seite. Er hörte, wie seine Rippe brach.

»Guck da nach«, rief eine junge männliche Stimme. Dann zog eine Hand sein Portemonnaie aus der rechten Hosentasche.

»Das gibt's doch nicht, der Penner hat nur zehn Euro!«, fluchte ein anderer Mann, dessen Stimme Echtner entfernt bekannt vorkam. Er verspürte erneut einen Tritt, diesmal an der Schulter.

Echtner lag platt mit dem Bauch auf dem schlammigen Boden. »Watson«, flüsterte er, »bitte nicht Watson nehmen.«

»Was labert der da, der Otto?«

»Irgendwas sollst du nicht nehmen«, sagte der andere.

»Das wollen wir doch mal sehen. Ich will genau das, was ich nicht kriegen soll. Gibs her, du Opfer!« Der nächste Tritt traf ihn an der Stelle, an der er sich im Wald verletzt hatte. Der Schmerz war unerträglich. Mit all seiner Kraft schaffte er es, eine Seite seines Sakkos aufzureißen.

»Alter, der hat ne Knarre unter der Jacke!«

»Ist'n Bulle! Los. Wir hauen ab. Hat er dich gesehen?«

»Weiß nicht. Hurenbulle! Lauf!«

Er hörte die Männer wegrennen und noch irgendetwas schreien, das er nicht verstehen konnte. Echtner wälzte sich vor Schmerzen im Schlamm. Er wollte sterben.

Kapitel 12 – Notruf

»Was ist mit dem?«

»Ist das ein Penner?«

»Ist der verletzt?«

»Ruf mal einen Krankenwagen!«

»Der hat Blut an der Jacke.«

»Fass den Mann nicht an!«

»Mama, was hat der Onkel?«

Echtner hörte Stimmengewirr überall um sich herum. Jemand rüttelte an seiner Schulter. »Hallo sind Sie verletzt?«, fragte eine Frauenstimme. Wer war das? Wo war er? Was war passiert? Langsam kamen die Erinnerungen zurück. Der Schlossgarten. Ein Raubüberfall. Er öffnete die Augen und erspähte vor sich einen Regenwurm, der sich um ein Blatt kringelte. Wie schön, dachte er und wollte wieder einschlafen. Doch ein heftiger Stich in seinem Kopf ließ das nicht zu. Er war von einer Intensität, die kaum auszuhalten war. Er drehte sich auf die Seite, dann auf die Knie, stützte sich mit den Handflächen auf dem Weg ab, drückte den Rücken nach oben. Er wankte.

»Siehste, der ist voll besoffen«, sagte eine Kinderstimme.

»Pssst!«

Echtner schaute auf eine Menschentraube aus vielen Kindern und einigen Frauen. »Wo bin ich hier?«, fragte er in die Schar der glotzenden Augen. Erneut merkte er eine Hand an seiner Schulter. Er drehte sich um und erblickte eine groß gewachsene Frau mit rosafarbenem Kopftuch.

»Brauchen Sie Hilfe? Soll ich einen Arzt rufen? Ist Ihnen etwas passiert? Haben Sie Schmerzen oder sind Sie alkoholisiert?«

Echtner fiel die Konferenz ein. »Scheiße, wie spät ist es?«, schrie er die Frau an.

Sie hüpfte erschrocken einen Schritt zurück. »Kurz nach acht«, rief sie mit verstörtem Blick. »Ein paar Kids aus unserer Kita-Gruppe haben Sie hier liegen sehen und uns Bescheid gegeben. Brauchen Sie einen Arzt?«

»Nein, verdammt« Echtner sprang mit einem Satz auf. »Alles klar, alles klar. Mir geht es gut. Bin nur eingeschlafen.«

Er rannte los. Brustkorb, Knie und Schienbein schmerzten, aber das war nicht das Schlimmste. Es schien, als habe er in den letzten zwölf Stunden fast alles verloren. Jetzt nicht auch noch ... Nein, kurz nach acht, hatte sie gesagt. Er würde ein paar Minuten zu spät kommen, aber er würde es zur Konferenz schaffen. Er sollte den Kindergartenkindern dankbar sein. Wer weiß, wie lange er da noch gelegen hätte, wenn die nicht vorbeigelatscht wären. Er verfluchte die Männer, die ihn niedergeschlagen hatten, verfluchte Ellen, verfluchte Jakub, Leon, sich selbst, Bärlein, Schlemihl, die Stadt und die Welt.

Er tastete nach seinen Taschen. Ein Glück. Watson da. Wagenschlüssel da. Pistole da. Das Portemonnaie weg. Geklaut!

Auf den Steinen vor dem Springbrunnen des Schlogas kniete er nieder, wusch sich mit dem eiskalten Wasser das Gesicht, klatschte sich davon etwas in die Haare. Dabei bemerkte er eine fette Beule am Hinterkopf. Er schaute auf seine Hand. Kein Blut! Nichts Schlimmes!

Eine bullige Politesse mit Dauerwelle stand vor seinem Mini, den er vor dem Erweiterungsgebäude der Universität geparkt hatte. Sie war im Begriff, sein Kennzeichen zu notieren.

»Weg von meinem Wagen, du blöde Kuh!«

Die Frau wirbelte herum und sah ihn entgeistert an. »Was erlauben Sie sich? Ist das Ihr Auto?«

»Ja, ist es. Verschwinden Sie!«

»Sie haben ja wohl einen Totalschaden. Ich verständige sofort die Polizei.«

Echtner öffnete hastig die Wagentür. Mit den Knien glitt er auf den Fahrersitz, kramte seine Marke aus dem Getränkehalter. Er drehte sich wieder um und hielt sie ihr hin. »Echtner, Kripo Osnabrück. Das hier ist ein Tatort. Ich muss Sie bitten, sich zu entfernen. Auf der Stelle!«

Die Frau taumelte rückwärts in Richtung Schlossgarten. »Trotzdem können Sie nicht …«

»Gehen Sie!«, schrie Echtner. »Oder ich bin gezwungen, Gewalt anzuwenden.«

Die Politesse schüttelte den Kopf, lief schnellen Schrittes weiter in den Park.

Er steckte die Marke zurück in den Getränkehalter. Was für ein Glück, dass er ein Junkie war und sie nicht mehr im Portemonnaie aufbewahrte, sondern immer griffbereit für eine Ladung Ice vorne im Wagen hatte. Der Suchtdruck quälte ihn. Er gierte nach Kristallen, konnte für einen Moment keinen klaren Gedanken fassen, vergaß sogar, wo er hinwollte. Zu den Kopfschmerzen gesellten sich Bauchschmerzen. Im Schienbein puckerte sein rasender Puls. Schwindel! Übelkeit. Unfassbar erschöpft fühlte er sich, wollte eine ganze Woche durchschlafen. Das unerträgliche Kribbeln und Jucken spürte er nicht mehr nur auf, sondern auch unter der Haut. Als krabbelten Insekten durch seine Venen und Adern. Er riss sich Sakko und Shirt vom Leib, bemerkte, dass beide von Schmutz durchtränkt waren.

Hektisch kratzte er an seinen Unterarmen und überlegte. Der Rucksack im Kofferraum! Seit Ewigkeiten lag der da drin – mit seinen Schwimmsachen. Ihm fiel das schwarze Shirt auf dem Rücksitz ein. Es war sauber und einigermaßen ordentlich. Er schlüpfte rein, rannte dann zum Kofferraum. Im Rucksack fand er neben Handtuch und Badeshorts, auch ein Deo und frische Socken. Er riss alles raus, setzte sich zurück auf den Fahrersitz. Er überlegte kurz, ob es besser sein würde, mit albernen olivgrünen Badeshorts oder einer schmutzigen Jeans vor die Kollegen zu treten. Er entschied, sich umzuziehen. Wenn er die Shorts etwas tiefer zog, konnten sie durchaus für eine kurze

Hose durchgehen. Zum Glück war keine Mickey Maus drauf. Bevor er sie anzog, säuberte er Füße und Beine mit dem Handtuch, zog die Strümpfe an. Auch seine Sneakers rubbelte er mit dem Tuch ab, sodass der gröbste Dreck abbröckelte. Er schaute in den Rückspiegel, schrubbte Dreck und Schlamm vom Kinn, strich die Haare nach hinten. Dann knallte er die Tür zu und startete durch.

Auf dem Weg zur Dienststelle fragte er sich immer wieder, wie er an Stoff kommen konnte. Verflixte Abhängigkeit. Er musste aufhören damit. Ein letztes Mal wollte er Watson um Hilfe bitten, er sollte es noch einmal bei Jakub probieren. Nun war sein Telefon ausgeschaltet, nicht mal mehr der AB ging ran. »Fuuuuuck«, schrie er. Diese Kopfschmerzen. Zusammenreißen jetzt! Nur für eine Konferenz!

Irgendwoher werde ich heute Abend was kriegen. Jakub wird sich melden. Ich klappere jeden Dealer der Stadt ab. Notfalls fahre ich nach Münster, nach Leipzig. Scheiße, wenn es nicht anders geht, bis zu den Meth-Großküchen in Tschechien.

Er würde etwas bekommen. Damit beruhigte er sich. Nur für ein paar Stunden musste er sich ohne Unterstützung von Ice als der präsentieren, der er war: der Superfahnder!

Es würde nicht nur wegen des Suchtdrucks äußerst schwer werden. Er hatte so gehofft, nein, er war sicher gewesen, von Ellen den richtigen Namen Schlemihls zu bekommen. Ellen, diese Dreckshure!

Die finde ich schon, wenn ich high bin. Das ist der furchtbarste Tag meines ganzen Lebens!

Als Echtner die Tür zum Konferenzraum aufstieß, keuchte er. »Sorry. Bin ein paar Minuten zu spät. Handwerker waren da. Puh!«

Muck, Biene, Stegemann und Hollmann, der sich am Ende des Raumes vor dem Flipchart positioniert hatte, musterten ihn. Sie schauten komisch, erschrocken, fast mitleidig. Lag es an seinen Badeshorts? War er noch schmutzig? Weil er jetzt erst kam? Ihm war, als könnten sie in seinen Kopf schauen, merken, dass da heute kein Superbulle vor ihnen stand.

Bärlein zischte: »Idiot!«

»Setz dich!«, sagte Hollmann. »Wir haben gewartet. Zu dir komme ich später.«

Echtner nahm an einem freien Stuhl neben Biene Platz und zog eine der kleinen Wasserflaschen, die in der Mitte des Tisches standen, an sich heran. Er schraubte sie auf, trank das Wasser in einem Zug aus, unterdrückte einen Rülpser. Was haben die bloß, dachte er.

Hollmann hatte Fotos an das Flipchart gepinnt. Über den obersten fünf Bildern stand, mit blauem Edding geschrieben: Soko Hannah. Darunter erkannte Echtner Bilder von Muck, Biene, Stegemann, Bärlein und von sich selbst. Von jedem gingen drei kleinere Pfeile ab, an deren Ende jeweils das Foto einer Person klebte. Insgesamt fünfzehn Portraits, die ihm unbekannt waren.

Hollmann fuhr mit dem Stift über die untere Bildreihe, setzte dann zu einem Vortrag an: »Die IT und ich haben höchst ertragreich gearbeitet heute Nacht. Die Aufnahmen hier zeigen fünfzehn Klienten, die in den letzten zwanzig Jahren spektakulär von Rechtsanwalt Riemann vertreten worden sind. Alle weisen Gemeinsamkeiten auf. Ihre Fälle - es handelt sich fast sämtlich um Anklagen wegen Mord oder Totschlag - sind zu ihren Gunsten entschieden worden. Die milden Urteile oder Freisprüche waren zweifelhaft und haben bei Klägern oder Angehörigen teilweise für ungemeine Bestürzung gesorgt. Jeder einzelne Fall wurde natürlich von der Presse mehr oder weniger breitgetreten.«

Die Beamten fixierten die Fotos und tuschelten, ob sie einen der Mandanten kannten.

»Mein Diagramm ist wohl ohne Mühe zu verstehen«, fuhr Hollmann fort. »Jedem von euch sind drei dieser ehemaligen

Klienten von Riemann zugewiesen. Eure Aufgabe sollte klar sein. Geht den Fällen nach, rollt sie auf, soweit sie vielversprechend für unseren Fall erscheinen. Sucht nach Verbindungen zu den anderen Opfern von Schlemihl. Zu Köster, zu Klatt und dem Osna-Kurier. Alles, was wichtig oder auffällig ist, wird notiert. Gibt es Fragen bis hierher?«

»In den letzten zwanzig Jahren, das ist krass«, sagte Muck. »Leben die alle überhaupt noch hier?«

»Schlauer Einwand«, sagte Hollmann. »Alle bis auf zwei sind noch in Osnabrück, im Landkreis oder im engeren Einzugsgebiet ansässig. Mit den Polizeistellen der beiden in Ulm und Berlin lebenden Personen muss selbstverständlich Kontakt hergestellt und Daten müssen abgeglichen werden. Auch wenn es mehr als wahrscheinlich ist, dass Schlemihl seine Opfer bei uns in Osnabrück sucht und findet.«

»Die Daten stammen alle von Riemanns Computer?«, fragte Biene.

»Korrekt, sowie auch aus unseren Datenbanken und aus dem Pressearchiv«, sagte Hollmann. »Alles, was uns relevant erschien, haben wir abgeheftet und geordnet. Jeder bekommt also eine Mappe mit jeweils drei zu überprüfenden Personen. Die holt ihr euch gleich im Sekretariat ab. Alles klar?«

Alle nickten. Auch Echtner, dem dabei schwindelig wurde.

»Was ist mit dem nackten Jungen auf dem Foto?«, fragte Biene.

»Oh, gut, dass du das ansprichst«, antwortete ihr Chef. »Das hatte ich wegen Echtner jetzt fast vergessen. Das Foto ist ein Druck aus Riemanns Computer. Die ITler haben einen ganzen Ordner mit Kinderpornobildern gefunden. Alle runtergeladen von einer russischen Päderastenseite. Es ist ganz offensichtlich, dass Riemann pädophil ist, äh, war.«

»Scheiße ist das ekelhaft, hätte ich nie gedacht«, sagte Muck.

»Oh mein Gott. Die arme Ehefrau. Werden wir es ihr sagen?«

»Das weiß ich noch nicht«, sagte Hollmann. »Ich hoffe, dass das nicht nötig sein wird. Aber das ist nicht meine Entscheidung und auch nicht unsere Zuständigkeit. Die Kollegen von der Ansprechstelle Kinderpornografie sind informiert und gehen der Sache nach. Ich halte euch auf dem Laufenden.« Er schaute zu Biene. »Danke, dass du daran gedacht hast!«

»Bei den anderen Opfern sind aber keine solchen abartigen Vorlieben aufgefallen, oder?«, wollte Muck wissen.

»Ich hätte euch darüber informiert«, antwortete Hollmann ein wenig unwirsch. »Dann ist da noch diese eine Sache, die ich schon angesprochen hatte, bevor der Kollege Echtner in seinen Badeshorts reingeplatzt ist.«

Echtner merkte, dass er von allen Seiten angestarrt wurde.

»Das ist der Grund, warum Bärlein und Echtner die Mappe wechseln müssen.« Hollmann tauschte Echtners und Bärleins Foto im Pfeildiagramm aus. »Warum das so ist, habe ich den Kollegen bereits erklärt. Aber vielleicht möchtest du, Kollege Echtner, uns persönlich mitteilen, warum ich überhaupt gezwungen war, so zu handeln?«

Er hatte keinen blassen Schimmer, was sein Chef meinte. »Ich? Wieso? Weiß ich nicht. Weil ich zu spät bin, oder was meinst du?«

»Verarsch uns nicht, du Idiot«, schimpfte Bärlein. »Ich habe das ja schon immer gesagt, der Typ ist nicht ganz frisch im Oberstübchen.«

»Du weißt echt nichts, oder was?«, fragte Muck.

»Nein. Was ist los?«

»Also, ich gehe, hole mir meine Mappe, fange an mit der Recherche«, sagte Bärlein, stand auf und schaute zu Hollmann, der ihm zunickte.

»Dann los! Macht euch alle an die Arbeit. Ich denke, heute Abend sind wir ein ganzes Stück weiter. Treffen ist hier um halb acht. Viel Erfolg!« Die Kollegen erhoben sich, gingen ohne einen Blick oder ein Wort an Echtner vorbei zur Tür.

Hollmann schaute ihn böse an. »Und du, bevor du dir deine Mappe holst, klopfst in fünf Minuten an meine Bürotür. Wir haben da, glaube ich, einiges persönlich zu klären.«

»Komm rein!«, rief Hollmann aus dem Zimmer, als Echtner angeklopft hatte. Er machte die Tür auf und trat ein. Ihm war nicht nur schlecht, er hatte tierische Angst, weil er absolut keine Idee hatte, was ihm vorgeworfen wurde. Dass es nichts Gutes sein konnte, daran bestand kein Zweifel. Was hatte er noch falsch gemacht am schlimmsten Tag seines Lebens? Was wussten alle, was er nicht wusste? Hatte es überhaupt was mit den Klienten zu tun? Oder hatte Ellen ihn angezeigt? Hatte die Kita angerufen? Die Politesse? Etwa Jakub? Nein, unmöglich!

»Nimm Platz!« Hollmann wies auf den Stuhl vor dem Schreibtisch.

»Ich stehe lieber.«

»Setz dich auf deinen Arsch, wenn ich dir das sage.« Der Hauptkommissar schaute an Echtner vorbei, zupfte an seinem Bart.

»Ich weiß wirklich nicht, was los ist«, sagte Echtner, nahm auf dem Stuhl Platz, rutschte unruhig auf der Sitzfläche herum. Hollmann schob ihm einige Blatt Papier, die er mit einer Büroklammer zusammengesteckt hatte, über den Schreibtisch.

»Bitte um Erklärung.«

Echtner las, konnte aber nichts feststellen, was auf ihn hindeutete. Es handelte sich um eine Pressemitteilung der Polizei zu einem Urteilsspruch des Landgerichts Osnabrück aus dem Jahr 2014.

»Was ist damit? Sollte mir das was sagen?«

»Bist du krank oder wieder krank oder komplett bescheuert geworden? Oder hast du dein Gedächtnis verloren?« Hollmanns Stimme tobte. Er beugte sich mit den Ellenbogen über die Schreibtischplatte und schrie ihm direkt ins Gesicht.

»Wieso hast du mir nicht, uns nicht erzählt, dass es Riemann war? Du machst uns beispiellos lächerlich, gefährdest die gesamte Ermittlungsarbeit.« Hollmann rang nach Luft, seine Stirn war kreidebleich, seine Wangen hoch errötet, der Hals erschien violett. »Das wird ein Nachspiel haben, du, das sage ich dir. Wenn da jetzt keine vernünftige Erklärung kommt, bist du sofort suspendiert. Aber so was von sofort!«

Echtner spürte sein Herz an der Schädeldecke anklopfen. Er schrie zurück: »Was habe ich denn bitte mit dem Riemann zu tun? Kannst du mir das erst mal erklären, bevor du mich anblökst? Ich habe Riemann das erste Mal überhaupt bewusst wahrgenommen, als er tot und blutbesudelt an der Heizung hing. Also, was ist, verdammt noch mal?«

»Du bist verrückt. Ich hätte dich nie und nimmer zurückholen dürfen. Bist du noch immer depressiv oder bist du paranoid geworden, und ich habe es nicht bemerkt? Was ist es? Was ist los mit dir?«

»Ich ...« Echtner fehlten die Worte.

»Lies den Namen in dem Bericht. Um wen geht es da?«

Er schaute erneut auf das Dokument, las laut: »In der Angelegenheit Doktor Matthias Bock zum Tode von ...« Er konnte den Namen dahinter nicht entziffern. Die Buchstaben verschwammen vor seinen Augen. Er setzte noch mal an, aber nach *Tode von* wollte sich kein Wort zusammenfügen.

»Was jetzt, fällt es dir wieder ein, du Psycho?«, brüllte Hollmann.

»Ich kenne keinen Doktor Matthias Bock, nicht den leisesten Schimmer, wer das sein könnte«, stammelte Echtner und stand vom Stuhl auf. Am liebsten wäre er sofort weggerannt, aber das musste geklärt werden, sonst würde er heute noch durchdrehen und Amok laufen.

Auch Hollmann erhob sich. »Also gut. Du willst es auf die harte Tour. Doktor Bock ist der Notarzt, den der nun tote Rechtsanwalt Riemann vor zwei Jahren vertreten hat. Der Anwalt, der ihn rausgeboxt hat. Bock, der nur Bewährung bekommen hat für die fahrlässige Tötung.«

»Was für eine Tötung? Ich verstehe nichts, Mann. Hilf mir doch!«

»Lies! Lies! Lies! In der Angelegenheit zum Tode von ...«

Echtner drückte beide Fäuste gegen seine Schläfen und blickte angestrengt auf den Satz. *Was ist das?* Die Buchstaben veränderten sich. Aus kryptischen Strichen und Kreisen entstand wie magisch ein Wort. Ein Name. Echtner schrie ihn heraus.

»Klara. Klara Echtner!«

»Ja, Klara. Deine Tochter!«

»Meine Tochter Klara?«, wimmerte Echtner. »Meine Tochter Klara ... Diese Schweinehunde, diese Mörderbande! Sie haben sie umgebracht!«

Echtner fiel wie ein lebloser Sack zurück auf den Stuhl. Tränen schossen aus seinen Augen. Erst wenige, dann ein Wasserfall daraus. Die Schmerzen, die er in seiner Brust verspürte, waren höllischer als alles, was ihm je wehgetan hatte. Er winselte, jammerte und schluchzte wie ein Kleinkind, das nach anfänglich erfolgreichen Laufversuchen zum ersten Mal auf ein Bürgersteigpflaster knallte. Aber für ihn war keine Mutter da, die ihn trösten konnte.

Klara.

Marion schreit und presst. Er hält sich an der Hebamme fest, schaut zwischen die Beine seiner Frau. Ein Köpfchen zwängt sich heraus, herzerwärmendes Wehgeschrei. Seine Tochter. Sie ruft nach ihm. Dann zwei Ärmchen, Beinchen, Füßchen. Ein Würmchen wird ihm in den Arm gelegt. Es riecht nach Eisen und süßlichem Fruchtwasser. Die Augen geschlossen. Die dunklen Haare nass am Köpfchen. Er streichelt darüber. So klein, so zart.

»Echtner! Hey!« Wie aus weiter Ferne hörte er Hollmann, aber er konnte nicht antworten. Er sah Klara, im Garten herumhüpfen.

Es ist Sommer. Er spritzt sie mit einem Gartenschlauch nass. Sie hebt die Hände über den Kopf und quiekt vor Freude. So unschuldig, so rein. Er liest ihr vor am Kinderbett, singt mit ihr: Backe, backe Kuchen, der Bäcker hat gerufen. Sie schreit nachts, er öffnet die Tür, und sie wird sofort ruhig, streckt die Arme nach ihm aus, den Schnuller im Mund. Sie liebte ihn, ihren Vater.

»Hallo, Echtner. Sag was! Hör mal, es tut mir leid, ich war zu grob.«

Klara hält die Schultüte fest umklammert, ihre Kulleraugen so stolz. Er lernt mit ihr das Alphabet, das Einmaleins. Dann steht sie da mit einem Jungen. Er hat ein Mountainbike. Sie ist verliebt. Er hat Angst, sie zu verlieren, aber sie bleibt. So schön ist sie geworden. Die langen braunen Locken, die blauen Augen. Eine wunderschöne, junge Frau, seine Klara.

»Hör auf zu flennen jetzt!«, sagte Hollmann. »Weißt du eigentlich, wie *wir* uns fühlen? Meine Güte! Wie scheiße das alles für das gesamte Team war? Wir haben dir alle Chancen der Welt gegeben. Du warst einer der besten Polizisten, die diese Inspektion je hatte. Dann kam der Unfall. Wie oft habe ich hier mit dir zusammengesessen, habe dir erklärt, dass es nicht deine Schuld war? Du hattest was getrunken, ja, aber du bist nicht gefahren. Es war ein tragisches Unglück. Irgendwann konnte ich auch nicht mehr. Du wolltest nicht hören. Hast dich aufgegeben. Dann hat sich Marion von dir getrennt, weil sie dein Selbstmitleid und die Selbstvorwürfe nicht mehr ertragen konnte.« Er machte eine Pause, fuhr sich mit der Hand über die Stirn.

»Nachdem du aus der psychosomatischen Klinik gekommen bist – ich meine, das hat dir wohl alles geholfen, die Hypnose-Therapie, die Medikamente und so – haben wir uns so zusammengerissen, haben abgemacht, dass wir deine Tochter nicht mehr erwähnen. Haben dir einen Neuanfang im Innendienst ermöglicht. In der Hoffnung, du würdest irgendwann drüber weg sein. Lief ja auch alles gut. Sogar Bärlein hat das Spielchen mitgemacht. Du warst drüber weg. Schienst plötzlich sogar zufrieden. Hast mir von deiner neuen Aufgabe erzählt, von den vermissten Kindern, die du wiedergefunden hast. Auch da hat deine Spürnase einen hervorragenden Dienst geleistet. Du warst ein guter Polizist, immer. Wir haben regelmäßig zusammengegessen in der Kantine. Tomatensalat, du warst ganz heiß drauf. Weißt du nicht mehr? Ich habe dich abgelenkt. Und du hast bald selbst kein Wort mehr gesprochen über Klara. Ich dachte, das war genau richtig, wie wir das gemacht haben.«

Echtner saß wieder im Auto. Klaras Schreie. Das Blut. das viele Blut auf ihrem blauen Sommerkleid. Dann verschwamm alles vor seinen Augen. Tränen liefen über sein Gesicht. Eine dicke Rotzfahne zog sich von Nase und Kinn bis auf seine Badeshorts.

»Oh, Mann. Du hast das wirklich alles vergessen, oder? Du hast auch Bock und Riemann aus deinem Gedächtnis gelöscht. Ich habe das nicht bedacht. Du weißt das alles ohne Scheiß nicht mehr, oder?«

»Nein«, schluchzte Echtner.

Hollmann sprach leiser, versuchte, beruhigend zu wirken. »Dann warst du doch wieder da, als ich dich brauchte. Vor zwei Wochen, als das mit dem Mord an Klatt passiert ist. Das weißt du aber noch?«

Echtner hob den Kopf. Schlagartig hörte er auf zu weinen. Die Traurigkeit machte der rasenden Wut Platz. Aus kleinen Schlitzen schaute er seinen Chef an. »Schlemihl hat Mucks Fahrradreifen zerstochen«, sagte er leise.

»Was? Schlemihl? Woher willst du denn das wissen? Seit wann kennst du Schlemihl?«

Echtner sprang auf. »Ich bin Schlemihl«, hauchte er wie ein Wahnsinniger. »Ich habe Mucks Reifen zerstochen, damit er zu spät zum Dienst kommt. Damit er nicht da ist, wenn du zum Tatort musst. Ich wusste, dass du auf mich wartest. Mein kleiner Watson und ich, wir haben die Zeit immer genau im Blick.«

»Was?« Hollmanns Gesichtsfarbe bestand nur noch aus weiß. Er wirkte, als sähe er ein Gespenst. Er fasste sich an die Brust, rang nach Luft, griff an seinen Hals. »Du hast, du hast ...«

»Geeenaaau. Ich habe die Sau selbst getötet. Dieses Dreckschwein hat meine Klara als dummes Blag dargestellt. Als eine, die nicht fahren kann und an allem selbst schuld gewesen sein sollte. Das konnte ich nicht auf mir sitzen lassen. Dieser widerliche Schmierfink von Journalist.«

Hollmann krachte vornüber, schaffte es, sich mit den Händen auf dem Schreibtisch abzufangen.

»Dann hast du auch die anderen ...« Er konnte den Satz nicht zu Ende sprechen.

Echtner drückte seine Hände an Hollmanns Hals, presste so fest zu, wie es seine Kräfte zuließen. Sie ließen viel zu. Wie einfach es war. Sein Chef war fast doppelt so breit wie er, und jetzt hatte er ihn komplett in der Hand. Speichel lief aus Hollmanns Mund. Seine Arme knickten weg. Echtner stützte seinen Kopf, die Hände noch am Hals. Er presste und schaute seinem Chef dabei in die Augen, in denen er kleine Äderchen platzen sah. Auf Hollmanns Lippen bildeten sich Bläschen. Er röchelte und grunzte. Dann verließen ihn die Kräfte. Ein letztes Zucken, er bewegte sich nicht mehr. Echtner legte seinen Kopf und Oberkörper behutsam auf den Tisch. »Danke für alles, Manfred Hollmann«, sagte er, drehte sich um, ging aus dem Büro, aus der Dienststelle. Er setzte sich in sein Auto und ließ den Motor an.

Kapitel 13 – Hundertzwanzig

Konrad raste über die Hansastraße. Vor dem Blitzer drosselte er sein Tempo nicht mehr, wie er es jahrelang an dieser Stelle immer getan hatte. Ein befreiendes Gefühl. Er grinste in die Kamera, steigerte das Tempo sogar noch. Es würde dabei bleiben, dass er nie für zu schnelles Fahren würde zahlen müssen. Er nicht!

Morgen endlich sollte es so weit sein: Belize! Für immer!

Alles war nach Plan gelaufen. Perfekt. Schmierfink Klatt, Giftmischer Köster, Betrüger Riemann – alle mausetot. Drei der Verschwörer hatte er zur Strecke gebracht. Die Polizei hatte er geärgert, aber sie war ihm nicht auf die Schliche gekommen. Die Presse hatte ihren Serienmörder: Den besten, den es je gab in der Geschichte des Tötens. Was waren schon Jack the Ripper, Jeffrey Dahmer, H. H. Holmes gegen ihn? Nicht mehr als Wachsfiguren. Lachnummern.

Nun endlich konnte er sein Werk vollenden. Das Finale stand bevor. Er würde dem nackten Mann im Keller den Strom abstellen: Doktor Matthias Bock.

Für ihn wollte er sich besonders viel Zeit lassen. Er plante einen gemütlichen Abend zu zweit, da unten. Erst würde er ihm die Zehen brechen, dann die Finger. Dann vielleicht den Schwanz abschneiden oder die Nase oder beides. Mit einer Infusion würde er ihn ein paar Stunden am Leben halten können, sodass er eine lange Leidenszeit durchleben konnte. Er, Konrad, würde nämlich die richtige Infusion anlegen. Die Kochsalzlösung, die Klara hätte von Bock bekommen sollen, und nicht das Insulin.

Zum Schluss würde er ein letztes Mal den Taser benutzen, mit dem er durch das Loch in Bocks Schädel feuern wollte. Wenn er tot war, sollte er verschimmeln.

Konrad würde ein alkoholfreies Bier trinken, die letzten Sachen zusammenpacken, Ellen abholen.

Die Stadt verlassen, für immer.

Deutschland verlassen, für immer.

Belize genießen, für immer.

Endlich würde er zur Ruhe kommen. Mit seiner Liebsten unter Palmen würde er mit Klaras Tod abschließen. »Vielleicht solltest du die Liebste mal anrufen«, sagte Konrad zu sich selbst. Sie musste doch schließlich ihre Koffer schleunigst packen.

Konrad fuhr langsamer, ließ das Telefon ihre Nummer wählen.

»Du wagst, telefonieren mich?«, schrie Ellen in den Hörer.

Konrad verstand nicht. »Was ist mit dir los, meine Kleine? Weißt du was? Es ist vollbracht. Wie ich geschrieben habe, hörst du? Denk an das Gedicht! Der Job ist erledigt. Es geht los. Pack deine Koffer. Sag deiner Mutter alles. Sie kommt nach. Morgen früh hole ich dich ab. Wir fliegen nach Belize. Du und ich im Paradies!«

Sie sagte nichts. Konrad gluckste vor Freude. Ein solches Glücksgefühl hatte er nie zuvor verspürt. Er fasste seinen ganzen Mut zusammen, um das auszusprechen, was er schon lange fühlte: »Ich liebe dich, Ellen.«

Das, was folgte, hatte er nicht erwartet. Es wirkte surreal, vollkommen unverständlich.

»Du mich liebst? Du kranke, dreckige Schwein. Sadistische, gefickte Pferd. Warum du tust mir das an? Wir werden nie wieder sehen uns. Wenn doch, ich töte dich mit bloße Hände.«

Es kann sich doch nur um ein Missverständnis handeln, dachte Konrad. Was war denn bloß los mit ihr? »Ellen, Belize, unser Traum! Dein Tierheim, die Hunde und Katzen, das Meer, der Strand, die Korallen und die Maya. All das wird jetzt wahr.«

»Du bist echter Polizist, ich das jetzt weiß. Mein Bruder Petka hat geguckt in Internet.«

Konrad konnte sich ein Lachen nicht verkneifen. »Ich ein Polizist? So was Bescheuertes habe ich noch nicht gehört. Wie kommst du denn auf so was Verrücktes? Lass dich nicht veräppeln von Petka! Du hast ihm hoffentlich nichts erzählt?«

»Ich habe alles erzählt. Mein Bruder schlägt tot dich, wenn er sieht dich.«

»Nur weil du mit mir in die Karibik gehst?« Konrad lachte. »Soll er nachkommen, wenn das so ein großes Problem für ihn ist. Ich zahle das. Beruhige dich! Hey, hallo. Ich bin es, dein Konrad. Wach mal auf! Freu dich mal ein bisschen!«

Ellen schrie so laut ins Telefon, dass Konrad das Telefon zehn Zentimeter von seinem Ohr weghalten musste. »Du Wahnsinniger. Kommst als lieber Konrad, den ich schießen soll mit diese Elektroding, tröste ich dich, du tröstest mich. Bist lieb und zärtlich zu mir, redest mit mir, liebst mich, willst mit mir an diese Strandland Belize. Dann du gehst, kommst wieder und spielst diese Sheriff – wie eine andere Mensch. Und fickst du mich endlich, sagst blöde Sachen. Sagst du, ist ein Spiel, ich darf nicht verraten, was Konrad hat gesagt, wenn du als Sheriff kommst, andersrum genauso. Ich habe gedacht, dass alles ist eine Sexspiel. Nicht schlimm, nichts Neues.« Ihre Stimme war nun ruhiger geworden.

»Aber geht so über Monate, und ich mich habe verliebt in diese liebe Konrad, nicht nur wegen Karibikland und Tierheim. Ich dich mochte als Mensch. Wollte nach Belize mit dir, mit Mamotschka, neues Leben, eine Tierheim bauen. Vielleicht Kinder machen eigene. Dann du kommst als Konrad, schreibst Gedicht so schön, wie ich nie was bekommen habe. Gehst du wieder raus, ziehst deine Mantel vor dem Spiegel aus, sitzt auf die Treppe und plötzlich bist du Sheriff, und ich natürlich spiele mit, du brauchst Sex als andere Mann. Und drehst du durch plötzlich. Schlägst du mich, schießt mit Pistole, schlägst andere Mann. Ich das nie habe gedacht. Bist du gestorben für mich. Und jetzt ich erzähle das meine Mamotschka. Die alles sagt Petka, und der sucht in Internet und findet, bist du echter Polizist. Keine Sheriff-Spiel. Hast du gespielt liebe Konrad mit

Mantel. Jetzt ich habe gesehen deine wahre Gesicht, du bist brutales, krankes Schwein.«

Konrad versuchte, etwas zusammenzusetzen von dem, was Ellen ihm da gerade an den Kopf geworfen hatte. Es lag nicht an ihrem gebrochenen Deutsch, dass er nicht dazu in der Lage war. Machte sie Scherze? Sie klang aber so überzeugt und ernst. Konrad kam ins Grübeln.

»Ich bin im Internet als Polizist zu finden? Das ist bestimmt ein anderer mit einem ähnlichen Namen. Oder dein Bruder hat sich verguckt. Was soll denn da stehen? Ich habe solche Kopfschmerzen, wirklich.«

»Deine Name. Konrad Echtner. Oberkommissar Konrad Echtner, Kriminalpolizei Osnabrück.«

Konrad wurde schwarz vor Augen. Das waren doch keine Kopfschmerzen mehr. Es fühlte sich an, als schlage jemand mit einem Hammer auf seinen Schädel ein. Die Fahrbahn sah er doppelt. Alle Sinne schienen verrücktzuspielen. Er roch verbranntes Fleisch, hörte Melodien. »Backe, backe Kuchen.« Irgendwo sang ein kleines Kind. Diese Ameisen in seinen Adern. Sie fraßen ihn auf, krabbelten zu seinem Herz. Tausende Insekten unter seiner Haut. Sie würden ihn auffressen. »Ellen, ich bin gestorben«, sagte er.

Sie weinte in den Hörer.

»Hörst du? Konrad ist tot. Ich bin Schlemihl. Die Nummer ist 0149-0055234.«

Ein paar Sekunden hörte er sie noch schluchzen, dann sagte sie: »Ich jetzt mache Schluss. Du nie wieder rufst mich an! Auf nie Wiedersehen!«

Ellen legte auf. Konrad rief sie noch zweimal an, aber sie hob nicht mehr ab. Das hatte er nicht erwartet. Das warf seine ganzen Planungen, seine Zukunft durcheinander. Das wollte er nicht.

Er fuhr immer schneller. Längst hätte er abbiegen müssen, um nach Hause zu kommen. Doch wie hypnotisiert steuerte er auf die alte B 68 in Richtung Wallenhorst zu. Wie war sein verdammter Nachname? Warum erinnerte er sich nicht daran? Sein Herz war halb aufgefressen, sein Hirn auch. Was hatte sie gesagt. Konzentrier dich! Echtner? Nie gehört. Vielleicht wusste Watson damit was anzufangen.

»Watson!«

»Hallo, Sheriff. Wie kann ich behilflich sein?«

Sheriff?

»Watson, anrufen: Konrad Echtner.«

»Rufe an Konrad Echtner«, sagte Watson.

Die Leitung war besetzt. Er schaute auf das Display. Das Bild darauf zeigte ihn selbst. Er erschrak. War ihm die Polizei auf den Fersen und stellte ihm eine Falle? Hatte er versehentlich etwas von den Giften aus seiner Küche genommen und verlor jetzt den Verstand? Ja! Das musste es sein. Er hatte doch gerade mit seinem Telefon gesprochen. Wieso? Watson? Er schien tatsächlich wahnsinnig zu werden. Konrad dachte an Ice. Wieso Ice und nicht Eis? Wo war nur Jakub? Er brauchte mehr, wenigstens für den Flug, dann würde er es sein lassen.

Ach, Quatsch. Ich brauche gar nichts. Ich trinke doch schon lange nicht mehr. Wieso sollte ich wieder damit anfangen?

Alles Unsinn. Er war nicht verrückt. Er wollte jetzt erst mal in Ruhe Matthias Bock die Finger brechen, dann Schlemihl packen, ihn ins Gefängnis stecken, sich feiern lassen und Hollmanns Platz einnehmen. Der war ja sowieso tot. Alles noch bequemer für ihn. Dann würde er schleunigst Ellen abholen. Es war fast vollbracht. Er war der beste Serienmörder der Welt! Ein Super-Polizist!

»Inspektor Schlemihl, dein Name ist Konrad Echtner.« Sollten die Kollegen in ihren Mappen suchen. Er würde ihn zur Strecke bringen. Haha!

»Papa, fahr nicht so schnell!«, rief Klara.

Konrad Echtner blickte zu dem Beifahrersitz. »Wieso, Klara, hast du Angst? Ich fahre doch gerade mal hundertzwanzig.«

»Hier ist achtzig«, antwortete Klara.

Warum schmerzte sein Kopf so? Konrad Echtner konnte sich kaum auf die Straße konzentrieren. Die Fahrbahnstreifen wechselten ständig die Farben. Weiß, gelb, rot! Den Fahrbahnrand sah er gar nicht mehr. Tunnelblick! Wo wollte er hin? Zu dem Mann im Keller? Zum Italiener in Wallenhorst, wo seine Frau Marion schon mit einem Glas Wein auf ihn und Klara wartete? Heute war der achtzehnte Geburtstag ihrer Tochter, und sie alle wollten feiern. Oder nicht?

»Klara, fahr nicht so schnell!«, rief Konrad Echtner.

Klara schaute auf den Beifahrersitz. »Wieso Papa, hast du Angst? Ich fahre doch gerade mal hundertzwanzig.«

»Hier ist achtzig«, antwortete Konrad Echtner.

Er schaute sie an. In ihren Augen, die sie auf die Fahrbahn gerichtete hatte, erkannte er Panik. Er blickte auf die Straße. Bremsen quietschten. Er schrie: »Vorsicht! Der Baum!«

Konrad Echtner hörte einen lauten Knall, dann ein Sausen. Seine Stirn knallte auf den Airbag. Er spürte einen heftigen Schmerz am Hinterkopf. Beißender Benzingestank zog in seine Nase. Das Seitenfenster war zersplittert. Dahinter konnte er eine Wiese erkennen. Da stand doch ein Junge mit einem roten Mountainbike? Ja! Mit einer gelben Sonnenbrille und einer blonden Mähne wie ein Löwe. Er glotzte ihn verängstigt an.

Klara schrie, und Konrad Echtner versuchte, sich zu ihr zu drehen. Er konnte nicht. Er war eingeklemmt zwischen Sitz und Armaturenbrett. Blut spritzte auf den hellen Stoff des Airbags. Von der Seite. Es war nicht seins. »Klara! Klara! Nein!«

Konrad Echtners Kräfte schwanden. Er hörte das Martinshorn eines Rettungswagens, blaues Licht flackerte im abgeknickten Außenspiegel. Der Junge war verschwunden. Einfach weg, als wäre er nie da gewesen.

Kapitel 14 - Ameisen im Kopf

»Hallo, das ist ja lieb, dass ihr gekommen seid. Müsst ihr denn gar nicht arbeiten?« Hollmann lächelte zaghaft. Vor seinem Bett hatte sich die komplette Soko Hannah aufgebaut. Biene zog die EKG-Kabel vorsichtig zur Seite, sodass sie an die Vase kam, die auf Hollmanns Nachtschrank stand. Sie steckte einen Strauß Blumen hinein. Hollmann sog den Duft ein. Mit Blumen kannte er sich etwas aus. Er roch Rosen, Lilien und Rittersporn. Ein anschließender Blick auf den Strauß verriet ihm, dass er richtig gelegen hatte. »Danke«, sagte er. »Die sind wundervoll.«

»Ich dachte, ich bringe dir ein paar Tomaten mit«, sagte Bärlein. »Weiß ja nicht, wie das Essen so ist in diesem Laden.« Er hielt eine zusammengeknotete Plastiktüte mit dicken Fleischtomaten hoch. Hollmann lief das Wasser im Mund zusammen. Gut, dass er wieder Appetit verspürte. »Danke. Ehrlich, vielen Dank, Leute, dass ihr hergekommen seid.«

»Siehst schon viel besser aus, Chef«, sagte Muck und hielt beide Daumen nach oben.

»Mir geht es besser«, sagte Hollmann. Heute war der dritte Tag nach seinem Herzinfarkt. Er wusste, dass er diese Warnung seines Körpers sehr ernst nehmen musste. Auch, wenn sein Herz nicht wegen des Infarkts ausgesetzt hatte, sondern weil Echtner ihn gewürgt hatte. Oder weil beides zusammengekommen war.

Er hatte unermessliches Glück gehabt, dass der ihn für tot gehalten hatte. Als genauso glücklich stellte sich der Umstand heraus, dass er die Mappen für die Ermittler anscheinend so schlecht zusammengestellt hatte, dass gleich zwei seiner Kollegen - Bärlein und Biene - Fragen dazu gehabt hatten. Sie waren, direkt nachdem sie die Unterlagen aus dem Sekretariat geholt hatten, in sein Büro gekommen, hatten ihn leblos auf dem Schreibtisch vorgefunden. Nur kurz nachdem Echtner das Gebäude verlassen hatte, waren sie zu Hollmanns Lebensrettern geworden. Biene hatte Erste Hilfe geleistet, sein Herz massiert. Bärlein hatte den Defibrillator besorgt. Ein Rettungswagen hatte ihn ins Krankenhaus gebracht. Alles war noch einmal gutgegangen.

»Wie gehts dem Kerl?«, fragte Hollmann.

Im Krankenzimmer wurde es so still, dass er nur noch das Piepen seines EKG-Gerätes hören konnte.

»Kommt schon«, sagte Hollmann. »Ihr könnt mir das sagen. Ich rege mich nicht auf. Kann ich sogar versprechen. Ihr würdet es hören.« Er deutete auf die Hightech-Geräte um ihn herum. Aus einem kam ein gleichmäßiges Piepen. Und auf dem Monitor zeugte eine Linie ohne große Ausschläge von der gleichmäßigen Frequenz seines Herzschlags.

Stegemann übernahm schließlich: »Ich war vorhin in seinem Zimmer in der Unfallchirurgie. Er wird rund um die Uhr von Streifenbeamten bewacht. Ist glimpflich davongekommen. Also, was den Unfall auf der alten B 68 betrifft, meine ich. Nur zwei Rippen angeknackst und ein gebrochenes Handgelenk. Schrammen, Hämatome und ...«

»Was meinst du damit«, Hollmann unterbrach ihn, »was den Unfall betrifft? Gibts noch was anderes?«

»Ja. Die Ärzte haben bei den Untersuchungen festgestellt, dass er einen Hirntumor hat. Deutlich zu sehen im CT. Bösartig. So groß wie ein Golfball. Inoperabel. Er hat nicht mehr lange.«

»Geschieht ihm recht, diesem kranken Psychopathen«, zischte Bärlein.

»Das erklärt so einiges, nicht wahr?«, fragte Biene.

»Davon gehe ich auch aus. Was weiß er?« Hollmann spürte weder Freude noch Mitleid nach dieser Information.

Stegemann fuhr fort: »Jedenfalls nicht, dass er Polizist ist. Mich erkennt er nicht mal. Er meint, Berufsberater gewesen zu sein. Schimpft auf die Arbeitsagentur, die ihn entlassen hat wegen seines Alkoholproblems. Das habe er aber nur deswegen bekommen, weil er die Ermordung von Klara nicht verwinden konnte. Ganz wirres Zeug. Wahnsinn ist aber auch, dass er genau an denselben Baum gefahren ist, an dem auch seine Tochter verunglückt ist. Das war sicher kein Zufall.«

»Ich muss selbst mit ihm sprechen.«

»Das können wir verstehen«, sagte Muck. »Aber du sollst noch ein, zwei Tage warten. Anordnung des Chefarztes.«

»Okay, aber dann will ich Klarheit. Ich kann es immer noch nicht glauben«, sagte Hollmann. »Wie kann ein Mensch zu so etwas imstande sein? Das kann doch nicht alles an einem Hirntumor liegen? Und dann einer von uns. Ein Polizist. In Osnabrück. Ganz schrecklich.«

»Ja, die ganze Stadt ist im Schockzustand«, sagte Bärlein. »Vor allem nach dem, was der Kurier über Doktor Bock heute veröffentlicht hat. Leider muss man sagen, dass er diesmal nicht übertreibt. Ich meine, wir waren im Haus, haben es gesehen.«

»Er war noch am Leben, oder?«

Bärlein seufzte: »Ja. Aber es war nichts mehr zu machen. Ist noch auf dem Weg hierher verstorben. Liegt unten bei Professor Tepe in der Rechtsmedizin. Muck und ich waren da. Ohne Scheiß. Du kennst ihn. Tepe hat bisher nie etwas umgehauen. Bis jetzt.«

Die Frequenz der Pieptöne des EKG-Gerätes verdoppelte sich schlagartig. Biene schaute auf den Monitor. »Über hundert Schläge die Minute. Sollen wir besser gehen?«

»Nein. Alles in Ordnung. Sonst wär schon jemand hier reingestürzt. Erzähl weiter, ich muss das jetzt wissen, sonst bekomme ich keine Ruhe, auch nicht gut für das Herz. Also, was war die Todesursache?«

»Ganz raus ist das nicht«, sagte Bärlein. »Akutes Lungenversagen. Multiples Organversagen. Über Wochen hat er an ihm rumexperimentiert. Was der alles schlucken und einatmen musste, gespritzt bekommen hat, kann man sich kaum vorstellen. Er wurde künstlich beatmet. Durch einen Schlauch gefüttert. Spritzen hat er ihm verabreicht mit Giften der fiesesten Sorte.« Bärlein machte eine Pause, seine Hände zitterten. »Der Plastiksarg, den er gebaut hatte, war voll mit Blut, Eiter, Fäkalien. Fürchterlich, ich habe nie Schlimmeres gesehen in meinem Leben. Mir wird schlecht, wenn ich dran denke. Schlafen kann ich deswegen auch nicht mehr.«

»In seinem Hirn hat Professor Tepe Ameisen gefunden, die durch ein Loch im Schädel da hineingelangt sind«, sagte Muck. »Lebende! Ist das nicht ultrakrank?«

»Schluss jetzt«, unterbrach Biene. »Das musst du noch nicht alles im Detail erfahren, Chef. Das wird uns sowieso Wochen, wenn nicht Monate beschäftigen. Wir wissen auch noch längst nicht alles. Aber eines ist klar: Wir werden dich auf jeden Fall bald brauchen.«

»Darf er das wenigstens von dem Zeug erfahren?«, fragte Muck. Keiner antwortete.

»Was für ein Zeug?«, fragte Hollmann, nachdem er allen Kollegen einmal ins Gesicht geschaut hatte.

»Du hattest vorhin wohl recht damit«, sagte Stegemann. »Ich meinte, dass es nicht nur am Hirntumor lag, wenn Echtner völlig durchgeknallt ist. Ich bin kein Arzt, weiß nur, dass er über Monate Crystal Meth konsumiert hat.«

»Was? Crystal Meth? Die Droge? Ice? Bei uns im Kommissariat?« Hollmanns Unterkiefer klappte runter.

»Ob er das bei uns genommen hat, wissen wir nicht. Aber geh davon aus, dass er die ganze Zeit drauf war. In seinem Haus, im Auto, im Blut, auf seiner Haut, an seinen Nasenscheidewänden. Das Zeug klebte überall. Das haben wir erst gestern erfahren. Die Drogenfahnder versuchen, seinen Dealer ausfindig zu machen. Ein Typ namens Jakub ist bekannt dafür, Crystal zu verkaufen, befindet sich aber auf der Flucht. Eine Fahndung ist raus.«

»Um Himmels willen, ist das alles krank! Warum Schlemihl? Warum diese ganzen Reime? Wie ist das zu erklären?«

»Ich bin dabei, seine Hausbibliothek auf mögliche Hinweise durchzusehen«, sagte Biene. »Neben lauter Serienmörder-Geschichten hat er Unmengen von Kinderbüchern. Einige sind aus der Stadtbibliothek ausgeliehen. Ein paar Tage später, hat mir eine Mitarbeiterin erzählt, ist er wieder erschienen und hat sich erkundigt, ob die Bücher, die er selbst entliehen hatte, zu haben sind.«

»Wundert nicht mehr wirklich«, sagte Hollmann. »Total schizophren. Das ich nichts, aber auch gar nichts gemerkt habe …« Er schaute in die Runde. »Machst 'nen guten Job, Biene. Bin stolz auf dich. Auf dich auch, Muck.«

Es klopfte an der Tür.

»Kriegst du noch Besuch?«, fragte Biene. »Deine Frau?«

»Eigentlich nicht. Die ist ja vorhin erst gegangen.« Der Hauptkommissar bemerkte, dass ihn alle im Raum anlächelten, irgendwie wissend. Er schaute zur Tür und strahlte.

»Hi Chef«, sagte Hannah, schloss die Tür hinter sich und ging zum Krankenbett. »Ich darf doch nicht fehlen bei der Soko Hannah, oder?«

»Meine Güte, Hannah! Komm, lass dich umarmen. Ich bin so froh, dass ...«

»Schon gut«, sagte Hannah und umarmte ihren Chef zaghaft. »Ich hatte nicht vor, abzutreten.«

»Wie geht es dir?«

»Alles gut. Ich habe sehr viel Glück gehabt und ne Menge abgenommen, wie du siehst. Gefällt meinem Freund aber.« Hannah lachte. »Aber ich werde wohl nie wieder Fisch essen, ob der nun kugelig ist oder eher platt. Und auch sonst passe ich auf, wo ich so reinbeiße!«

Die Augen des Hauptkommissars leuchteten, als sich Hannah vor ihm im Kreis drehte. Sie konnte laufen, sprechen, lachen.

»Okay, dann lasst den Chef mal«, sagte Biene. »Das war genug Aufregung fürs Erste. Außerdem haben wir ne Menge zu tun.«

»Super, dass ihr da wart«, rief Hollmann seinen Besuchern hinterher, als sie den Raum verlassen wollten. »Ach, und Bärlein, das mit den zwei Wochen Sonderurlaub steht, sobald das möglich ist. Wegen deiner Enkel.«

Bärlein schnipste und zeigte mit dem Finger auf Hollmann. »Ich habe ja gesagt, ich nehme dich beim Wort.«

Als sie die Tür geschlossen hatten, raste das EKG. Hollmann musste sich die Nase zu halten, um den Puls wieder unter hundert zu bringen. Konrad Echtner, du Mörder, dachte er kochend vor Wut. Er nahm sich vor, seinen Ex-Kollegen noch heute zu besuchen.

Nach der Sportschau stand der Hauptkommissar auf. Es klappte ohne Probleme. Es schmerzte, als er sich die Kabel von der Brust riss. Egal, er musste sich beeilen. Er ging zum Schrank, schlüpfte aus dem Krankenhauskittel, zog sich Hose, Hemd und Schuhe an. Dann rannte er aus dem Zimmer, den Gang runter zum Fahrstuhl, stieg ein, drückte auf Unfallchirurgie.

Der Streifenpolizist, der auf dem Flur saß und Zeitung las, kannte ihn nicht. Er moserte aber nicht, als Hollmann ihm seine Marke zeigte. In dem Patientenzimmer brannte kein Licht. Das vordere Bett im Zimmer war mit einer Plastikfolie überzogen. Schwach spiegelte sich darauf das Mondlicht, das durch das Fenster hereinfiel. In dem Bett dahinter erkannte Hollmann die Umrisse eines Mannes und hörte ihn schnarchen. Er schlich auf den Patienten zu, sah, dass seine rechte Hand am Bettgestell fixiert war. Er schaute ihm ins Gesicht: Echtner.

Mit beiden Händen griff er seinen Hals, drückte zu, so fest er konnte. Konrad Echtner riss die Augen auf. Er starrte ihn mit Panik in den Augen an und röchelte. Ehe er sich ernsthaft wehren konnte, wurde das Licht im Zimmer angeschaltet.

»Was machen Sie denn da?«, hörte Hollmann den Streifenpolizisten rufen, der kurz darauf seine Schultern packte, um ihn vom Bett wegzuziehen.

»Dieses Schwein«, brüllte Hollmann, entriss sich dem Griff des Kollegen und drückte weiter. »Ich bringe ihn um.«

»Lassen Sie ihn los! Das ist es nicht wert.«

Hollmann entspannte seine Muskeln und zog langsam die Hände von Konrad Echtners Hals, der nach Luft schnappte und hustete.

»Alles wird gut, kommen Sie!«, sagte der Streifenpolizist, der den Vorfall später nicht melden würde.

Hollmann ging zurück auf sein Zimmer, holte sich von der Nachtschwester einen dicken Anschiss ab. Dass er nur mal eben in den Krankenhauspark wollte, um frische Luft zu schnappen, fand sie nicht lustig.

In dieser Nacht hatte Hauptkommissar Hollmann seinen ehemaligen Kollegen, den mehrfachen Mörder Konrad Echter, zum letzten Mal gesehen.

Wochen später saß Hollmann abends zu Hause an seinem Schreibtisch, trank einen Tomatensaft mit Pfeffer auf Eis. Die Ermittlungen im Fall Echtner hatten ihn enorm mitgenommen an seinen ersten beiden Arbeitstagen. Und sie würden noch lange nicht abgeschlossen sein. Vor allem die schrecklichen Details des Mordes an Matthias Bock setzten ihm zu. Aber er passte auf, dass er pünktlich Feierabend machte und seine Gesundheit nicht aufs Spiel setzte. Den Gefallen wollte er Echtner nicht tun. Seine Frau achtete mit darauf. Ohne sie könnte er das nicht durchstehen. Als das Telefon klingelte, suchte er gerade im Internet nach Topfpflanzen, die er für seinen Wintergarten bestellen wollte. Er nahm den Hörer ab.

»Hollmann!«

»Bärlein hier«, sagte der Spurensicherer, schwieg dann.

»Ist er?«

»Ja, er ist vor einer Stunde gestorben. Der Bestatter ist auf dem Weg, um ihn aus der Psychiatrie zu holen.«

»Danke für die Nachricht. Wir sehen uns morgen. Mach Feierabend!«

Hollmann beendete das Gespräch, schaute für einen Augenblick aus dem Fenster auf die Straße. Dann schob er Hibiskus, Lavendel und einen Buchsbaum auf die virtuelle Einkaufsliste, hob den Telefonhörer wieder auf und wählte eine Nummer.

»Ist es so weit?«, hörte er ein weibliche Stimme am anderen Ende der Leitung.

»Ja.«

Mehr sagte Hollmann nicht. Er ging rüber in die Küche, aß mit seiner Frau zu Abend. Spaghetti aglio olio e peperoncino mit Salatbeilage. Er redete nicht viel. Nach dem Essen legte sie sich auf die Couch, er setzte sich zu ihr und sie schauten einen Spielfilm. Irgendwas mit Pferden und Frauen in Irland. So richtig bekam er das nicht mit. Als sie eingeschlafen war, stand er auf, gab ihr einen Kuss auf die Stirn, schlich dann zurück in sein Arbeitszimmer. Er wollte die Blumenbestellung abschließen.

Sein Mailprogramm meldete ihm eine neue Nachricht. Sie war fünf Minuten zuvor eingetroffen. Betreff: Konrad Echtner. Der Absender lautete: sobaki@quickmail.com. Hollmann vergaß die Pflanzen und öffnete die Mail.

> Sehr geehrter Herr Kommissar Hollman,
> Sie kennen mich nicht und ich nicht Sie, ich glaube. Aber wir beide haben einen gemeinsamen Freund, der an diesem Abend gestorben.
> Sie hassen ihn wahrscheinlich so viel wie ich. Ich glaube nicht, dass ich eine Rolle in ihrer Untersuchung zu spielen, und ich habe nichts zu tun mit das alles.
> Konrad Echtner war abnormal, sehr kranker Mann. Was er getan, ist unverzeihlich.

Ich möchte immer noch, dass er begraben werden. Trug er kleinen Funken Gutes im Herz, ganz, ganz kleinen. Die Kosten für Beerdigung werde ich überweisen an Unternehmen für Bestattung. Habe ich schon gefragt, welches es ist. Werde ich sicher bekommen Auskunft bald. Ist alles, was ich kann tun für ihn. Wenn Sie fragen sich, was mit anderen 240.000 € geschehen, die nach seinem Unfall verschwunden sind von Konrad-Konto, so ich möchte Sie lassen wissen, dass davon profitieren bedürftige Wesen. Ich hoffe, Sie lieben Tiere. Ich glaube, ist es auch im Interesse der Mutter von Konrad, die einmal das Geld gehörte.

Ich Ihnen wünsche alles Gute. Mit besten Grüßen,

E.E.

PS: Vielleicht wäre besser, nicht Konrad Echtner auf dem Friedhof begraben, wo ruht seine Mutter.

Hollmann fuhr mit der Maus auf den Header der Mail und kopierte die IP-Adresse, die er dann in seine IP-Scanner-Software einfügte. Die Adresse wurde in Belize lokalisiert.

Er wusste nicht, wo das lag, gab den Namen in die Maske seiner Suchmaschine ein. Karibik. Aha! Das hatte er sich gedacht. Mehr bekam er nicht heraus. Der Absender war schlau genug gewesen, seine IP zu verschlüsseln.

Aber sein Herz sagte ihm, dass diese Person, wer immer sie sein mochte, ein ehrlicher Mensch war. Er hatte das unbestimmte Gefühl, die Nachricht sei von einer weiblichen Person verfasst worden. Auf die ein oder andere Weise spürte er eine Verbundenheit mit ihr.

Er antwortete nie auf die Mail.

Kapitel 15 – Friedfertig

Konrad Echtner wurde nicht auf dem Waldfriedhof in der Dodesheide beigesetzt, auf dem seine Eltern begraben lagen. Hollmann hatte einen Platz auf dem Heger Friedhof organisieren lassen. Der Hauptkommissar und Marion waren die einzigen Anwesenden an jenem strahlenden Sommertag, an dem der Ex-Kollege und Ex-Mann beerdigt wurde.

Als der Pfarrer ein kurzes Gebet gesprochen hatte und die Urne ins Grab gelassen wurde, schauten die beiden noch eine Weile auf den schlichten schwarzen Grabstein. Er trug bereits eine Inschrift.

Wieso, weshalb, warum?

Hollmann hatte sich schwergetan mit der Auswahl der Bestattungsform. Über die Presse hatte er bekannt gegeben, Echtners Asche sei anonym in einem Fluss in den Niederlanden beigesetzt worden. Normalerweise hätte er das auch so veranlasst, doch er wollte dem Wunsch der Geldgeberin entsprechen, die ihm die Mail geschrieben hatte. Zwar hatte Echtner nun eine eigene Grabstätte mit Gedenkstein bekommen, doch stand kein Name darauf. Außer ihm und Marion sollte niemand erfahren, wer hier begraben lag.

»Einen Funken Gutes hatte er«, sagte Marion, drehte sich um und ging zu ihrem knallroten Einkaufstrolley, den sie auf dem Kiesweg abgestellt hatte.

Hollmann nickte dem Pfarrer zu, folgte ihr dann. Sie schlenderten gemeinsam den Weg entlang, die Köpfe gesenkt. Auf die vielen bunt bepflanzten Gräber um sie herum achteten sie nicht.

»Wie geht es dir?«, fragte Marion.

»Ich weiß nicht. Es sind so wahnsinnig viele Fragen offen. Persönliche, aber auch dienstliche. Ich konnte ja nicht mehr zu ihm gehen, als er in der Psychiatrie war. Vielleicht hätte ich ...«

»Nein, hättest du nicht. Er war nicht mehr bei Sinnen. Alles, was aus ihm rauszubekommen war, haben deine Kollegen ermittelt.«

»Das war nur wirres Zeug. Nichts, was die Taten erklären konnte. Er wusste ja nicht mal mehr was davon. Warum hat er geglaubt, Berufsberater zu sein? Was ist das für eine irre Geschichte?«

»Warum fragst du das schon wieder?«, sagte Marion. »Sein Psychiater hat das doch erklärt. Nachdem er nicht mehr bei der Mordkommission arbeiten durfte, hatte er sich überlegt, den Polizistenberuf ganz hinzuschmeißen. Hat sich damals alle möglichen Berufsinfomappen besorgt, ist bei den Berufsinformationszentren ein- und ausgegangen. Er hat sich in seinem Kopf eine andere Identität erschaffen.«

»Und keiner hat es bemerkt. Ich hatte ihn verlassen. Die Schwere seiner posttraumatischen Belastungsstörung nicht erkannt. Und nicht geahnt, dass er zu Drogen greifen könnte. Ich hatte den Kontakt komplett eingestellt.«

»Das musstest du, um dich zu schützen. Du solltest dir keine Vorwürfe machen. Die Neurologen haben gesagt, seine paranoide Schizophrenie wäre maßgeblich ausgelöst worden durch den Hirntumor. Den konnte keiner von uns erahnen.«

»Maßgeblich. Vielleicht. Aber wer weiß das schon? Die Psychiatrien sind auch voll mit schizophrenen Crystal Meth-Usern. Teufelszeug.«

»Eine Mischung aus allem. Aber was spielt das für eine Rolle? Er war definitiv unfassbar krank.«

»Was hätte er bekommen, ohne seine Krankheit?«

»Na ja. Vier vollendete Morde, ein versuchter Mord und zwei schwere Körperverletzungen. Er hätte die Psychiatrie wohl nie verlassen.«

Hollmann zog Marion an den Wegesrand. Ein korpulenter Mittfünfziger und ein blondes etwa zwanzigjähriges Mädchen schlurften an ihnen vorbei. Der Mann grüßte.

»Jeden Tag sterben Menschen auf verschiedenste Art und Weise. Niemand geht wohl ohne Makel von dieser Welt.«

»Und das soll mich trösten? Ich weiß noch gar nicht, wie ich damit klarkommen kann, mit welchem Monster ich verheiratet war. Keiner hat so viel Böses getan wie mein Ex-Mann.«

»Nein?« Hollmann beugte seinen Oberarm zur Seite, ließ Marion sich einhaken. Sie gingen weiter. »Denk mal an Hitler, Stalin. Mao Zedong.«

»Pfff! Na danke für den Vergleich«, sagte Marion. »Sehr beruhigend.«

Vor Klaras Grab blieben sie stehen. Marion zog einen Strauß mit Rosen aus dem Trolley und schritt über den kurz geschnittenen Rasen. Sie legte ihn zu den anderen Blumen vor dem weißen Grabstein aus Naturstein.

»Wäre das nur nicht passiert ...« Sie schluchzte. Tränen liefen über ihr Gesicht. Hollmann sah es, nahm sie in den Arm. Als sich ihre Wangen berührten, versuchte sie, ihn zu küssen. Er zog den Kopf weg.

»Bitte, Marion, nicht. Wir dürfen damit nicht wieder anfangen. Ich will das meiner Frau nicht mehr antun.«

»Ja, ich weiß, entschuldige, es ist nur gerade für mich ... Meinst du, Konrad hatte je eine Ahnung von uns beiden?«

»Nein. Das hätte er nie von dir gedacht.«

»Keiner ist unfehlbar, oder?«

»Nein, niemand. Aber nicht jeder Fehler wiegt gleich schwer. Du bist ein guter Mensch, Marion. Und es war die einzig richtige Entscheidung, dass du dich von ihm getrennt hast.«

Hollmann verabschiedete sich am Grab von Marion, die noch eine Weile alleine mit Klara sein wollte und schlenderte den Weg hinunter zum Friedhofsausgang. Auf einem parallel gelegenen Pfad erkannte er den korpulenten Mann und das blonde Mädchen, die Marion und ihm vorhin entgegengekommen waren. Sie standen mit dem Rücken zu ihm an einem

Grab und unterhielten sich. Auf dem Gedenkstein erkannte Hollmann den Namen des Toten: Carsten Köster. Er blieb stehen und belauschte das Gespräch.

»Wie fühlt es sich für dich an, jetzt hier zu stehen?«, sagte der Mann. Das Mädchen antwortete: »Ich weiß nicht. Er ist tot. Aber ich werde die Bilder nicht los. Er hat mir diese Tropfen verpasst und mich vergewaltigt. Ich weiß doch, wie es sich angefühlt hat, als ich wieder zu mir kam. Und ich habe sein grinsendes Gesicht gesehen.«

»Ich glaube Ihnen.«

»Aber keiner sonst tut das. Wäre ich doch zu einem anderen Arzt gegangen.«

»Der, bei dem Sie sich untersuchen lassen haben und der Ihnen nicht geglaubt hat, ist auch tot. Hilft Ihnen das nicht?«

»Nein. Das hilft ganz und gar nicht.«

Hollmann hatte genug gehört und verließ gedankenversunken den Friedhof. Er fragte sich, ob es ihm je gelingen würde, das alles hinter sich zu lassen.

Zwei Monate nach diesem Tag spürte Hollmann, dass zumindest wieder ein bisschen Normalität in sein Leben zurückgekehrt war. Eine Postkarte, die ihn zu dieser Zeit erreichte, ließ ihn sogar schmunzeln.

Danke

an alle, die mich beim Schreiben unterstützt haben, in erster Linie Familie und Freunde.

Besonderer Dank gebührt meinem Bruder Konstantin für die Beantwortung meiner Fragen zu polizeilichen Themen und meinem Vater Winfried für sein medizinisches Wissen.

Danke an Anne für das aufrichtige und wertvolle Testlesen, an meine Agentin Anna Mechler und an das Lektoratsteam von Prolibris für das immer wachsame und geschulte Auge.